HEYNE
BÜCHER

WOLFGANG HOHLBEIN

SAINT NICK

Roman

nach dem gleichnamigen Drehbuch von
Ulli Lommel und Wolfgang Hohlbein,
unter Mitarbeit von Edward Kovach

Originalausgabe

WILHELM HEYNE VERLAG
MÜNCHEN

HEYNE ALLGEMEINE REIHE
Nr. 01/10147

Umwelthinweis:
Das Buch wurde auf
chlor- und säurefreiem Papier gedruckt.

Printed in Germany 1997
Umschlagillustration: Silvio Neuendorf, Aachen
Umschlaggestaltung: Atelier Ingrid Schütz, München
Satz: Pinkuin Satz- und Datentechnik, Berlin
Druck und Bindung: Elsnerdruck, Berlin

ISBN 3-453-13457-5

1

So weit das Auge blickte, nichts als endlose Eiswüste. Vorbei die Gegend, in der sich dürre Bäume unter ihrer schweren Schneelast bogen und verblassende Spuren vom kurzen arktischen Sommer kündeten. Ganz zu schweigen von den verlockenden Gerüchen der Menschen und ihrer Siedlungen, die sie längst hinter sich gelassen hatten.

Alcott wandte sich um und betrachtete aus müden Augen die traurige Nachhut, die sich gleich ihm und seinem Vater durch die endlose Eiswüste schleppte. Die fünf Wölfe, die die Aufgabe übernommen hatten, auf etwaige Nachzügler zu achten, gehörten mit zu den kräftigsten Tieren des Rudels. Doch jetzt sahen sie nicht besser aus als der Rest. Ihr Fell war stumpf und glitzerte nur durch die vielen hundert Eiskristalle, die sich an ihnen festkrallten, als wollten sie für alle Ewigkeit von ihnen Besitz ergreifen.

Alcott hatte Schmerzen. Sein ganzer Körper tat weh, aber am schlimmsten war die erstarrte Stelle an seinem Vorderlauf, die Stelle, die er sich nicht mehr getraute anzusehen. Zum erstenmal in seinem kurzen Leben fragte er sich, ob er die nächsten Tage überleben würde.

»Alcott, wo bleibst du denn?«

Die Frage seines Vaters riß ihn aus seinen Gedanken. Der mächtige Wolf hatte sich umgedreht und starrte ihn unter buschigen Augenbrauen an. Seine Augen glitzerten vor eiskalter Wut, und trotz seines struppigen, vereisten Fells strahlte er pure Kraft aus.

»Ich komme schon, Paps«, sagte Alcott. »Aber ...«

»Aber was?« fragte Rocco scharf.

Die Wölfe waren mittlerweile alle stehengeblieben. Es sah so aus, als fürchteten sie ebenso wie Alcott die gnadenlose Wut des Rudelführers mehr als die eisige Kälte des polaren Winters.

»Ich, ich ...« Alcott riß sich zusammen, als er den drohenden Blick seines Vaters bemerkte. »Was ist, wenn Santa mir nicht helfen kann?« fragte er rasch.

Er versuchte nicht an die Pfote zu denken, die ihm die Kälte abgerissen hatte und die irgendwo im Eis hinter ihnen zurückgeblieben war. Trotz aller Anstrengung traten ihm die Tränen in die Augen. Wenn ihm Santa nicht half, würde er bis in alle Ewigkeit auf drei Beinen durchs Leben humpeln müssen.

Rocco schwieg lange. In seinen rot unterlaufenen Augen fing sich das Licht der untergehenden Sonne. Es war still; nicht die Stille der Nacht, sondern eine andere, auf unbestimmbare Weise beunruhigende Stille, in der auch das leise Raunen und Knacken des ewigen Eises gedämpfter erschienen und allenfalls der Tod seine lautlose Stimme erhob.

»Ich fürchte, dann müssen wir Rache nehmen«, sagte der Rudelführer schließlich.

»Ach, du meine Güte«, sagte Tess. »Da braut sich ja was zusammen.«

»Was denn?« fragte Monique. Sie ließ einen Stapel voller Unterlagen auf einen schreiendblauen

Stuhl plumpsen, und ein paar Blätter segelten auf den rosa gestrichenen Boden. Sie bückte sich rasch, um sie wieder einzusammeln. »Kommt etwa ein Schneesturm auf?«

»Na, wirf mal einen Blick auf die Monitore«, antwortete Tess. »Dann wirst du schon merken, was für eine Art Sturm ich meine.«

Monique sah erschrocken zu Tess hoch. Die Katzenfrau lächelte nicht, und das allein war ungewöhnlich genug. Ihr kluges Gesicht wirkte besorgt und erschöpft, und Monique wurde sich bewußt, daß sie ihre Freundin bislang immer nur gut gelaunt gesehen hatte.

Mit einem raschen Satz war sie wieder auf den Beinen und lief geschmeidig zu Tess hinüber. Zuerst hatte sie Mühe, in dem bunten Dutzend Bildschirmen Einzelheiten auszumachen. Dann fiel ihr Blick auf einen Monitor, in dem sich das grimmige Gesicht eines Wolfs festgegraben hatte, der sie direkt anzusehen schien.

»Huch«, machte sie. »Wer um des Weihnachtsfests willen ist das?«

»Das ist Rocco«, sagte Tess bitter. »Und hör dir mal an, was er gerade zu sagen hatte.«

Sie drückte auf die Fernbedienung, und der Wolf erwachte zum Leben. Einen scheinbar endlosen Augenblick lang schien er Monique direkt anzusehen, dann wandte er seinen Blick nach links, und mit seinem Blick veränderte sich der Bildausschnitt.

Rocco war nicht allein. Er stand inmitten eines Rudels Wölfen, einer schäbigen Schar, abgemagert und struppig und dennoch glänzend durch feine Eiskristalle, die sich in ihrem Fell festgesetzt hatten.

»Ich, ich …«, stotterte ein kleiner Wolf, der sein

linkes Vorderbein merkwürdig angewinkelt hatte. Erschrocken erkannte Monique, daß ihm eine Pfote fehlte.

»Was ist, wenn Santa mir nicht helfen kann?« fragte der kleine Wolf kläglich.

Der große Wolf schwieg. Aber als er sprach, schien seine Stimme kälter zu sein als das ewige Eis des Pols.

»Ich fürchte, dann müssen wir Rache nehmen«, sagte er drohend.

Tess drückte wieder auf die Fernbedienung, und der Wolf erstarrte mitten in der Bewegung.

»Puh«, machte Monique. »Das ist starker Tobak!«

»Das kannst du wohl laut sagen«, gab ihr Tess recht. Ihre seltsam verkrampfte Haltung sprach ihrem katzenhaften Wesen hohn, aber Monique verstand sie nur zu gut. So eine Szene hatte es bislang noch nie gegeben. Daß jemand gegen Nick eine Drohung ausstieß – unfaßbar. Und daß sie zudem so unerbittlich nachfühlbar war, das war das Schlimmste daran.

»Und es ist nicht nur Rocco, dem der Geduldsfaden langsam reißt«, fuhr Tess unerbittlich fort. »Vielen, vielen anderen geht es genauso, und nicht nur großen, gefährlichen Wölfen. Nick fehlt es einfach an Fingerspitzengefühl. Es fehlt nur ein klitzekleiner Tropfen, und das Faß läuft endgültig über ...«

»Übervoll ist es ja schon lange ...«

»Ja, und schau dir an, wie weit Nick Kobo schon gebracht hat.«

Sie betätigte erneut die Fernbedienung, und das Gesicht Kobos, des weisen Führers der Polarbären, erschien auf einem anderen Monitor.

»Kobo hat Rocco und seine Schar beobachtet«, erklärte Tess, während sie das Bild nachjustierte, bis es sich endgültig stabilisiert hatte. »Und das schlimme ist: Er gibt seinem alten Widersacher recht!«

Monique deutete aufgeregt mit dem Finger auf den Schirm. »Still ... Kobo hat doch gerade etwas gesagt ...«

Der Kopf des weisen Polarbären drehte sich zur Kamera um, und er starrte so direkt in ihre Richtung, daß die beiden Katzenfrauen unwillkürlich zusammenzuckten. Doch sein Blick glitt teilnahmslos durch sie hindurch, und dann drehte er den Kopf in Richtung seiner Artgenossen und murmelte etwas Unverständliches, das im Knakken des Eises und im Störgeräusch der Leitung unterging.

»Ich kann mir denken, was er gesagt hat«, antwortete Tess bitter. »Aber das ist noch nicht alles. Die ganze Welt scheint verrückt zu spielen.«

»Guck dir doch mal das an!« rief Monique aufgeregt. »Selbst die Pinguine scheinen auszuflippen!«

Sie hatte recht. Tess bemerkte in einem der Monitore eine Schar von Pinguinen, die aufgeregt über das ewige Eis watschelten. Carla, ihre langjährige Anführerin, wirkte merkwürdig zerzaust. Aber daran war wohl weniger der Wind Schuld, der unbarmherzig wie eine tödliche Braut über das ewige Eis fuhr, denn er konnte einem Pinguin in seinem glatten Federkleid kaum etwas anhaben. Nein, es mußte etwas passiert sein, was Carla vollkommen aus der Fassung gebracht hatte.

»Die Pelzbälle rollen auf Santas Königreich zu ...«, schnatterte Carla in ihrem unverwechselbaren Akzent, einem breit gezogenen Dialekt, wie er eher für Country-Musiker als für Pinguine üblich war. »Und das mit nüchternen Mägen!«

Ein kleiner, frecher Pinguin nickte aufgeregt. »Stimmt, Carla«, zwitscherte er altklug. »Sie haben heute morgen nicht einmal versucht, einen von uns zu fressen.«

Carla drehte sich zu ihm um und nickte. »Nicht daß ich mich beschweren will, wenn die Fettklöpse uns in Ruhe lassen«, schnatterte sie. »Aber wenn selbst diese abgestumpften Tollpatsche schon merken, daß hier etwas quer hängt, dann ist die Zeit zum Handeln wohl gekommen.«

»Was hängt denn quer?« wunderte sich der kleine Pinguin.

»Die Frage ist ja wohl weniger was, als vielmehr wer«, quetschte Carla hervor. »Und das ist mittlerweile auch keine Frage mehr, das ist Gewißheit, unglaubliche, nie geahnte, bodenlose, grenzenlose Gewißheit.«

Sie drehte sich zu den übrigen Pinguinen um. »Und jetzt genug der Worte. Folgen wir den behaarten Fettmonstern. Und wer weiß: Vielleicht mischen wir sogar gemeinsam den Laden auf.«

»Den Laden aufmischen!« rief Monique erschrocken und drückte aus Versehen auf eine falsche Taste der Fernbedienung; das Bild mit den Pinguinen flackerte noch einmal auf und verschwand dann. »Was um aller Weihnachtsgeschenke willen meint Carla denn damit?«

»Dreimal darfst du raten«, antwortete Tess bitter. »Unser großer Meister hat es endgültig übertrieben. Und was das Schlimmste ist: Er selber weiß es noch nicht einmal!«

2

Der Mann hielt inne, als habe er Schwierigkeiten, sich auf die nächsten Schritte zu konzentrieren. Geistesabwesend griff er zum Handy, preßte es ans Ohr und verzog schließlich ärgerlich das Gesicht.

»Das könnt ihr doch nicht machen«, knurrte er ins Telefon. »Wie? Was? Das ist doch kein Grund, Weihnachten zu gefährden. Ich will lachende Kindergesichter sehen, verstehst du, lachende Gesichter!«

Mit zusammengekniffenen Lippen ließ er das Handy wieder in der Innentasche seines Jacketts verschwinden. »Tess! Monique!« schrie er ohne Ansatz. »Wo bleibt ihr denn, verdammt noch mal! Ich habe Termine, Termine, Termine, und ihr treibt euch irgendwo rum!«

»Wir kommen schon«, ertönte Tess' Stimme, und dann sprangen die beiden Katzenfrauen auch schon mit langen, eleganten Sätzen in den Raum, der so etwas wie die Kommandozentrale von Nicks Imperium darstellte. Wie das schon klang: Nicks Imperium! Tess schauderte, aber sie eilte dennoch zu dem Schrank mit den Kostümen, riß die Tür auf und zerrte ein rotes, mit weißem Besatz verziertes Kostüm heraus.

»Ach, du ahnst es nicht«, entfuhr es ihr, als sie sich wieder Nick zuwandte. »Du bist ja schon wieder dünner geworden!«

»Wie? Was?« Nick runzelte die Stirn. Wie er so dastand, sah er aus wie irgendein Manager, Dutzendgesicht und Dutzendkörper, angespannte Gesichtszüge, freudlos zusammengekniffener Mund und ein unbarmherziges Funkeln in den Augen. Dieser Mann verstand ganz offensichtlich mehr von Börsenberichten als vom Weihnachtsfest. Und Tess wurde sich zum erstenmal bewußt, daß dieser Gedanke der Wahrheit näher kam, als es ihr und irgend jemand anderem hier lieb sein konnte.

»Wenn du weiter mit dümmlich aufgerissenem Mund da rumstehst, sollten wir Weihnachten vielleicht verschieben«, zischte Nick gehässig. »Nun mach schon, wir haben schließlich nicht ewig Zeit.«

Tess gab sich einen Ruck und eilte zu ihm herüber. Nick hob automatisch die Arme, als sie auf ihn zueilte, damit sie ihm das Kostüm überstreifen konnte. »Latisha, schalte die ISDN-Freisprecheinrichtung ein!« rief Nick. »Und mach mir eine Verbindung zum Focus!«

Latisha war die dritte im Bunde der Katzenfrauen. In den letzten Monaten war sie so etwas wie ein technischer Verbindungsoffizier für Nick geworden; zumindest kam sie sich so vor. Sie kämpfte gerade mit einem Stapel Faxe und blickte ärgerlich hoch. Früher hatte Nick um Dinge gebeten, jetzt ordnete er nur noch an. Mit einer wütenden Bewegung schmiß sie die Faxe auf einen der vielen Stapel, die vom Boden aus wie kleine Wachtürme emporragten als ständige Mahnung, daß sie mit ihrer Arbeit nicht nachkam, und tippte auf die mit Focus beschriftete Kurzwahltaste ihres PC-Telefons.

Tess hatte inzwischen damit begonnen, die dikken Polster um Nicks Bauch zu schnallen und das Weihnachtskostüm anzupassen. Sie ging dabei nicht besonders liebevoll zu Werke. Nick betrachtete sich dabei von oben bis unten im Spiegel, der zwischen den Monitoren, die die Börsennachrichten und neuesten Werbekampagnen der Spielzeugindustrie zeigten, angebracht war.

»Ich seh' ja aus wie ein schwangeres Nilpferd!« schimpfte er. »Hast du schon die neue Schokoriegelkampagne gesehen, Tess? Da haben sie mich als regelrechten Fettsack dargestellt.«

Tess nahm das magnetische Fixiergerät in die Hand und drückte es auf die Polster. Ganz aus *Versehen* drückte ihr Daumen den Empfindlichkeitsregler nach oben, und ein unangenehmer Stromstoß durchfuhr Nick.

»Autsch!« entfuhr es Nick. »Paß doch auf!«

»Verbindung zum Focus steht!« rief Latisha. »Die woll'n ein Interview mit dir.«

»Klar woll'n die ein Interview mit mir«, stöhnte Nick. »Letzte Woche Schreinemakers, Harald Schmidt und David Letterman, und jetzt die europäischen Magazine.«

»Hallo?« dröhnte eine Stimme im Raum, die Nick nur zu gut von der Focus-Werbung im Fernsehen kannte. »Wie steht's, Nick, alter Junge? Bereit für unser Interview?«

»Klar«, rief Nick betont munter in Richtung des Mikrofons der Freischalteinrichtung. »Ich habe jede Menge Fakten für euch.«

Tess hatte inzwischen das Polster mit dem Fixiergerät befestigt und zog nun das Kostüm zu. Stirnrunzelnd betrachtete sie ihr Werk. Der verkniffene Gesichtsausdruck von Nick stand im scharfen Kontrast zu seinen scheinbar gemütlichen Rundungen und dem scharlachroten Weihnachtskostüm. Sie holte mit Bedacht eine Stecknadel aus dem altmodischen Stecknadelkissen, das sie sich um ihr Handgelenk geschnallt hatte, und steckte die Schulterpolster etwas mehr zusammen. Als sie das Wort *Fakten* hörte, rutschte ihr die Hand aus, und eine Stecknadel landete neben dem Stoff in Nicks Schulter.

Diesmal zuckte er nur zusammen. »Mmm, eh, ich rufe Sie gleich noch mal zurück«, murmelte er und gab Latisha ein Zeichen, daß sie die Verbindung kappen sollte. »Im Moment paßt es gerade schlecht.«

Sein Blick suchte den von Tess. Die Katzenfrau wich unwillkürlich einen Schritt zurück. »Wenn du es nicht schaffst, aufzupassen, solltest du dir vielleicht einen anderen Job suchen«, fauchte er. »In der Spielzeugfabrik brauchen sie noch jemanden, der abends den Boden schrubbt. *Den* kriegst du zumindest nicht so schnell kaputt.«

Bevor Tess antworten konnte, war Latisha schon heran. Sie schwenkte einen Stapel Faxe. »Hier, das solltest du dir mal ansehen!« rief sie. »Ein paar ganz liebe Faxe …«

»Faxe können nicht lieb sein«, knurrte Nick, riß ihr aber die Blätter aus der Hand und überflog sie. »Und was soll daran lieb sein? Dieser Miesepeter Michael schickt mir jetzt schon zum vierten Mal eine Wunschliste. So was nennt man Betrug.«

Während Tess mit ängstlichen Bewegungen das Kostüm von Nick glattstrich, diktierte er: »Hallo, Mikie, in bezug auf dein Fax vom 21. Dezember … ist mir aufgefallen, daß es bereits die vierte Wunschliste ist, die du mir dieses Jahr zukommen läßt. Also, ich bedaure sehr, dich darüber aufklären zu müssen, daß derartige Praktiken mich dazu zwingen, alle deine Listen abzulehnen. Bis dann, S. Claus.«

»Ich kann mich nicht daran erinnern, daß du früher die Kinder so schroff behandelt hast«, wunderte sich Latisha.

Nick nickte unbestimmt. »Kann schon sein. Doch früher waren die Kinder auch anders. Nicht so ... unverschämt. Dreist. Selbst Dreikäsehochs stellen ihre Wunschliste nach dem Werbefernsehen zusammen und schicken sie mir dann per E-Mail oder Fax rüber.« Er schüttelte den Kopf. »Nein, Latisha, die alten Zeiten sind vorbei. Die Kinder wollen keine Hilfe mehr von mir. Sie wollen nur noch ...« Er überflog ein Fax. »Monster-Killer. Und ich kann dann sehen, wie ich all dieses verflixte Spielzeug zusammenkratzen kann.«

Er warf einen Blick in den Spiegel und fauchte Tess dann an: »Sag mal, kannst du nicht ein bißchen mehr italienischen Touch reinbringen?«

»Italienischen Touch?« stöhnte Tess. »Nick, du gehst mir langsam gehörig auf den Wecker. Vielleicht sollte ich mich doch besser um die Fußböden in der Spielzeugfabrik kümmern als darum, aus dir wieder einen Weihnachtsmann zu machen, so wie du früher einmal warst.«

»Und nicht ganz so viel Polster, wenn ich bitten darf«, fuhr Nick ungerührt fort, als habe er sie gar nicht gehört. »Ich möchte keinen so fetten Eindruck machen. So ungesund dick.«

Monique beugte sich mit katzenhafter Geschmeidigkeit vor. Sie atmete hart und schnell, als sie Nick einen Schnellhefter reichte.

»Schon die neue Werbekampagne für das Marzipanbrot gesehen?« fragte sie spitz. »Da siehst du aus wie ein Elefant im Weihnachtsurlaub.«

Nick warf einen Blick auf das Bild und zuckte unwillkürlich zusammen.

»Oh, Mann«, stöhnte er. »Sie stellen mich fetter dar als je zuvor.« Er drehte sich zu Tess um und verzog in gekünstelter Verzweiflung das Gesicht. »Also, wenn es denn sein muß … bring mir drei Pfund Marzipan als kleine Abendmast. Oder warte … mach doch lieber mit den Polstern weiter!«

Tess zuckte mit den Achseln. »Wie du willst«, sagte sie ohne jede Spur von Humor. »Du bist der Boß.«

»Boß?« Nick runzelte die Stirn. »Das ist hart. Ich bin nur ein Diener der Wünsche und Sehnsüchte von Millionen Kindern. Und die wollen Monster-Killer. Was ist das überhaupt für ein Name für ein Spielzeug?«

Ein Name, der inzwischen schon zur Hälfte aller Geschenke passen würde, dachte Tess, aber sie behielt den Gedanken für sich. Sie ließ ihre magische Nähnadel aufblinken und nahm in atemberaubender Geschwindigkeit die letzten Änderungen vor.

»Na, dann steht Weihnachten ja nichts mehr im Weg«, sagte Nick mit einem flüchtigen Blick auf die Wanduhr. »Jetzt müssen wir nur noch die Produktion dieser Monster-Killer ankurbeln, und schon ist das Fest gesichert.«

Latisha sah überrascht von ihrem Stapel mit den Faxen hoch. Weihnachten … sie wiederholte das Wort ein paarmal in Gedanken und versuchte, seinem Klang etwas Angenehmes abzuringen, aber es gelang ihr nicht. Nein – dieses unglaublich prunkvoll gewordene Weihnachten hatte nichts Anheimelndes, nichts Gemütliches mehr an sich. Es ähnelte eher einer überdrehten Feder, die plötzlich losgelassen in den Nachthimmel davonspringt und sich in den Weiten der Unendlichkeit verliert.

»Die anderen unverschämten Faxe beantworte im gleichen Sinne wie das an diesen Peter oder Michael oder wie er hieß«, knurrte Nick, und Latisha bemerkte, daß er in Gedanken schon wieder ganz woanders war.

Latisha seufzte. »Ich weiß nicht, ob das der richtige Weg ist«, sagte sie leise. Als Nick darauf nicht reagierte, fuhr sie fort: »Du solltest dich vorsehen.«

»Wie? Was?« Nick grinste, aber Latisha merkte, daß er ganz und gar nicht bei der Sache war. »Ja, natürlich.«

Der schlanke Mann in dem auftragenden Weihnachtskostüm lachte leise, ein rasches, flüchtiges Lachen, das Latisha gleichermaßen faszinierte wie abstieß. Jeder Mensch hatte seine eigene Art zu lachen, ja, mehr noch, eine Art, fast alles, was in seinem Charakter und seiner Seele festgelegt ist, mit einem einzigen Lachen auszudrücken. Diese rauhe, kehlige und vollkommen humorlose Art zu lachen zeigte mehr, was in Nick vorging, als tausend Worte.

»Früher hast du für jeden Zeit gehabt«, fuhr Latisha fort. »Du hast dich um die wirklichen Probleme der Kinder gekümmert und nicht einfach ihre Wunschlisten abgearbeitet.«

»Was?« Nick warf ihr einen verwirrten Blick zu. »Kann sein. Aber mittlerweile geht es um andere Dinge. Die Kinder wollen keine wirkliche Hilfe mehr von mir. Sie wollen nur noch … Monster-Killer. Und ich stehe unter einem wahnsinnigem Druck, all dieses verflixte Spielzeug zur Verfügung zu stellen.« Er zuckte mit den Achseln. »Der

Weihnachtsmann zu sein ist nicht mehr das, was es vor einigen hundert Jahren einmal war.«

»Soll das heißen, daß du dich verändert hast?« mischte sich Monique ein.

»Natürlich soll es das heißen«, fauchte Nick. »Die ganze Welt hat sich verändert. Und ich muß mich diesen Veränderungen anpassen.« Er holte tief Luft und lächelte entschuldigend. »Die Welt ist härter und oberflächlicher geworden, auf eine schwer zu begreifende Art, weil auf den ersten Blick alles so klar und ordentlich zu sein scheint. Aber das täuscht. Tief unter der Oberfläche brodelt etwas, und dieses etwas verlangt dieses Jahr seinen Tribut in Form von Monster-Killern.«

»Also brodelt auch unter deiner Oberfläche etwas?« fragte Latisha, aber es klang mehr nach einer Feststellung. »Auch bei dir täuscht die Oberfläche. Wolltest du das sagen?«

»Nein, warte, das wollte ich gar nicht sagen!«

»Vielleicht nicht, aber es entspricht der Wahrheit«, übernahm jetzt Tess das Wort. »Als du noch ein richtiger Weihnachtsmann warst, hast du dich auch um meine Wunschliste gekümmert.«

»Und um meine!« pflichtete ihr Monique bei.

»Um meine auch!« gab ihr Latisha Flankenschutz.

Nick seufzte wie jemand, dem man immer wieder die gleiche Klage vorträgt. »Glaubt mir, sobald ich imstande bin, euch zu einhundert Prozent in Frauen zu verwandeln, werde ich es tun«, versicherte er. »Ich weiß nicht, was schiefgegangen ist. Ich konnte jedes Tier problemlos in einen Menschen verwandeln. Es ist nur, zuletzt waren da so furchtbar viele … Probleme.«

Er schüttelte den Kopf, als wollte er einen unangenehmen Gedanken vertreiben. »Und jetzt wieder an die Arbeit«, sagte er betont forsch und schrie sogleich in Richtung des Deckenmikrofons: »Merlin ... steigere die Produktion des Monster-Killers. Sofort!«

Statt einer Antwort drang ein singendes, kreischendes Geräusch aus den Lautsprechern, und die Deckenbeleuchtung flackerte kurz auf. Irgend jemand schrie; ein furchtbarer, heller Schrei, in dem sich Entsetzen und Schmerz mischten. Die Katzenfrauen zuckten zusammen, und Nick wurde kreidebleich.

»Was ist los?« schrie er. Statt einer Antwort gab es einen dumpfen Schlag, und dann herrschte einen Herzschlag lang Totenstille. Bevor Nick seine Frage wiederholen konnte, begann eine entfernte Alarmsirene zu heulen, und dann fielen andere Sirenen in den mißtönenden Gesang mit ein, mit einem harten, schrillen Kreischen, als hätten sich alle Dämonen der Hölle zu einem Chor des Grauens zusammengefunden.

Nick preßte die Lippen so fest aufeinander, daß sich die Zähne in ihnen abmalten, aber er merkte es nicht einmal. Alles, was er spürte, war lähmendes Entsetzen und die grausame Gewißheit, daß etwas Entsetzliches geschehen war. Und er stand hier, mitten im Zentrum seiner Macht, und fühlte sich trotz aller Technik und all seiner hilfreichen Geister plötzlich wie ein Gefangener archaischer Kräfte.

Monique und Tess hatten sich instinktiv aneinandergeklammert. Die Katzenfrauen zitterten am ganzen Leib. Zu frisch war noch die Erinnerung an Rocco, den Leitwolf, der Nick Rache geschworen hatte, und an die anderen Tiere, die voller Wut und

Trauer auf die Weihnachtszitadelle zumarschiert waren. Waren sie jetzt hier, hatten sie das Unvorstellbare getan und das Zentrum des Weihnachtsfests angegriffen wie eine feindliche Festung, die einen grausamen Tyrannen beherbergte?

»Merlin, was ist?!?« schrie Nick. In seiner Stimme lag die ganze Macht der Verzweiflung, die ihn insgeheim wohl schon seit längerem in den Klauen hielt.

Merlin antwortete, aber es waren nur Wortfetzen zu hören, zerrissen von metallischen Geräuschen, als würde etwas mit Gewalt auseinandergeschlagen.

»Kommt!« schrie Nick zu den Katzenfrauen. »Wir müssen in die Fabrik. Etwas Furchtbares muß geschehen sein!«

Monique und Tess warfen sich einen Blick zu, in dem sich ihre ganze Verzweiflung widerspiegelte. Sie hatten Nick die Beobachtung auf den Monitoren verschwiegen, die die Umgebung des Weihnachtslands bis in den letzten Winkel ausleuchteten als wäre es Feindesland. Und das war es strenggenommen auch. Das Unvorstellbare war geschehen: Verzweiflung und Haß hatten sich in die Herzen der Wesen gesenkt, die Nick noch vor gar nicht langer Zeit Liebe und Verehrung entgegengebracht hatten.

Und diese Beobachtung hatten sie Nick verschwiegen, im stillen Einverständnis, weil das Undenkbare kaum in Worte zu fassen war und vor allem nicht gegenüber dem Mann, der immer noch behauptete, Saint Nick, die Verkörperung des Weihnachtsmannes, zu sein. Vielleicht war es ein furchtbarer Fehler gewesen. Vielleicht hätte Nick noch in letzter Sekunde das Ruder herumreißen können, vielleicht hätte sich sein Herz noch rechtzeitig geöffnet, um die Katastrophe vermeiden zu können.

Nick hatte sich aus seiner Erstarrung gelöst und eilte jetzt die Stufen hinab zur Fabrik. Die Katzenfrauen folgten ihm. Währenddessen wimmerten die Sirenen weiter, als könnten sie nicht fassen, was geschehen war.

Nick erreichte als erster das bunt schillernde Tor mit den fröhlichen Weihnachtsmalereien, dem Eingang in die geheimnisvolle Wirkungsstätte der Elfen, die sich in den letzten Jahren zu einer ganz normalen Spielzeugfabrik gewandelt hatte. Dort, wo einst Magie geherrscht hatte und allenfalls durch Handarbeit ergänzt worden war, herrschten jetzt glänzende Maschinen, die den Elfen den Takt vorgaben und sie zu immer größerer Leistung zwangen. Etwas war vollkommen schiefgelaufen. Es war, als sei die unsichtbare Grenze zwischen dem Weihnachtsland und der realen Welt in Auflösung begriffen, zuerst kaum merklich und dann plötzlich mit einer Macht, die alles vergessen ließ, was das Reich das Weihnachtsmannes einst ausgemacht hatte.

Nick riß das Tor auf und eilte in die dahinter liegende Halle mit ihren mächtigen Gebläsen, die die verbrauchte und schmutzige Luft nach draußen prusteten und mit den im gleichmäßigen Takt stampfenden Maschinenungeheuern, die gleich urzeitlichen Lebewesen in stumpfer Eintracht über ihre Umgebung herrschten.

Jetzt standen die Maschinen still. Nahe dem Eingang kniete eine Gruppe von Elfen, und die Katzenfrauen erkannten einen Elf, der blutend am Boden lag und sich vor Schmerz krümmte.

Ein Elf, der wie ein *normaler* Mensch blutete. Was geschah mit ihnen?

»Was ist hier los?« fragte Nick in donnerndem Tonfall, der mehr von seiner Unsicherheit verriet, als wenn er sich seine Erschütterung hätte anmerken lassen.

Merlin, der alte, weise Elf, erhob sich langsam. Alles an ihm strahlte Würde aus, die großen runden Augen, in denen sich die Unendlichkeit wie in einem mehrere hundert Meter tiefen Bergsee spiegelte, die vorstehenden Wangenknochen, die ihm etwas Aristokratisches verliehen, und der Mund, der normalerweise ein gütiges Lächeln trug.

Doch jetzt war der Mund fest zusammengepreßt, und in den unendlich tiefen Augen spiegelte sich alles andere als Güte.

»François wurde von einem herunterfallenden Stapel Monster-Killer getroffen«, preßte Merlin hervor. »Er ist schon der dritte in dieser Woche, der hier zu Schaden gekommen ist.«

»Der dritte, so, so«, murmelte Nick. »Es ist hoffentlich nichts Ernstes?«

»Natürlich ist es etwas Ernstes«, sagte Merlin. »Wenn sich in dieser ... *Fabrik* Dinge ereignen, die sich früher nicht ereignet haben, dann ist es etwas Ernstes.«

»Ja, ja«, sagte Nick ungewohnt sanft. »Aber ich meine: Wie geht es François?«

Merlin antwortete ihm nicht, sondern sah ihn nur traurig an. Nick biß sich nervös auf die Lippen. In diesem Moment piepste sein Handy, und er riß es mit einer ungestümen Bewegung aus der Gürtelhalterung, wie ein Revolverheld seinen Colt hervorgerissen hätte, um eine drohende Gefahr abzuwenden.

»Ja!« brüllte er ins Handy. »Was? Noch mehr Monster-Killer? Dann müssen wir eben die Produktion weiter steigern.«

Als er das Handy wieder in der Halterung verschwinden ließ und sich Merlin zuwandte, hatten sich die anderen Elfen schon entfernt; zwei von ihnen stützten François, der mit unsicheren Schritten vorwärts taumelte.

»Jeder Unfall wirft uns in der Produktion zurück«, murmelte er geistesabwesend. »Und das so kurz vor Weihnachten ...«

Er riß sich zusammen und wandte sich an Merlin: »Wie schaffen wir es, die Produktion von Monster-Killern zu ... sagen wir: zu verdoppeln.«

»Zu was?« fragte Merlin ungläubig. »Du willst die Produktion wirklich allen Ernstes weiter steigern? Siehst du denn nicht, daß der Bogen schon längst überspannt ist? Willst du dich nicht erst um François kümmern, bevor du auch nur irgend etwas anderes in Erwägung ziehst?«

»In Ordnung«, lenkte Nick ein. »Laß ihn ins Krankenzimmer bringen. Und dann komm in mein Büro, damit wir die Details der Produktionssteigerung besprechen können.«

Er drehte sich um und ging mit raschen Schritten durch das Tor. Die Katzenfrauen wichen mit fast ängstlich wirkenden Bewegungen vor ihm zurück, so, als fürchteten sie die Veränderung, die immer mehr von ihm Besitz ergriff. Er warf ihnen stirnrunzelnd einen Blick zu und schüttelte den Kopf, als müsse er einen lästigen Gedanken loswerden. Doch dann blieb er plötzlich abrupt stehen, mit fragendem Gesichtsausdruck und sichtbarer Nervosität.

Nick drehte sich langsam um. In seinem Blick

zeigte sich keine Überraschung, als er entdeckte, daß Merlin ihm nicht gefolgt war.

»Stimmt etwas nicht?« fragte er gedehnt.

Um Merlin hatte sich eine Gruppe von Elfen versammelt, und aus dem Hintergrund der Fabrik strömten Dutzende von anderen Elfen heran, die offensichtlich allesamt spontan die Arbeit niedergelegt hatten.

»Allerdings stimmt etwas nicht«, sagte Merlin mit seiner gewohnt sanften Stimme. »Warum heilst du François nicht, Santa? Wäre das nicht einfacher?«

Nick fuhr sich mit der Hand durch die Haare und lächelte unsicher. »Äääääähm ...«, machte er. »Ich habe es im Moment sehr eilig. Wir haben viel zu tun, Merlin. Schick die Elfen zu ihrer Arbeit zurück.«

»Nein«, beschied ihm Merlin knapp.

Nick zuckte zusammen, als hätte man ihn geschlagen. »Was sagtest du?« fragte er fassungslos.

»Ich erinnere mich daran, daß du vor rund eintausend Jahren drei Kinder aus einem Faß voller kochendem Wasser gezogen und ihnen ihr Leben gerettet hast«, sagte Merlin leise. »Du warst ein Instrument der Liebe, und die Wunden der Kinder waren sogleich geheilt. Ich weiß, daß ich die Wahrheit sage, denn ich war eines dieser Kinder.«

Nick zuckte mit den Achseln. »Die Zeiten haben sich geändert. Früher waren die Dinge einfacher. Bitte ... schick die Elfen zur Arbeit zurück.«

Mittlerweile hatten sich noch mehr Elfen um Merlin versammelt, ein wogendes Meer von Körpern und Seelen, um die sich zu kümmern eigentlich seine Pflicht gewesen wäre. Aber Nick machte keine Anstalten, auf sie zuzugehen. Ganz im Gegenteil; sein Körper drückte Anspannung und Furcht aus, und es sah aus, als ob er sich mit aller Gewalt zusammenreißen müßte, um nicht herumzufahren und hinauf in den Raum zu fliehen, den er mittlerweile Büro nannte und der früher einmal sein Heim gewesen war.

»Du hast all deine Magie verloren, ist es nicht so?« fragte Merlin unbarmherzig. »Du bist dir nicht mal mehr darüber im klaren, wer du selbst bist.«

»Nein!« schrie Nick. »Das ist nicht wahr. Ich … ich habe einfach nur zu viel zu tun.«

Merlin achtete nicht auf seine Worte. Er drehte sich einfach um und verschwand in den dicht gedrängten Körpern der Elfen, als würde er von ihnen aufgesogen.

Nick schluckte trocken. »Nun. Also gut.« Er klatschte in die Hände. »Das Schauspiel ist vorbei. Geht wieder an eure Arbeit. Sofort!«

Die Elfen rückten und rührten sich nicht. Sie standen da wie eine schweigende Mauer, wie ein gigantisches Wesen, daß aus vielen Einzelwesen zusammengesetzt ist. Nichts an ihren Gesichtszügen verriet, was sie dachten. Aber so, wie sie da standen, drückten sie eine magische Macht aus, der Nick nicht mehr entgegenzusetzen hatte als seinen technischen Firlefanz.

»Los, macht euch wieder an die Arbeit!« schrie Nick. »In drei Tagen ist schon Weihnachten!«

Zuerst sah es so aus, als ob seine Worte wieder keine Wirkung hätten. Doch dann drehten sich die Elfen wie auf einen geheimen Befehl um und folgten Merlin in den Hintergrund der Halle. Nick wollte schon erleichtert aufatmen, doch dafür bestand kein Grund. Die Elfen gingen schweigend an den übermannshohen Maschinen vorbei und an den Monster-Killern, die gespenstisch echt wirkend auf den nun stillstehenden Fließbändern lagen und aussahen wie eine dahingemähte Armee skurril gekleideter Gangster. Die Elfen wurden vom Grau der Halle aufgesogen und verschwanden schließlich aus Nicks Blickfeld.

Nick starrte ihnen mit offenem Mund nach. »Was soll das?« stammelte er schließlich. »Das können sie doch nicht machen. In drei Tagen ist Weihnachten! Was soll aus den Kindern werden?«

»Das war's dann wohl, Chef«, sagte Latisha und drängte sich an ihm vorbei. »Kommt, Mädels«, sagte sie zu den beiden anderen Katzenfrauen. »Machen wir, daß wir wegkommen.«

Sie drängte sich an Nick vorbei. Monique und Tess warfen sich einen kurzen Blick zu, dann folgten sie ihr.

»Eh, hiergeblieben!« schrie Nick außer sich. »Das könnt ihr doch nicht machen.« Zornesröte verdunkelte sein Gesicht, als die Katzenfrauen ohne auf ihn zu achten den Elfen folgten. »Halt!« schrie er. »Kommt sofort wieder! Das ist ein Befehl.«

Die Katzenfrauen würdigten ihn keines Blickes. Mit geschmeidigen Bewegungen liefen sie an den dunklen Maschinen vorbei, als befehle ihnen eine geheimnisvolle Macht, den Elfen zu folgen und Nick allein stehen zu lassen.

»Wenn ihr nicht sofort wiederkommt, seid ihr … gefeuert!« schrie Nick außer sich.

3

Es war sinnlos. Der Arbeitsstopp verbreitete sich wie ein Lauffeuer. Die Fließbänder, eben noch damit beschäftigt, die Einzelteile der Monster-Killer zu transportieren oder bereits fertig montierte Killer zum Lager zu schaffen, standen still. Die großen Arbeitsleuchten, die jeden Winkel der gigantischen Halle ausleuchteten, erloschen. Nachdem die Katzenfrauen ihn verlassen hatten, herrschte eine fast unnatürlich wirkende Stille. Nur die Notbeleuchtung tauchte die Halle noch in ein schummriges Licht, und nichts erinnerte in dem gigantischen Gebäude noch an Produktivität und Leistungssteigerung.

Nick fühlte sich, als habe man ihm den Boden unter den Füßen weggezogen. Sein ganzes Denken und Fühlen war wie immer so kurz vor Weihnachten nur darauf ausgerichtet, die ganze riesige Maschinerie am Laufen zu halten, damit er den Kindern geben konnte, wonach sie am meisten verlangten. Und wenn es Monster-Killer waren.

Doch jetzt war alles aus. Selbst die Aufzüge standen still, und auch das sanfte Summen der Klimaanlage, die störende Gase aufsog und frische Luft spendete, war verstummt. Es war eine unheimliche Atmosphäre. Nick konnte sich an keine vergleichbare Situation in seinem langen Leben erinnern. Es war einfach undenkbar, daß es in seinem friedlichen Reich so etwas wie eine Revolte geben konnte.

Und doch war das Undenkbare geschehen. Und

alles, was er jetzt tun konnte, war, die Situation in den nächsten drei Tagen zu stabilisieren und nach dem Weihnachtsfest den Scherbenhaufen aufzuräumen. Sie hatten es ja nicht anders gewollt. Wenn sie gegen ihn revoltierten, mußten sie eben mit den Konsequenzen leben. Er würde ein scharfes Gericht halten müssen, und wenn Köpfe rollten. Vielleicht mußte er sogar die Katzenfrauen strafversetzen, bis sie wieder angekrochen kamen und ihn um Verzeihung anbettelten.

Der Gedanke gab ihm neue Kraft. Er straffte die Schultern und setzte sich in die Richtung in Bewegung, in der die Horde aufmüpfiger Elfen verschwunden war. Doch in seinem Kopf schienen tausend Stimmen zu wispern, wie bei einem Radio, das nicht richtig abgestimmt war. Er versuchte sie zu ignorieren, sie zurückzudrängen, aber da war etwas in ihm, was ihn einen Narren schimpfte und ihm selbst die Schuld an der Eskalation gab. Aber das war natürlich Blödsinn. Die anderen waren schuld, er, die leibhaftige Verkörperung des Weihnachtsmannes, war die Unschuld und Liebe in Person. Das war schon immer so gewesen, und daran würde sich auch nichts ändern.

Er beschleunigte seinen Schritt, als müsse er dieses Monument einer übersteigerten Spielwarenproduktion unbedingt und sofort hinter sich lassen. Die Notbeleuchtung wies ihm den Weg zum Treppenhaus, den Weg, den auch die Elfen und die Katzenfrauen genommen haben mußten. Das Treppenhaus endete an der Oberfläche des Weihnachtslandes, dort, wo vor undenklich langer Zeit in den letzten Tagen vor Weihnachten das ewige Feuer gebrannt und alle gewärmt hatte, wo Tanz und Spiel ihnen allen Kraft gegeben hatte, um sich in die Kinderseelen zu versetzen und die geheimen Wünsche aufzuspüren, die Not zu lindern und Hoffnung zu geben. Damals hatte es noch nicht so viele Kinder wie heute gegeben; die Bevölkerung der Welt war geradezu explodiert, und in den letzten Jahrzehnten war dann der Gleichmacher Fernsehen mit Riesenschritten über die Welt marschiert, hatte die Geschichten über ihn und seine Helfer bis in den letzten Winkel armseliger Hütten übertragen, in Länder, wo man zuvor noch nie etwas über ihn gehört hatte.

Und er hatte damit die Verantwortung für eine Milliarde Kinder erhalten, für Völker, von deren Existenz er zuvor nur vage gehört hatte und für die zuvor andere, aber nie er verantwortlich gewesen waren. Das alles ließ sich nur noch mit straffem Management in den Griff bekommen. Die Elfen hatten ja keine Ahnung von seinen endlosen Seelenqualen angesichts der Last der Verantwortung, die ihm durch die Globalisierung und den technischen Fortschritt aufgehalst worden war. Was wußten sie schon von seinen verzweifelten Versuchen, die Balance in einer verrückt gewordenen Welt zu bewahren?

Dann hatte er den oberen Absatz der Treppe erreicht und stieß die Tür zur Außenwelt auf.

Es war ein unwirklicher Anblick. Sie alle hatten sich hier versammelt. Nicht nur die Elfen und die Katzenfrauen, nein, einfach alle. Selbst die Tiere, seine Freunde, seine immerwährenden Verbündeten, hatten sich hier versammelt, die Eisbären und die Pinguine, die Wölfe und die Rentiere. Es war eine gigantische, gemischte Gesellschaft, seine Freunde, und doch empfand er bei ihrem Anblick nicht das gewohnte herzliche Gefühl.

Sie alle schienen auf ihn gewartet zu haben. Als die Tür der Kuppel aufschwang, in deren Glas sich das kalte Licht des polaren Winters brach, und er hinaus in die Kälte trat, verstummte sofort jedes Gespräch. Hunderte von Augenpaaren musterten ihn stumm, und, wie es ihm schien, in stummer Anklage.

»He, hier steckt ihr also!« sagte er betont forsch, aber seiner Stimme fehlte die gewohnte kraftvolle Sicherheit. »Wenn es ein Problem gibt, dann können wir drüber reden. Aber bitte nicht so kurz vor Weihnachten. Laßt uns erst das heilige Fest hinter uns bringen, und dann sehen wir weiter.«

Ein unwilliges Gemurmel erhob sich. »So nicht, Nick!« schrie jemand. Und andere fielen mit in den Chor ein: »So nicht, Nick!«

Nick hob die Hände und versuchte etwas zu sagen, aber seine Stimme ging in dem Schrei »So nicht, Nick!« unter. Es waren die Elfen, die so riefen, und einzelne Tiere schlossen sich dem Chor an. Dann fiel sein Blick auf Latisha; auch die Katzenfrau schrie im Chor mit, und das war vielleicht das Schlimmste – daß sich selbst seine engsten Vertrauten von ihm abgewandt hatten.

Mitten in der Menge stand Merlin, stumm und aufrecht, und obwohl er bei weitem nicht der Größte in der gemischten Gruppe war, schien er doch alle zu überragen. Als er die Hand hob, um Ruhe zu gebieten, gehorchte Nicks Volk; die Stimmen verebbten, und dann war es schließlich nur noch ein kleiner Pinguin, der mit piepsiger Stimme »So nicht, Nick!« skandierte. Carla, die Anführerin der Pinguine, stieß ihm in die Seite. Der kleine Pinguin machte einen Satz nach vorne, sah sich verwirrt um, und verstummte dann auch.

Nick wischte sich mit der Hand über die Stirn. Sein glattes Gesicht wirkte unnatürlich verkrampft. »Warum tut ihr mir das an?« fragte er weinerlich. »Es ist drei Tage vor Weihnachten. Es ist zum Heulen.«

»Du hast dir alles selbst zuzuschreiben«, sagte Merlin und trat auf Nick zu. Daß seine Stimme ruhig und freundlich klang, machte alles nur noch schlimmer. »Du hast die Zeichen der Zeit mißdeutet, Nick. Wenn alles oberflächlicher und greller wird, ist es die Sache des Weihnachtsmanns, gegenzusteuern. Statt dessen hast du noch Öl aufs Feuer gegossen.«

»Ich tu' doch nur, was die Kinder von mir erwarten«, sagte Nick verzweifelt. Er stieß die Luft mit einem tiefen Seufzer aus, als könne er mit einem tiefen Atemzug all das ungeschehen machen, was in den letzten Jahren schiefgelaufen war. »Ich habe immer nur das getan, was alle Welt von mir erwartete.«

»Welch eine Entschuldigung!« Merlin schüttelte langsam den Kopf. »Du kennst nicht einmal mehr die sieben Gesetze, die es einzuhalten gilt, wenn man ein Elf ist, nicht wahr?«

»So ein Blödsinn!« begehrte Nick auf. »Natürlich kenne ich sie. Das ist erst einmal ... Vertrauenswürdigkeit ... und dann ... ähm ... Haltung ...«

Merlin schüttelte abermals den Kopf. Die Bewegung hatte etwas Endgültiges an sich, so, als würde er ein unwidersprechliches Urteil über Nick sprechen. Während die Elfen einen immer engeren Kreis um sie bildeten, kam sich Nick zunehmend wie ein Angeklagter vor, dessen Urteil schon feststand und dem man es nur noch mitteilen mußte.

»Sieh«, sagte Merlin und hob erneut die Arme. »Sieh dir deine Welt an. Sieh dir an, wie menschenähnlich du sie gemacht hast, wie sehr du sie danach ausgerichtet hast, was Hollywood den Menschen als Wahrheit vorgaukelt.«

Nick trat ein paar Schritte in die eisige Kälte des polaren Winters hinaus, und die ihn umgebenden Elfen wichen zurück, als hätte er eine ansteckende Krankheit. Vor der Kuppel hatten sich die Tiere versammelt, Hunderte verschiedener Einzelwesen, Dutzende verschiedener Rassen, und sie alle waren jetzt hier, geeint durch einen geheimen Beschluß, den er nicht kannte und vielleicht auch nie verstehen würde. In Nicks Augen traten Tränen, und er war sich nicht sicher, ob sie von dem eisigen Wind herrührten, der unbarmherzig in sein Gesicht schnitt, oder von etwas anderem, das ihn so tief aufwühlte, daß er kaum noch klar denken konnte.

»Ich bin sicher, daß du dich noch an unsere fundamentalen Gesetze erinnerst«, fuhr Merlin fort. »Wenn wir alle hier am Nordpol uns in einem Wunsche einig sind, dann wird er sich auch erfüllen. Und wir sind uns einig im Wunsch nach Liebe und Güte der Welt gegenüber, und wir halten zusammen im Beschluß, daß du fortgeschickt werden mußt.«

»Wie jedes Jahr, ich weiß.« Nick wischte sich die Tränen aus den Augenwinkeln und spürte vage Hoffnung in seinem Herz aufkeimen. Offensichtlich war doch nicht alles so schlimm, wie er gedacht hatte. »Es ist eine wunderschöne Geste jedes einzelnen von euch. Ich freue mich schon darauf, euch wiederzusehen. Ich meine in ein paar Tagen, wenn ...«

»Du wirst uns nicht noch einmal sehen«, unterbrach ihn Merlin. »Es wird dieses Jahr kein Weihnachten geben.«

Nick zuckte zusammen, als sei er geschlagen worden. »Bitte, was?« stammelte er. »Was soll das heißen?«

»Das soll heißen, daß genug genug ist«, fuhr Merlin fort. »Du hast Weihnachten zu einer Farce gemacht, zu einem Medienspektakel, zu etwas Furchtbarem, das mit unserer ursprünglichen Absicht nichts, aber auch gar nichts mehr zu tun hat. Zu einem Fest für Monster-Killer.«

»Das ist nicht wahr!« protestierte Nick. ›Schön, die Monster-Killer sind ein schreckliches Spielzeug, aber die Kinder ...«

»Ja, die Kinder«, sagte Merlin ernst. »Über die Monster-Killer hast du die Kinder ganz vergessen. Die Kinderherzen, das Geheimnisvolle der Kindheit, das Unschuldige, das Beschützenswerte, das in jedem Kind zu Hause ist. Du hast dein eigentliches Ziel aus den Augen verloren, Nick. Und damit ist ... Weihnachten ab sofort *beendet.*«

Einen Herzschlag lang herrschte absolute Stille »Du meinst es ernst, was?« fragte Nick schließlich ungläubig. »Du meinst es wirklich ernst.« Er schüttelte entschieden den Kopf. »Das könnt ihr nicht machen. Das geht doch gar nicht. Ich werde einfach noch einmal neu ansetzen; wir schmeißen die Monster-Killer aus dem Programm und starten ein wissenschaftliches Researchprogramm, das uns die letzten Winkel der Kinderherzen enthüllen wird. Und dann können wir gezielt ansetzen ...«

»Du solltest dich reden hören«, unterbrach ihn Merlin leise. »Ich kann nicht glauben, was du da von dir gibst, und das Schlimmste ist: Du merkst noch nicht einmal, welchen bodenlosen Unsinn du redest.« Er breitete die Hände aus, in einer kleinen, harmlosen Geste, die dennoch die ganze Welt zu umfassen schien. »Es ist vorbei. Du hast dein Versprechen nicht eingehalten, unsere Güte nicht repräsentiert ...«

»Und was ist mit deiner Güte, verdammt noch mal?« unterbrach ihn Nick aufgebracht. »Wie verhältst *du* dich mir gegenüber?«

»Wie ich mich dir gegenüber verhalte? Zu lange zu geduldig? Habe ich zu lange weggesehen, mir eingeredet, daß meine Warnungen dich erreichen würden?« Merlin nickte. »Ja, das habe ich. Und so trifft auch mich Schuld. Aber nicht darum geht es, denn nur du bist Saint Nick. Oder besser gesagt: Du warst es ...« Er hielt einen Moment inne und fuhr dann kaum hörbar fort: »Die Aufgabe der Heilung übernimmt die Medizin, die der Magie übernimmt die Technik, und die der Liebe übernimmt die Materie. So ist es in der Welt geschehen, und so geschieht es hier.«

»Das mag sein«, gestand Nick. »Die Welt hat eine ... eine schlechte Phase. Die Menschen sind dennoch die gleichen. Sie werden schon wieder auf den rechten Weg zurückfinden ...«

»Das erzählst du uns schon seit fünfzig Jahren.«

»Am Ende werde ich recht behalten«, beharrte Nick.

Merlin schüttelte traurig den Kopf. »Nick, du verstehst einfach nicht, was du verloren hast, und daß es so nicht mehr weitergehen kann. Du hast die Balance verloren. So kannst du nicht als Saint Nick die Kinder beglücken. So beglückst du überhaupt niemanden mehr; du bist nur noch ein billiger Werbeabklatsch deiner selbst ...«

»Das ist ja alles wunderschön«, wurde er grob

von einer rauhen Stimme unterbrochen, die kaum verständlich war und doch unendlich vertraut. Nick fuhr herum und kniff die Augen zusammen. Es dauerte einen Moment, bevor er begriff, wer das gesprochen hatte. Es war Rocco, der Leitwolf, der dem Gespräch bislang schweigend gefolgt war, jetzt aber offensichtlich die Geduld verlor. »Wenn ihr mal euren Weihnachtsmann-Klimbim unterbrechen könntet: Es geht um wesentlichere Dinge. Es geht um meinen Sohn.«

»Um deinen Sohn?« fragte Nick stirnrunzelnd. »Was ist mit deinem Sohn?«

»Das weißt du nicht? Du weißt nichts von seiner abgerissenen Pfote?« Roccos Stimme klang wie ein fernes Donnergrollen, und seine Augen funkelten tückisch. »Früher hättest du noch nicht einmal auf eine Aufforderung gewartet. Du hättest gewußt, was passiert ist, und du hättest geholfen, ohne daß auch nur ein Wort nötig gewesen wäre.«

»Ja, ja.« Nick zuckte mit den Schultern. »Aber jetzt paßt es mir sehr schlecht, weißt du? Es passiert ...«

»Es passiert gleich was, wenn du dich *nicht* darum kümmerst«, knurrte Rocco ungehalten. »Es ist schon viel zu viel nicht passiert, als daß es jetzt noch ein Zurück gäbe.«

Unter den Tieren und Elfen gab es zustimmendes Gemurmel; eine Mischung verschiedener Geräusche, dem Schnattern der Pinguine, dem Gegrummel der Elfen, dem tiefen Brummen der Bären, dem gefährlichen Grollen der Wölfe. Nick sah sich überrascht um. Ihm wurde erst jetzt vollends bewußt, daß er umringt war von einer riesigen Schar aller Lebewesen, die hier an diesem geheimen Ort im ewigen Eis eine Rolle spielten.

»Nick, wirst du meinen Sohn jetzt heilen?!« fragte Rocco in drohendem Tonfall.

»Ich weiß nicht ... ich meine, ich kann ihn mir ja einmal ansehen ...«

»Bringt ihn her!« schrie Rocco aufgebracht.

Nick drehte sich um, in der Erwartung, nun Roccos Sohn zu sehen. Aber der Leitwolf hatte offensichtlich etwas anderes im Sinn. Santa erkannte seinen Rentierschlitten, der schlitternd und torkelnd durch das Tor gezogen wurde. Und das war auch kein Wunder. Denn diesmal waren es nicht seine geliebten Rentiere, die den Schlitten zogen. Statt dessen hingen struppige Wölfe in dem Geschirr, magere Gestalten mit funkelnden Augen und unsicheren Bewegungen, die teilweise gegeneinander arbeiteten, dabei aber doch mit erstaunlicher Geschwindigkeit vorankamen.

»He, was soll das!« schrie Nick.

»Wenn du das Spielzeug nicht ausliefern kannst, wirst du vielleicht aufhören, es herzustellen«, grollte Rocco. »Vielleicht entscheidest du dich ja jetzt, dich etwas intensiver um meinen Sohn zu kümmern.«

So unglaublich das Vorgehen der Wölfe war, um so unglaublicher war, daß die anderen Tiere und sogar die Elfen dem frevelhaften Treiben keinen Einhalt geboten. Nick spürte, wie sich sein Magen verkrampfte. Merlins Worte erschienen nun in einem ganz anderen Licht. Hier spitzte sich etwas zu, vielleicht seit Jahren schon, aber nun erst brach es auf wie eine eiternde Wunde, die ihren ekelhaften Inhalt über die nächste Umgebung ergoß.

Doch dann kam in die Tiere plötzlich Bewegung. Nick wollte schon aufatmen, in dem Glauben, sie würden sich nun doch den Wölfen in den Weg stellen. Aber weit gefehlt: Sie benahmen sich eher wie ein plappernder Haufen übermütiger Kindergartenkinder, die zum erstenmal einen Ausflug machten.

Die Pinguine und Polarbären drängelten sich zum Schlitten vor, den die Wölfe mit vor Anstrengung zitternden Leibern auf den Grat der Eisklippe geschleppt hatten, die den besten Überblick über das Hinterland bot – sah man einmal von den Monitoren in Nicks Zentrale ab.

»So einen wollte ich schon immer mal haben!« kreischte ein kleiner Pinguin.

»Kommt gar nicht in Frage!« protestierte Kobo, der Anführer der Eisbären. »Wir nehmen den Schlitten!«

»Das darf doch wohl nicht wahr sein«, murmelte Nick. Er wollte zum Schlitten eilen, aber Merlin gebot ihm mit einer Handbewegung Einhalt. »Laß sie«, sagte er ruhig. »Du kannst das, was du angerichtet hast, sowieso nicht mehr ungeschehen machen.«

»Laßt den Schlitten in Ruhe!« schrie Rocco. »Er gehört uns!«

Die Wölfe ließen das Geschirr fallen und fletschten drohend die Zähne, als sich die Eisbären in ihrer ganzen erschreckenden Größe vor ihnen aufbauten. Den Streit der gefährlichen Raubtiere wollten offensichtlich die Pinguine für sich nutzen. Mit watschelnden Sprüngen hetzten sie von hinten auf den Schlitten zu.

»So nicht«, fauchte Kobo und packte den Schlitten. Aber die Pinguine waren etwas schneller. Sie hatten den Schlitten schon erreicht, und einige von ihnen zerrten verzweifelt an dem reich verzierten

Holz. Kobo hob seine schreckliche Pranke und ließ sie auf den Schlitten niedersausen; wohl in der Absicht, das Gefährt zu sich rüberzureißen. Sein Schlag traf nur halb. Und doch langte die Wucht seiner Bewegung, um den Schlitten in zitternde Bewegung zu versetzen. Wie von Geisterhand geführt setzte er sich in Bewegung und rutschte mit zitternden Bewegungen auf die Klippe zu.

Die Wölfe sprangen im letzten Moment aus dem Weg. Der Schlitten donnerte an ihnen vorbei, jagte auf die Klippe zu, schien einen Herzschlag lang in der Luft stillzustehen und polterte dann den Hang herab. Zwei, drei Sekunden herrschte absolute Stille. Die Welt schien stillzustehen, und Nick hielt unwillkürlich den Atem an. Schon dachte er, daß alles gut gegangen war, doch dann gab es einen gewaltigen Krach, wie von einer Explosion – oder wie von einem Schlitten, der auf dem Boden aufschlägt und in tausend Stücke zerspringt.

»Nein!« schrie Nick. Er wollte nach vorne stürzen, aber Merlin hielt ihn am Ärmel fest.

»Nicht, Nick«, sagte er mit seiner ruhigen Stimme. »Was geschehen ist, hast du dir selbst zuzuschreiben. Du hast die heilige Ordnung der Welt durcheinander gebracht.«

»Mein Schlitten ...«, keuchte Nick. »Ich glaube, ich werde verrückt.«

Die Tiere schwiegen, aber ihre Minen wirkten eher verunsichert als bestürzt. Kobo zuckte die Achseln und zog sich in Begleitung seiner Eisbären ein Stück zurück. Die Wölfe versammelten sich um Rocco, der jetzt weniger aggressiv als vielmehr verwirrt wirkte. Nur die Pinguine blieben, wo sie waren, und einige von ihnen traten an den

Rand der Eisklippe, deuteten aufgeregt nach unten und murmelten etwas.

»Genau aus diesem Grunde mußt du in die Welt hinausziehen und einen neuen Elfen finden«, sagte Merlin. »Ein Kind, das Weihnachten wieder zu dem macht, was es einmal war.«

Nick schwieg einen Moment. »Warum?« fragte er schließlich.

»Wenn du es nicht tust, wirst du den Grund erfahren«, antwortete Merlin geheimnisvoll.

Nick schüttelte den Kopf. »Aber doch nicht innerhalb der nächsten drei Tage, oder?« fragte er hilflos. »Wo soll ich ein Kind auftreiben, das in so kurzer Zeit alle sieben Prüfungen besteht?«

Merlin sah ihm direkt in die Augen. Sein Blick wirkte so ruhig und geheimnisvoll wie immer; es war, als würde man direkt in die Unendlichkeit der Zeit schauen. »Du hast bis acht Uhr am Heiligabend Zeit«, sagte er schließlich.

Er machte eine komplizierte Handbewegung, und aus dem Boden rings um Nick brach ein schillerndes Leuchten vor, einem Regenbogen nicht unähnlich und doch ganz anders, ein Kaleidoskop aus Farben, in sich drehend und doch von einer unglaublichen Konstanz.

»He, das ist mein magischer Wall!« schrie Nick. »Was soll das?«

»Er wird wieder dir gehören, wenn du deine Mission erfüllt hast.« Merlin lächelte leicht. »Und nun tritt ein. Ich habe gehört, in San Diego soll es um diese Jahreszeit ganz nett sein.«

Nick zögerte. Ihm war nicht wohl bei dem Gedanken, den magischen Wall zu betreten, *seinen* magischen Wall, um genau zu sein. Was bildete sich Merlin eigentlich ein? Im Grunde genommen war er nicht mehr als sein Angestellter, ein vielleicht außergewöhnlicher Angestellter an einem außergewöhnlichen Ort – aber nichtsdestotrotz stand es ihm nicht an, Nick Befehle zu erteilen.

»Ich weiß nicht, ob ich das tun sollte«, sagte Nick. »Es erscheint mir alles – etwas überstürzt.«

»Das Wort stürzen ist vielleicht gar nicht so fehl am Platz«, meinte Merlin nachdenklich. »Du wirst San Diego geradezu entgegenstürzen. Allerdings scheint mir deine Kleidung nicht ganz passend.«

Er schnippte mit den Fingern, und augenblicklich war Nick wie ein ausgeflippter Tourist gekleidet: Mit einem T-Shirt im Hawaii-Stil, bedruckt mit vielen kleinen Weihnachtsmännern, halblangen, leuchtendroten Boxer-Shorts, hohen roten Top-Freizeitschuhen, einer roten Baseballkappe, die falsch herum auf seinem Kopf saß, und einer schrecklichen, rotgetönten Sonnenbrille.

»Aber natürlich kann ich dich nicht alleine gehen lassen«, fuhr Merlin fort. »Die Katzenfrauen werden dich begleiten. Schließlich haben sie mit dir auch Hand in Hand gearbeitet, um den ganzen technischen Firlefanz aufzubauen. Die Begegnung mit der realen Welt wird ihre Technikbegeisterung sicherlich ein wenig bremsen.«

»Aber …«, begann Latisha.

»Nichts aber«, unterbrach sie Merlin liebenswürdig. »Bitte tretet näher, meine Damen.«

»Sollten wir nicht …«, begann Monique unsicher. Sie räusperte sich. »Ich meine, wie sollen wir uns in der realen Welt bewegen? Etwa zu Fuß?«

»Ein trefflicher Einwand«, meinte Merlin leichthin. »Ich denke, da fällt mir schon etwas ein.« Er kratzte sich am Kopf, dann hellten sich seine Züge auf. »Aber ja. Das ist es.«

Er schnippte erneut mit den Fingern, und vor dem magischen Wall zischte und brodelte es plötzlich, und dichter Rauch stieg auf und verdeckte die Szene. Als er sich verzog, stand ein Auto da. Es war nicht einfach irgendein Auto, sondern ein kirschroter 63er Chevy, mit chromblitzenden Stoßstangen und einem Motorraum, der Platz für ein komplettes modernes Stadtauto geboten hätte.

»Aber da wäre noch eine Kleinigkeit«, fuhr Merlin fort. »Denn schließlich kann ich ja den Wall nicht einfach sich selbst überlassen.«

Er schnippte mit den Fingern. »Carla ... Kobo! Kommt doch bitte beide mal her!«

Der Eisbär und die Anführerin der Pinguine warfen sich einen kurzen Blick zu, und dann traten die beiden ungleichen Wesen auf Merlin und das Auto zu. Als Carla mit watschelnden Schritten dabei ihrem natürlichen Feind näher kam, erschien eine scharfe Sorgenfalte auf ihrem glatten Federgesicht. Aber sie sagte kein Wort.

»Ich möchte euch eine wichtige Aufgabe übertragen«, sagte Merlin feierlich. »Seid die Wächter des Walls, auf daß er seinen Zweck erfüllt und Nick und die Katzenfrauen sicher zu ihren Bestimmungsort bringt – und sie nicht wieder durchläßt, bis sie ihre Aufgabe erfüllt haben.«

»Ich eigne mich nicht für magischen Firlefanz«, maulte Kobo.

Carla seufzte. »Erklär dem Herrn Pelzidioten bitte, daß er seine Pranken und Sprüche bei sich behalten soll«, sagte sie zu Merlin.

»Seid euch der Verantwortung eurer Aufgabe bewußt«, sagte Merlin ungerührt. »Ich übergebe euch magische Kräfte und ernenne euch zu den Wächtern dieses Walles.«

Er breitete die Hände und murmelte etwas Unverständliches. Aus dem Nichts tauchte plötzlich ein Funkenregen auf, und magische Funken überzogen die beiden Tiere. Carla schüttelte sich.

»Brrrr, war das frisch!« sagte sie in ihrem breitgezogenen Dialekt. »Mach das noch mal, Merlin, nur noch ein bißchen mehr davon auf die Linke.«

Merlin drehte sich zu Nick und den Katzenfrauen um. »Ich bitte, einzutreten«, sagte er. »Nehmt im Wagen Platz. Und dann alles bereit machen zum Abflug!«

4

Ein Chevy-Cabrio ist ein wunderbares Fahrzeug, ein Liebhaberstück, mit dem sich tausend verrückte Dinge anstellen lassen. Aber als Flugzeug ist es denkbar ungeeignet. Trotzdem hatte sich Merlin offensichtlich eingebildet, Nick und die Katzenfrauen ausgerechnet per Cabrio durch die Atmosphäre in Richtung San Diego zu schleudern.

Wie ein Shuttle, der zu schnell in die Atmosphäre eintaucht, sauste der Chevy auf die Bucht zu. Tess schrie auf, und Monique klammerte sich in ihre Polster, als könne sie das nachgiebige Material vor dem Aufprall schützen.

»Paß auf, Nick!« schrie Latisha. »Oder wir zerschellen wie eine Eismöwe im Orkan!«

Nick preßte die Kiefer aufeinander, und seine Hände umklammerten das Lenkrand das Oldtimers so fest, daß seine Knöchel weiß hervortraten. »Ich kann die Karre nicht halten«, schrie er.

Er drehte wie wild am Lenkrad, aber der einzige Effekt bestand darin, daß der Wagen, der jetzt eher einem abstürzenden Flugzeug glich, auch noch hin- und herzutänzeln begann. Das Cabrio durchstieß die flache Wolkenschicht und raste mit beängstigender Geschwindigkeit auf die Bucht unter ihnen zu.

»Wollen die Elfen den Weihnachtsmann so enden lassen?« stöhnte Nick. »Was für ein skurriler Humor gehört dazu, mich mitsamt meinen Getreuen so grausam zu bestrafen.«

»Nun halt mal die Luft an, Nick!« rief Tess. »Du kannst doch Wunder vollbringen. Also, streng dich mal ein bißchen an!«

Wunder? schoß es Nick durch den Kopf. Das war lange her. Das einzig aktuelle Wunder bestand darin, daß er aus seinem eigenen Reich verstoßen worden war, daß er sich nach all den langen Jahrhunderten nun in einer grotesken Situation befand, die eines Weihnachtsmanns einfach unwürdig war.

Der Wagen stieß wie ein Raubvogel auf die Boote und Katamarane hinab, mit denen Vergnügungssüchtige sich ein paar Tage vor Weihnachten ein paar schöne Stunden verschaffen wollten.

»Haltet euch fest!« schrie Tess. In ihrer Stimme klang Panik mit. Auch Nick fühlte zum erstenmal in seinem Leben, wie eine Woge des Entsetzens über ihm zusammenbrach und er sich vollständig hilflos fühlte. Sollte das wirklich das Ende sein?

Er riß verzweifelt das Steuer herum; aber es war sinnlos, wer auch immer den Flug des Wagens steuerte: Er war es mit Sicherheit nicht. Es war das Gefühl des absoluten Falls, das alle anderen Empfindungen mitriß, ohne Möglichkeit der Gegenwehr und ohne jegliche Chance auf Rettung. Er spürte den Druck auf seinem Körper, und er wußte, daß es aus war: Aus und vorbei, ohne daß man ihm auch nur die kleinste Chance gelassen hätte, seine Schwierigkeiten auf anständige Weise zu lösen.

Unter ihnen wuchsen die Boote und Katamarane mit beängstigender Geschwindigkeit, und dann waren sie so nah heran, daß sie sehen konnten, wie die Menschen aufgeregt auf sie deuteten und mit hektischen Bewegungen versuchten, ihre

Boote in eine andere Richtung zu zwingen, weg von dem auf sie herabstürzenden Wagen.

Aber das war natürlich sinnlos. Das fliegende Cabrio war viel zu schnell, als daß auch nur irgend jemand die Chance gehabt hätte, rechtzeitig auszuweichen. Nick spürte, wie ihm der Schweiß ausbrach, und dann fiel ihm plötzlich das Atmen schwer, die Luft brannte erbarmungslos in seiner Kehle. Es war, als hätte man ihm eine Schlinge um den Hals gelegt und würde sie nun erbarmungslos zuziehen. Selbst das schrille Kreischen der Katzenfrauen nahm er nur noch undeutlich wahr. Ihm wurde schwarz vor Augen, und dann verlor er endgültig das Bewußtsein.

Als er wieder zu sich kam, stand der Wagen sanft schaukelnd auf der Uferstraße – so unversehrt, als würde er hier jeden Tag landen. Nick schüttelte ungläubig den Kopf und richtete sich wieder auf. Erst jetzt wurde ihm bewußt, daß er die Hände so fest auf das Lenkrad gepreßt hatte, daß sich das Muster darin schmerzhaft abmalte.

»Mann, das war vielleicht ein Flug«, stöhnte Latisha. »Ich dachte schon, unser letztes Stündlein hätte geschlagen.«

»Allerdings«, pflichtete ihr Monique bei. »Das wäre fast eine Talfahrt ohne Rückfahrschein geworden.«

»Was ist passiert?« fragte Nick.

»Das fragst ausgerechnet du?« fragte Tess zurück. »Du mußt es doch gewohnt sein, durch die Lüfte zu jagen.«

»Ja, schon«, gab Nick zu. »Aber nicht in einem 63er Chevy.«

»Und jetzt?« fragte Tess. »Willst du hier ein kleines Nickerchen machen, oder bist du noch ernsthaft interessiert an deinem Job? Du hast schließlich nur noch drei Tage Zeit bis zur Vollzugsmeldung.«

»Wir haben nur noch drei Tage Zeit«, korrigierte sie Monique. »Denn unser Hals steckt nun mal genauso mit in der Schlinge. Kein Weihnachtsmann bedeutet auch keine Möglichkeit mehr für uns, normale Frauen zu werden.«

»Es sind auch keine drei Tage mehr«, ergänzte Latisha. »Sondern nur noch zwei Tage und 23 Stunden und 17 Minuten und … 8 Sekunden.«

»Schluß jetzt«, fuhr Nick dazwischen. »Hört sofort auf mit dem Gejammer. Wir machen uns sofort an die Arbeit, und wir werden es zweifelsohne schaffen.« Oder auch nicht, fügte er in Gedanken hinzu, aber die Zweifel behielt er besser für sich.

Er drehte den Zündschlüssel, und augenblicklich erwachte der Chevy zum Leben. Nick legte den ersten Gang ein und fuhr los; mit etwas zu viel Gas vielleicht, denn die Reifen quietschten protestierend und zogen eine schwarze Gummispur hinter sich her. Aber es dauerte nicht lange, bis Nick das richtige Gespür für den schweren Wagen entwickelt hatte. Er kurvte durch den Hafen, von aufgeregten Hinweisen seiner drei Katzenfrauen begleitet.

Schließlich fanden sie aus dem Gewirr heraus und bogen auf eine Hauptstraße ein, die stadteinwärts führte. Das sanfte Brummen der 5,6-Liter-Maschine hatte etwas Beruhigendes, und Nick fühlte sich wieder etwas versöhnlicher gestimmt.

San Diego widersprach allerdings in fast allen Punkten dem, was er unter Weihnachten verstand. Nick liebte den Geruch von Tannennadeln, die sich unter ihrer Schneelast bogen, das weiße Glitzern auf Holzhäusern, aus denen sich der kräuselnde Rauch erhob, die klirrende Kälte, die einem bewußt machte, daß es tiefer Winter war. Natürlich gab es Weihnachten genauso auch in den Tropen, an Badestränden und in sommerlicher Umgebung. Aber das war für ihn immer nur ein Weihnachten zweiter Klasse, auch wenn er sich das natürlich nicht anmerken lassen durfte. Der Weihnachtsmann war schließlich für alle da.

Trotzdem. San Diego gehörte ganz sicher nicht zu seinen bevorzugten Orten. Was konnte man auch schon von einer Hafenstadt am pazifischen Meer erwarten, die nahe der Grenze von Mexiko lag und damit im Einfluß eines eher mediterran zu nennenden Klimas? Es war ein beliebter Ort für jene, die der Düsterkeit des nordamerikanischen Winters entgehen wollten oder der einsamen Weihnacht ohne nächste Angehörige, um sich hier vom fast sommerlichen Treiben mitreißen zu lassen. Viele New Yorker waren hier, die vom naßkalten Winter der Metropole die Nase voll hatten, und sogar Kanadier konnte man hier zur Vorweihnachtszeit treffen – obwohl Kanada nun wirklich dem entsprach, was Nick als die passende Kulisse für ein harmonisches Weihnachtsfest bezeichnet hätte.

Immerhin verfügte San Diego im wahrsten Sinne des Wortes über eine lebendige Szene. Auf den Straßen schillerten die schrillsten Farben; wer hier ganz normal gekleidet war, ging in dem bunten Treiben gnadenlos unter. Merlin hatte bei der Wahl von Nicks Kostüm also keineswegs übertrieben. Nicht nur in der Kleidung gab es jede Form farblicher Variationen, auch bei den Haarfarben gab es fast keinen Ton, den es nicht gab. Selbst lila und grün waren als Haarfarben vertreten.

Es sah aus wie ein ausgeflippter Urlaubsort irgendwo an der pazifischen Küste Mexikos, erinnerte an heiße Sommernächte, kühle Drinks am heißen Strand und das Schwirren von Insekten, die in den Urlaubern willkommende Nahrung fanden. Und doch war alles ganz anders. Das lag nicht nur an der fortgeschrittenen Jahreszeit, die die Temperaturen für all jene erträglicher machten, die sich im subtropischen Klima nicht wohl fühlten und für die ganz Sonnenhungrigen eindeutig weniger attraktiv waren. Es lag vielmehr an den ausgeflippten, multikulturellen Dekorationen der Geschäfte, in denen sich Folkloristisches, Großstädtisches und eine sehr eigenwillige Interpretation herkömmlicher Weihnachtsdekoration zu einem unbekömmlichen Gesamtbild zusammenfügten.

»Da ist schon wieder ein falscher Santa«, bemerkte Tess.

Tatsächlich stand auf dem Bürgersteig ein Weihnachtsmann mit weißem Wattebart und der obligatorischen roten Mütze; aber ansonsten entsprach seine Kleidung nicht gerade den üblichen Vorstellungen: Sein rotes T-Shirt war nur ein äußerst unvollkommener Ersatz für die übliche rote Jacke, und seine kurze Hose, unter der behaarte Männerbeine hervorlugten, entsprachen nun in keinster Weise dem Bild, das man sich normalerweise von Saint Nick machte.

Nick warf einen angeekelten Blick in Richtung dieser traurigen Karikatur seiner Selbst. »Der wievielte ist das?« fragte er.

»Der zehnte innerhalb der letzten zwei Blöcke«, antwortete Tess.

»Fehlt nur noch einer«, meinte Nick. »Dann haben wir die Fußballmannschaft komplett.«

Die Wagen vor ihnen bremsten vor einer roten Ampel, und auch Nick mußte halten. Auf gleicher Höhe wie sie stand eine Gruppe Straßenmusikanten, umringt von ein paar Touristen, die im Rhythmus der Musik in die Hände klatschten. Die Musiker waren gekleidet wie mexikanische Gauchos, farbenfroh und doch gleichzeitig schlicht, aber das Lied, was sie spielten, hatte weder etwas mit Mexiko zu tun noch war es ein typisches Weihnachtslied. Zur Melodie des Santana-Lieds ›Oyo Como Va‹ sangen sie:

»Fröhliche Weihnacht …
Baby,
Frohes Fest … ya ya.
Fröhliche Weihnacht, whow …
Glaub daran,
Es wird ein frohes Fest … ahhhh.«

»So kommen wir ja überhaupt nicht weiter«, seufzte Nick. »Wenn das so weitergeht, stehen wir noch am Heiligabend an dieser Ampel. Und das auch noch bei dieser Parodie eines Weihnachtsfests.«

»Nun sieh doch nicht alles so pessimistisch«, sagte Tess. »Ich für meinen Teil bin erst mal froh, daß wir diesen furchtbaren Flug hinter uns haben.«

»Auto fahren ist ja in Ordnung«, meinte auch Latisha, während der Wagen wieder anrollte und sie relativ zügig weiterfahren konnten. »Aber Auto fliegen möchte ich nie wieder.«

»Da kann ich dir nur beipflichten«, meinte Monique. »Aber die Frage ist, ob wir hier unten so viel besser dran sind. Was ist, wenn Nick ver… ich meine, nicht so erfolgreich ist? Wird es dann je wieder Weihnachten geben? Und was wird aus uns?«

»Ja, ja, sprich es nur aus«, stöhnte Nick. »Du glaubst, ich gehöre zum alten Eisen. Überall wird das Management abgebaut, da kann man auch den alten Nick gleich in die Pfanne hauen, nicht wahr? Liegt doch voll im Trend, über Managementfehler zu lästern, aber die Verantwortung für sein eigens Leben nicht zu übernehmen.«

»Was soll das selbstmitleidige Geschwafel?« fragte Tess. »Du gehst mir langsam wirklich auf den Keks, Mann. Du bist nicht im Management einer Spielzeugfirma, du bist der Weihnachtsmann. Weih-nachts-mann. Kapier das doch mal endlich und benimm dich entsprechend.«

»Gib's mir nur«, jammerte Nick. »Da strengt man sich an, spürt die neuesten Trends auf, setzt Himmel und … eh, du weißt schon, in Bewegung, und am Ende ist man der Gelackmeierte.«

Er drehte sich um und blickte Tess mitleidheischend an, mit einem Blick, den sie noch nie zuvor an ihm bemerkt hatte.

»Paß auf!« kreischte Monique. »Schau lieber nach vorne.«

Die Warnung kam keinen Augenblick zu früh. Nick, der so in seinen düsteren Gedanken gefangen war, daß er seiner Umgebung kaum noch Aufmerksamkeit zollte, riß den Kopf nach vorne.

Und trat mit aller Gewalt in die Bremsen. Ein älterer schwarzer Mann hüpfte mit einem erschrockenen Satz zur Seite, als der Chevy auf ihn zuschoß und mit einem bedrohlichen Schlingern haarscharf an ihm vorbeischrappte. Der Mann riß drohend die Faust hoch und schrie irgend etwas, das im Quietschen der Bremsen unterging.

Nick hatte den Chevy mittlerweile zum Stehen gebracht.

»Puh, das was knapp«, stöhnte Tess.

Nick drehte sich zu dem Mann um, den er mit dem fast zwei Tonnen schweren Wagen beinahe überrollt hätte. »Entschuldige, Bruder«, sagte er. »Ich hab' einen Moment nicht aufgepaßt.« Er lächelte entschuldigend. »Aber trotzdem fröhliche Weihnachten.«

Der Farbige trat an den Chevy heran und stützte sich lässig auf den ausladenden Kotflügel. »Wer hat dich denn frisiert?« fragte er Monique gehässig und starrte sie unverschämt an.

»Mich?« stammelte Monique erschrocken. »Ich ... wieso?«

»Und ihr anderen Schnepfen habt euch wohl an eurer Schwester ein Vorbild genommen, oder was?«

Er lachte meckernd und drückte Nick eine Visitenkarte in die Hand. »Vielleicht meint Santa es gut mit dir und bringt dir dieses Jahr einen neuen Friseur für deine Punker-Freundinnen mit.«

Bevor Nick antworten konnte, hatte er sich schon mit einem erneuten, unsympathischen Lachen umgedreht und verschwand jetzt auf dem Bürgersteig in dem nicht enden wollenden Gedränge der Menschen, von denen nur die wenigsten auf der Suche nach einem Weihnachtsgeschenk waren. So wie die Gegend aussah, jagten sie wahrscheinlich eine dieser Substanzen hinterher, die einen auch ohne Chevy und Weihnachtsmann zum Fliegen brachten.

Nick betrachtete verunsichert die drei Katzenfrauen und warf dann einen Blick auf die Visitenkarte.

»Junge, du bist auf der Suche nach einem Elfen … nicht nach einem neuem Friseur«, sagte Monique. »Laß uns endlich weiterfahren.«

»Oh ja«, sagte Nick. »Laßt uns einen Plan machen. Wir gehen Essen, und dann sehen wir weiter.«

»Was ist das denn für ein genialer Plan«, stöhnte Monique.

»Immer noch besser, als ziellos durch die Gegend zu fahren und mehr oder minder harmlose schwarze Männer über den Haufen zu fahren«, widersprach ihr Tess. »Immerhin brauchen wir einen Ansatzpunkt, um den Elfen zu finden.«

Während die Katzenfrauen darüber stritten, was nun die beste Vorgehensweise war, lenkte Nick den Chevy an den Straßenrand und stellte den Motor ab.

»Voilà«, sagte er. »Da sind wir.« Er deutete auf ein kleines Straßencafé, das wie aus Paris hergezaubert im Schatten eines großen Mietshauses lag. Das einzige, was störte, war die groteske Mischung zwischen aufgesetzter Weihnachtsstimmung, mit der typischen Dekoration, mit dem Grün von Tannennadeln, dem typischen rotweißen Weihnachtsklimbim und der dazu überhaupt nicht passenden Kleidung der Touristen, die angesichts der sommerlichen Temperaturen ganz ähnlich wie Nick gekleidet waren.

Nick lenkte den Chevy aus dem Verkehr und stellte ihn an einem freien Parkplatz an einem Hydranten ab. Ein anderer Autofahrer hupte und drohte mit der Faust.

»Huch, haben wir ihm etwa den Parkplatz weggenommen?« fragte Tess verblüfft.

»Ich glaube eher, an einem Hydranten parken

ist verboten«, meinte Monique. »Vielleicht sollten wir uns besser einen anderen Platz suchen.«

»Kommt gar nicht in Frage«, sagte Nick. »Wir gehen jetzt etwas essen, und dann ...«

»Dann sehen wir weiter, ich weiß«, seufzte Latisha.

Nick warf ihr einen zerstreuten Blick zu, verzichtete aber auf eine Antwort. Er wirkte nun überhaupt nicht mehr wie der Vorstandsvorsitzende eines beliebigen Konzerns, sondern eher wie ein kleiner Angestellter einer Firma, der um seinen Job fürchtet und sich in seinem Urlaub vor allem darum Gedanken macht, ob sein nächster erster Arbeitstag nicht sein letzter sein könnte.

Und so weit entfernt von der Wahrheit war das ja auch nicht.

Die Katzen hüpften mit geschmeidigen Bewegungen aus dem Wagen und folgten Nick, der mit weit ausholenden Schritten auf das Café zueilte. Mit zielsicheren Bewegungen steuerte er den einzig freien Tisch an, kurz bevor ihn eine Gruppe bayrisch gekleideter Touristen in Lederhosen und Trachtenlook erreichen konnten. Die Touristen warfen Nick mürrische Blicke zu, trollten sich aber, als die Katzenfrauen heraneilten. Einer von ihnen deutete auf Tess und sagte irgend etwas, und die anderen lachten.

Tess runzelte die Stirn, aber Latisha und Monique hakten sich bei ihr ein und zogen sie die letzten paar Schritte kurzerhand mit sich.

»Puh, das war knapp«, meinte Latisha, während sie sich in einen Stuhl fallen ließ.

»Was war knapp?« fragte Nick. Sein Blick wanderte von einer Katzenfrau zur anderen.

»Na, das mit dem Tisch«, sagte Latisha.

Nick blickte sie verständnislos an. »Mit welchem Tisch?« fragte er.

»Mit diesem hier«, mischte sich Tess ein. »Gut, daß du uns gerade noch den letzten Tisch frei gehalten hast.«

»Habe ich das?« Nick schüttelte den Kopf. »Ist mir gar nicht aufgefallen.«

Er warf einen Blick in die Runde und runzelte die Stirn. Es sah aus, als seien sie mitten in die Probe eines surrealistischen Theaterstücks geraten. Die beiden Typen, die am Nebentisch saßen, trugen Irokesenschnitt und Ringe in Nase und Oberlippe; ihre beiden Begleiterinnen sahen aus, als wären sie in einen Farbtopf gefallen, so farbenprächtig schillerten ihre Haare. Ein Stückchen weiter saßen ein paar Typen in schwarzer Lederkluft und mit bleichen Gesichtern, als warteten sie auf ihren Einsatz als Komparsen bei einem Gruselfilm mit einem solch erbaulichen Titel wie ›Rückkehr der tanzenden Leichen‹, und daneben gab eine Familie zum besten, wie sich schlechtes Benehmen kleiner Kinder ohne Eingriff der Eltern zu einem öffentlichen Spektakel inszenieren ließ.

Ein junges Mädchen trat an ihren Tisch und nahm ihre Bestellung entgegen. Währenddessen musterte sie die Katzenfrauen unverhohlen. »Cooles Make-up«, meinte sie schließlich anerkennend. »Wie seid ihr denn auf diese Idee gekommen?«

»Von wegen Make-up«, maulte Tess. »Frag doch unseren Boß hier, warum wir so rumlaufen müssen.«

Die Kellnerin zuckte mit den Achseln und wandte sich anderen Gästen zu. Die beiden mit Piercing übersäten Jungen am Nachbartisch hatten die letzten Worte offensichtlich mitbekommen.

»Ein Boß mit drei Schnepfen«, sagte der eine zu Nick. »Alle Achtung, Mann. Du mußt ja ein ganz dickes Portemonaie haben.«

»Bitte?« fragte Nick irritiert.

»Es sieht doch mehr nach Halloween aus als nach Weihnachten in diesem Jahr«, lästerte der andere. »Versteht ihr, was ich meine?«

Die beiden Mädchen kicherten, obwohl sie mit ihren bunten Frisuren nun wirklich keinen Grund hatten, sich über die Katzenfrauen lustig zu machen.

Monique wollte etwas sagen, aber Tess legte ihr beruhigend die Hand auf den Arm. »Laß nur«, sagte sie. »Der Boß wird das schon regeln.«

Nick warf ihr einen fragenden Blick zu, aber an Tess' Gesichtsausdruck erkannte er, daß sie ihn nicht ärgern wollte. Offensichtlich wollte sie ihn mit der Nase drauf stoßen, daß er mit der Suche nach einem Elf gleich hier und jetzt loslegen konnte.

»Kann ich euch mal was fragen«, begann Nick stockend. Er suchte krampfhaft nach einem Thema, über das sich ein Gesprächsfaden knüpfen ließ. »Was ist das alles für … ihr wißt, was ich meine … für Metall in euren Gesichtern?«

Der angesprochene Junge grinste breit. »Mann, wo kommst du denn her … vom Nordpol?«

»Ja, genau.« Nick nickte automatisch, während ihm gleichzeitig bewußt wurde, daß diese Antwort vielleicht nicht die klügste war.

Der gepiercete Junge musterte erst Nick, dann die Katzen. »Ganz schön abgedrehte Freunde hast du da«, meinte er. »Was macht ihr hier?«

Nick zögerte einen Moment und zuckte dann mit den Achseln. Irgendwo mußte er ja ansetzen, warum dann nicht gleich hier und jetzt? »Also ... gerade eben bin ich auf der Suche nach ... einem Elfen«, sagte er zögernd. »Vielleicht würdest du mir ja helfen, einen zu finden?«

»Für wen hältst du mich, Alter?« fragte der Junge. Er zwinkerte ihm zu. »Muß wohl 'n Klasse Joint gewesen sein! Gib mir was von deinem Stoff!«

Die vier brüllten vor Lachen los, und Nick fühlte sich, als hätte man ihm mit voller Wucht in den Magen geschlagen. Es war einfach nicht fair. Er gab sich alle Mühe, seiner Rolle gerecht zu werden, aber diese Typen machten sich einfach über ihn lustig.

Aber was bildeten sie sich eigentlich ein? Er war schließlich Saint Nick und hatte einen Auftrag zu erledigen; wenn er versagte, würde es kein Weihnachtsfest mehr geben. Wenn er jetzt klein beigab, würde er nie rechtzeitig einen Elf finden. Und schließlich war es schon immer seine Stärke gewesen, andere von seiner Mission zu überzeugen und mitzureißen.

»Alle mal herhören!« rief er so laut er konnte und erhob sich gleichzeitig. »Ich bin in einer wichtigen Mission hier! Wenn sich hier zufällig ein Elf befindet oder jemand weiß, wo ich einen Elf finden kann, dann soll er sich bitte bei mir melden.«

Der Lärm an den Nachbartischen verstummte, und Nick fühlte sich aus zahlreichen Augenpaaren unangenehm angestarrt. Es war fast die gleiche Szene wie vor der Kuppel am Nordpol, nur daß es diesmal fremde Menschen waren, die ihn nicht kennen konnten und ihm auch grundsätzlich wohl kaum wohl gesonnen waren.

»Einen Elf«, fuhr er fort. »Ich bin für jeden Hinweis dankbar.« Er holte seine Brieftasche vor, zog ein Bündel Scheine hervor und wedelte damit in der Luft. »Jeder Hinweis, der zur Ergreifung eines Elfs führt, wird belohnt.«

Die junge Kellnerin rauschte heran und baute sich vor Nick auf. »He, Mann, laß den Quatsch«, fauchte sie. »Such dir eine andere Spielwiese, wenn du abdrehen willst.«

»Ich bin nicht abgedreht«, protestierte Nick. »Ich suche ganz einfach einen Elf. Nicht mehr und nicht weniger.«

»Wenn du nicht sofort den Mund hältst, laß ich dich rausschmeißen«, zischte die Kellnerin aufgebracht. Offensichtlich war sie den Umgang mit ausgeflippten Typen gewöhnt und ordnete Nick ganz automatisch in diese Gruppe mit ein.

»He, ich will doch nur ...« Als hinter der Kellnerin die beiden Ledertypen mit den bleichen Gesichtern auftauchten, verstummte er schlagartig.

»Laß nur, Baby«, sagte einer von den beiden zur Kellnerin. »Wir machen das schon. Das ekelhafte Elf-Gekläffe ist ja nicht zum Aushalten.« Er packte Nick am Kragen und bugsierte ihn unsanft in Richtung Straße und stieß ihn auf den Bürgersteig. Nick taumelte ein paar Schritte weiter, drehte sich dann um und starrte die beiden an.

»Wißt ihr eigentlich, wer ich bin?!« schrie er.

Die Leder-Zombies musterten ihn von oben bis unten, und einer sagte verächtlich: »Rudolph, das rotnasige Rentier?«

»Wohl kaum«, sagte Nick müde. »Rudolph arbeitet nur für mich ... Ich bin der Weihnachtsmann!!«

Die Gäste im Straßencafé lachten.

»Ich hätte dich eher für den Osterhasen gehalten!« rief ihm ein dicker Mann zu, dessen buntes Hemd sich gefährlich über seinen monströsen Bauch spannte.

»Den gibt es nicht!« beschied ihm Nick knapp und wandte sich dann wieder an den Ledergekleideten. »Ich sage dir, ich bin der Wehnachtsmann. Der bin ich schon seit über tausend Jahren.«

»Den sollte man zwangseinweisen lassen!« rief einer der gepierceten Jungen.

Die Leute lachten über den müden Scherz, als wäre es ein besonders gelungener Gag in einer spritzigen Comedyfolge. Tess machte den Eindruck, als wollte sie sogleich an Nicks Seite eilen und ihn vor der Menge verteidigen, doch Monique und Latisha hielten sie zurück.

Der Leder-Zombie grinste breit, aber seine Augen blieben kalt und ausdruckslos wie die einer Schlange. »Santa kann zaubern, nicht wahr?« fragte er spöttisch. »Zauber uns doch ein bißchen Schnee herbei.«

»Oh yeah!« schrie der Dicke. »Laß es an der Mission Bay schneien!«

Nick zuckte zusammen. »Ich ... normalerweise könnte ich das schon ...«, stammelte er.

»Ich werd' dir jetzt einen guten Rat geben, Santa ...«, sagte der Ledertyp, der Nick auf die Straße bugsiert hatte. »Nimm dein niedliches kleines Käppchen ... und laß dich hier nie wieder blicken.« Er schleuderte Nick die Baseballkappe ins Gesicht, und die Restaurantgäste johlten, als er ihn noch einmal an der Schulter schubste und Nick erneut um sein Gleichgewicht kämpfen mußte.

»Ich ...«, begann Nick, aber dann besann er sich eines anderen, drehte sich wortlos um und ging mit schleppenden Schritten die Straße hinab. Noch nie zuvor in seinem Leben war er so gedemütigt worden; wenn er geglaubt hatte, daß ihm nach dem Erlebnis der Elfen-Revolte nichts Schlimmeres mehr hätte passieren können, dann hatte er sich wohl gründlich getäuscht.

Die Katzenfrauen waren mittlerweile aufgesprungen und folgten Nick unter dem Johlen der Gäste. Mit wenigen geschmeidigen Schritten hatten sie Nick eingeholt.

»Komm schon, Chef, laß uns einfach ein bißchen weitergehen«, sagte Latisha. »Vielleicht stoßen wir ja woanders auf die Spur eines Elfen.«

»Ich weiß nicht«, maulte Nick. »Nach dieser Erfahrung werde ich das Wort Elf nicht mehr so schnell in den Mund nehmen.« Er schwieg und versuchte das Chaos hinter seiner Stirn zu ordnen. Gut, er hatte nicht mehr viel Zeit, und die Erfahrung in dem Café war alles andere als ermutigend. Aber andererseits stand viel zuviel auf dem Spiel, um jetzt einfach aufzugeben. Latisha hatte sicherlich recht. Hier mit offenen Augen weiterzugehen war besser, als mit dem Auto im Stau zu stehen und nicht zu wissen, wohin man eigentlich wollte.

»Ich brauche eine Umgebung, in der man vielen Kindern begegnet«, sagte er nachdenklich. »Erwachsene können mir sowieso nicht weiterhelfen.« Er deutete auf die Geschäfte, auf Bäckereien, Uhrmacherläden, Kunst- und Kitschangebote, auf die Elektronik- und CD-Läden. »Sieht nicht gerade so aus, als ob wir hier auf viele Kinder stoßen würden.«

»Das will ich nicht sagen«, meinte Tess. »Sie doch mal da drüben.«

Auf der anderen Seite stand ein altmodisches Kaufhaus, etwas zurückgelegen hinter einem

Parkplatz, mit kleineren Geschäften wie einem Optiker, einer Apotheke und einem Drugstore – ein klassisches kleines Einkaufszentrum, wie es fast in jeder größeren Stadt zu finden war und typisch für die Zeit, als das Wort Shopping Mall noch kein Modewort geworden war.

Vor diesem Kaufhaus hatte sich eine akzeptable Weihnachtsmannkopie plaziert, mit richtig langen roten Hosen, einer rötlich schimmernden Weste, die sich über den dicken Bauch spannte, und einem Bart, der fast echt aussah. Der Weihnachtsmann wurde von einer Horde Kinder umrahmt, die aufgeregt um ihn herum tanzten. Die Santa-Kopie griff in die tiefen Taschen ihrer Weste und holte eine Handvoll Bonbons heraus, die sie im hohen Bogen in die Luft warf. Die Kinder grapschten danach, und die, die nicht gleich aus der Luft Bonbons auffangen konnten, suchten anschließend auf dem Boden nach ihnen.

»Nichts wie hin«, sagten Tess und Monique wie aus einem Munde.

»Da, die Ampel steht gerade auf Grün!« sagte Latisha und hakte sich mit ihren Freundinnen ein. »Ab geht die Post!«

Nick hatte Mühe, den Katzenfrauen zu folgen. Aber ihre Aufregung und ihr Optimismus taten ihm gut. Wenn er eine Chance hatte, dann hier und jetzt. Er eilte den Katzenfrauen hinterher, auf das Kaufhaus und den Weihnachtsmann zu. Die Kinder, die sich mit Bonbons eingedeckt hatten, waren teilweise bereits wieder verschwunden, aber wann immer Eltern mit Kindern zum Kaufhaus gingen oder es verließen, blieben sie zumindest einen Moment bei dem Rotgekleideten stehen; die meisten von ihnen hatten ein entspanntes

Lächeln auf den Lippen und machten irgendwelche scherzhaften Bemerkungen. Ein kleines Mädchen zupfte am Mantel des falschen Weihnachtsmanns und sagte: »Ich hab' dich lieb.«

Nick lächelte, aber gleichzeitig spürte er einen scharfen Stich in seiner Brust. Wie gerne hätte er jetzt mit seiner Kopie getauscht und sich ohne die Last seiner Verantwortung darum gekümmert, auf ein paar Kindergesichter ein Lächeln zu zaubern.

»He, komm schon», rief Monique. »Ich hab' was entdeckt!«

Nick sauste hinter ihr her, und Monique packte ihn an der Hand und schleifte ihn kurzerhand mit sich. »Sie bilden hier Weihnachtsmänner aus«, sagte sie aufgeregt. »Da, sieh nur das Schild!«

Und Nick las: IHRE CHANCE – KINDER ZUM LACHEN BRINGEN UND DAMIT GELD VERDIENEN!

Ehe er begriff, was damit gemeint war, hatte Monique ihn schon durch eine Tür gestoßen. »Wow«, machte Nick, als er in den dahinter gelegenen Raum stolperte. Durch eine Glasscheibe hatte er den Ausblick auf eine riesige Verkaufshalle, die liebevoll mit Spielzeug aller Art dekoriert war und zwischen dem sich Hunderte von Kindern mit ihren Eltern drängelten. Er entdeckte eine Teddyecke, eine Raumschiffzentrale, ein Batman-Centre, ein Barbie-Hochhaus und mittendrin, alles andere dominierend, die Sonderausstellung Monster-Killer, mit einer nachgestellten Schußwechselszene, leuchtenden Polizeilampen, kugelsicher gekleideten Eliteeinheiten und mittendrin die Monster-Killer, dieses ungeheure Spielzeug, für das er nur noch abgrundtiefe Verachtung empfand.

»He, nicht so stürmisch«, brummte ein dicker

Mann, den Nick versehentlich angerempelt hatte. »Immer hübsch der Reihe nach.«

Nick wandte verwirrt den Blick von der schlechten Kopie seines Spielzeuglands und sah sich in dem Raum um, in dem er gelandet war. Vor ihm standen ein paar Männer in mehr oder minder gelungenen Variationen von Weihnachtsmannkleidung. Nick konnte sich nicht daran erinnern, schon jemals eine solche Szene gesehen zu haben. Die Männer wirkten mürrisch und gereizt und so überhaupt nicht in Weihnachtsstimmung, daß er sich fragte, warum sie überhaupt hier waren.

»Der nächste, bitte«, sagte eine herrische Frauenstimme.

Der dicke Mann vor ihm rückte ein Stück auf und holte ein Taschentuch hervor, um sich damit die Stirn abzutupfen. »Ich möchte mal wissen, wann wir hier endlich durch sind«, seufzte er. »Das dauert ja jedesmal länger.«

»Jedesmal?« echote Nick verwirrt.

Der Dicke drehte sich zu ihm um. In seiner linken Hand hielt er einen zusammengeknautschten Kunststoffbart und eine rote Zipfelmütze, die eher zu einem Gartenzwerg als zu einem Weihnachtsmann gepaßt hätte. »Jedes Jahr«, erklärte der Dikke. »In diesen letzten beschissenen Tagen vor dem Fest, wenn die ganze Stadt kopfsteht, wenn den Papas einfällt, daß sie wieder einmal das Weihnachtsgeschenk für ihre Kinder im letzten Moment kaufen müssen und die Mamas mit dem letzten Geld die Supermarktregale leerkaufen vor lauter Angst, die Fressalien würden ihnen über die Weihnachtstage ausgehen.«

»Ja und?«

»Was und?« fragte der Dicke. »Dann schickt

mich meine Alte jedesmal hier hin, damit ich ein paar Kröten verdiene, um meinen Bälgern eine kleine Freude machen zu können. Diesmal ist der Monster-Killer dran. Schreckliches Gerät. Und dafür muß ich den Weihnachtsmann spielen. Es ist zum Kotzen.«

»Hier machen sie aus einem also einen Weihnachtsmann?« fragte Nick.

»So könnte man es ausdrücken, Bleichgesicht. Zum Weihnachtsmann, zum Hilfsverkäufer ersten Ranges oder was auch immer.«

Nick deutete auf das Fenster, durch das das Spielzeugland vor ihm lag, eine Konsumhöhle ungeheuren Ausmaßes und offensichtlich auch von ungeheurer Anziehungskraft auf jung und alt. »Und die Kinder sehen uns durch dieses Fenster zu, wie wir uns in – eh – Weihnachtsmänner verwandeln?« wollte er wissen.

»Wohl noch nie einen Krimi geschaut, was«, knurrte der Dicke. »Die Scheibe ist natürlich nur von dieser Seite aus durchsichtig, damit die alte Schnepf... ich meine, Mrs. Jenkins, die Situation immer unter Kontrolle behält.«

»Kleine Maus ... Ich hoffe, du warst brav in diesem Jahr«, dröhnte eine tiefe Stimme von vorne. »Es wäre doch eine richtige Schande, wenn ich dir einen Klaps geben müßte, hinten auf deinen ... eh, vielleicht willst du ja auch einen Bonbon?«

»Okay, Wayne«, schrillte Mrs. Jenkins Stimme. »Du wirst es zwar nie lernen, aber dennoch will ich dir eine Chance geben. Sei ein lieber Weihnachtsmann.«

»Jawohl, Mrs. Jenkins«, sagte Wayne und machte damit Platz für den nächsten. Die Schlange rückte wieder vor.

»Hab' ein Suuuuuper Weihnachtsfest in diesem Jahr«, sang der nächste mit hoher Fistelstimme. »Ich wünsche dir wirklich, wirklich alles Gute ...«

»Die armen Kinder können einem leid tun«, unterbrach ihn Mrs. Jenkins. »Also zisch ab und reiß dich ein bißchen zusammen, wenn du den Weihnachtsmann gibst.«

»Diese Weihnachtsmänner sind wirklich nicht gerade überzeugend«, sinnierte Nick. »Mit der Realität haben sie jedenfalls nicht das geringste zu tun.«

Der Dicke runzelte die Stirn. »Was bist du, Mann. Ein Experte?«

Nick zuckte mit den Schultern. »Offen und ehrlich gesagt ... ja. Und glaub mir: Santa ist kein fetter, alter Sack. Er ist von der kräftigen Art, glaub mir. Und sein Alter sieht man ihm auch nicht an.«

»He, wenn das auf mich geht, werde ich dir zeigen, was so ein fetter, alter Sack wie ich noch alles drauf hat«, schimpfte der Dicke.

»Ich hab' dich wirklich nicht gemeint«, sagte Nick verzweifelt. »Ich hab' wirklich an jemand ganz anderen gedacht. An einen Saint Nick, der im hohen Norden mit seinen Freunden alles tut, um die Kinder glücklich zu machen.«

»Ganz bestimmt«, höhnte der Dicke. »Und Santa hat sicher auch eine Armee Elfen, die all die Drecksarbeit für ihn erledigt, während er nur dasitzt und sich um die Presse kümmert.«

»Einer muß ja den Kopf hinhalten«, jammerte Nick. »Niemand will verstehen, daß ...«

Aber dann rückte die Schlange erneut weiter, und der Dicke war an der Reihe. »Hallo, meine Süßen«, flötete er in Mrs. Jenkins Richtung, die abgeschirmt durch zwei seitliche Trennwände hinter ihrem Schreibtisch saß und durch ihre dicke Brille den Dicken mißgünstig musterte. »Seht, was der Weihnachtsmann euch in diesem Jahr mitgebracht hat.«

»Wenn ich dich so ansehe, kommt mir zwar das Kotzen«, sagte Mrs. Jenkins grob. »Aber immerhin bist du fett genug, um wenigstens im Umfang mit dem Weihnachtsmann konkurrieren zu können. Also, sieh zu, daß du Land gewinnst.«

Damit war Nick an der Reihe, aber er blieb stocksteif stehen und sah auf die mittelalte Frau hinab, bei der sich die Mißgunst als ausgeprägte Stirnfalten in ihr Gesicht gegraben hatte. Diese alte Hexe bestimmte darüber, wer Weihnachtsmann sein durfte? War das wirkliche Leben tatsächlich so grausam?

»Wartest du auf eine Extra-Einladung, Freundchen?« fragte Mrs. Jenkins in gespielt freundlichem Tonfall. »Oder hat es dem Sensibelchen etwa komplett die Sprache verschlagen?«

»Eh, was?« Nick riß sich mühsam zusammen und trat vor Mrs. Jenkins Schreibtisch. Aus der Nähe betrachtet sah Mrs. Jenkins noch schrecklicher aus als aus der Entfernung. Es gab an ihr nichts, was auf eine Spur von Freude hindeutete. Der Mund war verkniffen, die Augen funkelten bösartig, und die Zähne sahen aus, als wolle sie sie jeden Moment in seinen Hals schlagen.

»Ja«, sagte Nick hilflos. »Fröhliche Weihnachten.«

»Eh, was und fröhliche Weihnachten reichen leider nicht«, beschied ihm Mrs. Jenkins knapp. »Damit sind Sie der einzige in diesem Raum, der durch die Santa-Prüfung gerasselt ist.« Sie lächelte bösartig. »Aber auch für Eh-Sager haben wir noch etwas zu tun.«

Sie schob ihm eine Karteikarte zu, und Nick ergriff sie mit zitternden Fingern. Er war durch die Santa-Prüfung gefallen, und all die anderen Idioten durften sich nun Weihnachtsmann nennen? Das konnte doch wohl nicht wahr sein?!

»Auf der Karte steht, daß ich morgen früh zur Arbeit im ›Spielzeughimmel‹ erwartet werde«, sagte er stockend.

»Was, Sie können lesen?« Mrs. Jenkins zog die Augenbrauen hoch. »Wirklich erstaunlich. Aber Sie können stolz auf sich sein: Sie haben sogar die Ehre, das neue Monster-Killer-Spielzeug vorzustellen.«

»Es wäre sehr wichtig für mich ... als Santa akzeptiert zu werden«, sagte Nick in dem schwachen Versuch, das Ruder doch noch herumzureißen.

»Keine Chance, Jüngelchen«, sagte Mrs. Jenkins grob. »Aber die Chippendales suchen noch einen neuen Striptease-Tänzer. Das wär doch vielleicht noch was für eine solche Schmalzlocke wie Sie, oder?« Sie lachte meckernd.

5

Der Verkehr war an diesem Vorabend des Weihnachtsfests noch dichter als sonst. Während in New York dichtes Schneetreiben gemeldet war, es in Paris regnete und Moskau von einer Kältewelle mit Temperaturen von bis zu 40 Grad minus heimgesucht wurde, badete San Diego im spätsommerlichen Sonnenschein. Trotzdem gab es angenehmere Situationen als die, im herrlichen Sonnenschein mitten in einem Stau zu stehen und noch nicht einmal zu wissen, ob man überhaupt auf dem richtigen Weg war.

»Ich bin mir ganz sicher, daß die Abfahrt gleich kommen wird«, murmelte Gillian. Das Sonnenlicht brach sich in ihrem rötlich schimmernden Haar und verlieh ihr gleichzeitig einen verwegenen wie romantischen Anstrich. Ihre grünlich schimmernden Augen paßten durchaus zu diesem Gesamteindruck. Das einzige, was störte, war das leichte Schielen, was besonders deutlich wurde, wenn sie den Blick von der Straße auf die Armaturen des alten Fords senkte, um dem Temperaturanzeiger einen mißtrauischen Blick zuzuwerfen. Und das nicht zu Unrecht. Der Kühler war zwar gerade geschweißt worden – aber der junge Mechaniker hatte behauptet, Schweißen wäre heute nicht mehr üblich, weil es selten lange halten würde und ein neuer Kühler auf Dauer billiger käme.

Möglich, daß er recht hatte. Aber wer kein Geld hat, der kann mit der Floskel ›auf Dauer billiger‹ wenig anfangen.

»Bist du dir sicher oder glaubst du, dir sicher zu sein?« fragte Stan spitzfindig von der Rückbank aus. Er raschelte vernehmlich mit der Straßenkarte. »Also wenn du mich fragst, sind wir auf dem Holzweg. Wir hätten vorhin doch rechts abbiegen müssen, Mom.«

»Kann sein, kann sein«, sagte Gillian gedankenverloren. »Aber jetzt will ich erst einmal aus diesem Stau raus.«

»Ich will überhaupt nicht hier raus«, maulte Virginia. »Ich will nur zurück zu meinen Freunden.«

»Typisches Babygeplapper«, sagte ihr Bruder verächtlich. Da er mit seinen vierzehn Jahren seine Mutter bereits überragte, kam er sich mächtig erwachsen vor. Für seine achtjährige Schwester hatte er kaum mehr als Verachtung übrig. »Ich sitze hier hinten eingequetscht neben deinem ganzen Plunder, und du kannst vorne bequem die Beine ausstrecken. Trotzdem höre ich von dir nicht mehr als weinerliches Geplapper.«

Er drückte mit dem Ellbogen einen Karton zurück, der sich gelockert hatte und sich jetzt stückweise auf ihn zu bewegte. Der Ford war total überladen und lag so tief, daß die hintere Stoßstange schon fast auf der Straße schleifte. Neben Stan türmte sich das ganze Hab und Gut des winzigen Kinderzimmers auf, das er bislang gemeinsam mit seiner Schwester bewohnt hatte – ein, wie er fand, unwürdiger Zustand. Aber das würde ja nun ein Ende haben.

Der Wagen rollte wieder ein Stück vorwärts und diesmal immerhin so weit, daß sie das nächste Straßenschild erkennen konnten. Die untergehende Sonne spiegelte sich allerdings so stark in dem Schild, daß es kaum zu lesen war.

»Pen-ny Lane«, buchstabierte Virginia mühsam.

»Pennsylvania Lane, du Dummkopf«, berichtigte Stan. »Penny Lane ist ein Lied der Beatles. Das könntest du eigentlich wissen ...«

»Na und?« maulte Virginia. »Die Straße könnte ja auch Penny Lane heißen, oder?«

»Hört auf zu streiten!« sagte Gillian fröhlich. »Das ist die richtige Straße, wir haben uns doch nicht verfahren.«

Sie setzte den Blinker, und als die Kolonne wieder anrollte, ließ sie den Wagen in die Seitenstraße rollen. Hier war die Straße total frei; vom Stau der Hauptstraße war keine Spur zu bemerken. Gillian fuhr dennoch sehr langsam weiter, denn der Ford schwankte bei jeder Lenkbewegung wie ein überladenes Schiff bei schwerem Seegang. Die Stoßdämpfer hätten eigentlich schon vor einem Jahr gewechselt werden müssen, und dem Gewicht des gesamten Hausstandes der Familie Patterson hatten sie nun wirklich nichts entgegenzusetzen.

»Bist du sicher, daß du nicht noch langsamer fahren kannst, Mom?« stichelte Stan.

Seine Mutter runzelte die Stirn, aber sie verzichtete auf eine direkte Entgegnung. Es wäre auch sinnlos gewesen. Gegen Stans Wortschwall kam sowieso niemand an. »Er wohnt hier irgendwo«, sagte sie statt dessen.

»Schon komisch«, meinte Virginia. »All die Jahre hat er uns keine Beachtung geschenkt. Und nun das. Warum lädt er uns plötzlich ein, Mom?«

»Ich weiß nicht«, antwortete Gillian leichthin. »Onkel Mallory ist eben ... ein bißchen exzentrisch.«

»Er ist reich«, verbesserte sie Stan. »Und er hat

ein ganzes Heer von Leuten, die bereitwillig alles für ihn tun würden. Sogar kleinen Mädchen die Zöpfe ausreißen.« Er kicherte leise, und als seine Schwester auf die Provokation nicht reagierte, fuhr er fort: »Außerdem haben wir gar keine andere Wahl, kleine Schwester. Wir sind am Ende.«

»Wir waren schon immer am Ende«, sagte Virginia fröhlich und mit einer Selbstverständlichkeit, in der kein Schrecken war. »Aber ich mag unsere alte Nachbarschaft. Wann werde ich Rico und meine Freunde je wiedersehen?«

»Wir ziehen nur innerhalb der Stadt um, Virginia, nicht in ein anderes Land«, murmelte Gillian und kurbelte wild an dem Lenker, um einem Hund auszuweichen, der wie ein schwarzer Schatten über die Straße huschte. Der Wagen begann rhythmisch hin- und herzuschwingen, und Gillian hatte das Gefühl, auf Schmierseife zu fahren. Sie nahm den Fuß vom Gas, traute sich aber nicht zu bremsen. Mit schweißnassen Händen versuchte sie den Wagen in der Spur zu halten. Was hatte Virginia gesagt? ›Wir waren schon immer am Ende?‹ Der Wagen jedenfalls war es, und wenn sie ganz ehrlich war, dann war es unverantwortlich von ihr, ihre Kinder mit auf diese Höllenfahrt genommen zu haben. Eine einzige wirklich brenzlige Situation würde reichen, und sie würde endgültig die Kontrolle über ihren geliebten, alten Ford verlieren.

»Ich werde dich mit Peter bekannt machen!« rief Stan und heulte in einer schrecklichen Parodie eines Wolfsgeheuls auf. »Mit Peter, dem Wolf!«

»Laß den Quatsch, Stan«, sagte Gillian ärgerlich, aber doch mit hörbarer Erleichterung in der Stimme, weil sie den Wagen wieder in den Griff bekommen hatte. Allerdings waren sie mittlerweile so langsam, daß ein halbwegs durchtrainierter Jogger sie mühelos abgehängt hätte. »Du weißt, daß sie Angst vor Wölfen hat.«

»Stimmt genau«, pflichtete ihr Stan bei.

»Ich will in unserem alten Haus wohnen bleiben, Mom«, quengelte Virginia. »Santa wird uns hier sicher nicht finden.«

»Es gibt keinen Santa Claus, du dummer Zwerg«, behauptete Stan.

»Es reicht, Stan!« Gillian wandte ihre Aufmerksamkeit kurz von der Straße ab, um Stan einen finsteren Blick zuzuwerfen.

»Vorsicht, der Lastwagen«, kreischte Virginia.

»Oh, verdammt.« Gillian riß das Steuer zur Seite, und der Wagen schrappte millimeternah an einem alten Lastwagen vorbei, der allerlei Gerümpel geladen hatte.

»Da siehst du, was du beinahe angerichtet hast!« fauchte Virginia ihren Bruder an.

»Fahre ich oder Mom?« fragte Stan im beleidigten Tonfall. Dann wandte er sich an seine Mutter: »Sag der kleinen Kröte, daß sie endlich aufwachen soll. Das ist ja nicht auszuhalten mit dem Kleinkinderquatsch!«

»Santa wird uns finden, Virginia«, sagte Gillian, aber diesmal ließ sie die Augen nicht von der Straße. »Mach dir darum keine Sorgen, Kleines.«

Sie trat so abrupt auf die Bremse, daß die Kinder nach vorne geschleudert wurden. Virginia kreischte kurz auf und klammerte verzweifelt ihre Puppe fest, die ihr durch den unerwarteten Ruck fast aus den Händen gerissen worden war.

»Ist was, Mom?« fragte Stan mit gespielter Gelassenheit und rieb sich seinen Kopf, der unangenehme Bekanntschaft mit dem Türrahmen gemacht hatte.

»Aber ja«, sagte Gillian fröhlich. »Ich hab's gefunden! Dort wohnt Onkel Mallory.«

Sie legte den Rückwärtsgang ein und schien die Überladung in der Aufregung komplett vergessen zu haben; der Ford schoß mit quietschenden Reifen zurück. Mit einem harten Krachen schmiß Gillian wieder den Vorwärtsgang ein und gab Gas, während der Wagen noch rückwärts rollte. Motor und Getriebe jaulten protestierend auf, aber Gillian kümmerte sich nicht darum. Mit einem fröhlichen ›Das ist es‹ steuerte sie den heftig schwankenden Wagen in eine unscheinbare Straße, die eher zu einem Industriegebiet zu führen schien als zu einer Luxusvilla, wie sie Onkel Mallory bewohnte.

»Wozu die plötzliche Eile?« fragte Stan, aber er schien nicht wirklich eine Antwort zu erwarten.

»Eh, ja ...«, machte Gillian und nahm den Fuß vom Gas. Sie hatte einen Moment lang wirklich vergessen, in welchem Zustand sich der Wagen befand. Aber andererseits hatte sie das Gefühl, die Kontrolle über den Ford wiedergewonnen zu haben; kaputte Stoßdämpfer hin oder her. Sie steuerte den Wagen an Lagerhäusern vorbei, die verrieten, daß sie nun dem Ozean bereits sehr nah waren und sich in der Nähe des Hafens befanden.

»Es ist scheußlich hier!« kreischte Virginia. »Was wollen wir hier, Mom? Laß uns sofort wieder umkehren.«

»Besonders idyllisch ist es hier wirklich nicht«, gab Stan seiner Schwester ausnahmsweise recht. Er hatte sich immer vorgestellt, daß Onkel Mallory in einem gigantischen Park wohnte, der hinter dikken Mauern von der Außenwelt abgeschirmt war, in einer Prunkvilla direkt am Meer. Aber irgendwie schien er die Erzählungen seiner Mutter mißdeutet zu haben.

»Keine Sorge, Kinder, Onkel Mallory wohnt nicht in einem Lagerschuppen«, sagte Gillian. Aus irgendeinem unerklärlichen Grund verspürte sie plötzlich das Bedürfnis zu kichern. Es war aber auch zu grotesk: Da war sie nun, eine verkrachte Großstadtexistenz, gescheitert am Leben, an ihren verschiedenen Jobs in der Werbebranche, die ihr viel zu wenig Zeit fürs Privatleben geboten hatten, und nicht zuletzt an den Männern, die nicht bereit waren, ihren Lebensstil mitzutragen. Alles, was sie noch besaß, war in diesem sechzehn Jahre alten Ford zusammengepfercht, der auch ohne zusätzliches Gepäck kurz vor dem Zusammenbruch stand.

Wenn sie nicht ihre Kinder gehabt hätte, hätte sie sich die Kugel geben können. Aber die süße, kleine Virginia, die in herrlicher Naivität immer noch in ihrem Kinderglauben an den Weihnachtsmann festhielt, und der großsprecherische Stan, der, ganz angehender Mann, seine Unsicherheit unter einer rauhen Schale verbarg, waren ihr viel zu wichtig, als daß sie einen solchen düsteren Gedanken bis zum Ende verfolgt hätte.

Aber dennoch hatte sie Angst. Während sie den Wagen auf das große, dunkle Grundstück zurollen ließ, von dem ihr Onkel seinen Teil der Welt beherrschte, fragte sie sich zum wiederholten Male, ob sie das Richtige tat. Onkel Mallory war ein undurchsichtiger Mann mit einer Ausstrahlung, die ihr noch nie gefallen hatte. Seit vielen Jahren hatten sie sich nicht gesehen, und das hatte seinen guten Grund: Mallory duldete keine Sentimentalitäten und hielt, soweit möglich, Abstand von seiner Familie.

Als sie den Telefonhörer abgenommen hatte, um Onkel Mallory um Hilfe zu bitten, waren ihr tausend Gedanken durch den Kopf geschossen. Nicht unbedingt erfreuliche. Irgend jemand hatte sie aus Chantals Agentur vertrieben, sie systematisch fertiggemacht, bis sie auf dem Zahnfleisch gegangen war. Aber das war nicht alles. Da waren die vielen Lieferungen gewesen, die sie nicht bestellt hatte und die sie nur mit viel Aufwand wieder hatte stornieren können. Und kurz danach der Brand im Wohnzimmer, angeblich ausgelöst durch eine nicht richtig ausgemachte Zigarette; aber das konnte nicht stimmen, sie hatte an diesem Abend gar nicht in ihrer Wohnung geraucht. Dann die Straßengang, die Stan verprügelt hatte, ihm sein Fahrrad und alle Wertsachen abgenommen hatte.

Sie war regelrecht über den Rand der Gesellschaft gestoßen worden, dorthin, wo als Ausweg die Slums der Großstädte oder die Straße geblieben wären. Und schon sehr bald hatte sich in ihrem Hinterkopf ein ungeheuerlicher Verdacht eingenistet. Daß das nicht alles Zufälligkeiten gewesen waren, sondern von langer Hand geplante Aktionen. Sie hatte immer wieder durchgespielt, wer dafür verantwortlich sein könnte. Aber, strenggenommen, ohne Ergebnis. Denn bei näherem Hinsehen hatten sich alle ihre Verdächtigungen als haltlos erwiesen.

Und schließlich hatte sie Onkel Mallory anrufen müssen. Den letzten Rettungsanker in einem zu Grunde gerichteten Leben. Und während sie zitternd auf seine Antwort auf ihr Anliegen gewartet hatte, hatte sie sich gefragt, ob sie seine Hilfe überhaupt wollte.

Diese Frage hatte sie bis zum heutigen Tag nicht losgelassen.

Sie steuerte den Ford auf einen großen, ummauerten Parkplatz, der ein vages Gefühl der Erinnerung in ihr auslöste. Sie trat auf die Bremse, und der Wagen kam mit einem leichten Ruck zum Stehen. »Ich glaube, das ist es«, sagte sie, aber der Zweifel in ihrer Stimme war unüberhörbar.

Stan achtete gar nicht auf sie. »Cool, ey«, meinte er. Er deutete auf das Haus, das sich im Schatten alter Bäume an den Parkplatz anschloß. »Erinnert mich an Dr. Frankensteins Laboratorium.«

In der Tat hatte er nicht ganz Unrecht. Das Gebäude entsprach nun wirklich nicht den landläufigen Vorstellungen einer Luxusvilla. Es war von einem großen, schweren Metallzaun umgeben, der mindestens drei Meter hoch war und mit spitzen, lanzenähnlichen Verzierungen endete. Hinter dem Zaun führte ein dunkler Weg vorbei an steinernen Skulpturen, die direkt der Hölle hätten entstammen können.

Das erstaunlichste war jedoch das Gebäude selbst. Es war durch und durch schwarz; eine burgähnliche Festung, offensichtlich nach dem Vorbild europäischer Raubritterburgen gestaltet, mit Türmen, Vorsprüngen und Erkern, die vor allem aber als eines wirkten: als wehrhaft und abschreckend.

Dahinter ragte schwarz und finster eine riesige Lagerhalle; Haus und Lagerhalle schienen ineinander überzugehen, oder vielleicht war das Haus auch nichts weiter als das Foyer zu einer Halle, die in ihrer Finsterkeit das ganze riesige Grundstück beherrschte. Diese Festung hatte nichts mit dem zu tun, was man auch nur im entferntesten als gemütliches Heim hätte bezeichnen können. Und hier sollten sie nun Unterschlupf finden, die armen Verwandten, die finanziell vollkommen am Ende waren und deswegen überhaupt nicht wählerisch sein konnten.

»Eh, ja«, sagte Gillian und räusperte sich. »Onkel Mallory hat einen etwas – eh – skurrilen Geschmack. Aber an sich ist er ganz nett. Glaube ich.«

»Igitt!« kreischte Virginia. »Ich will sofort wieder zurück zu Rico und meinen Freunden! Hier bleibe ich keine Minute!«

»Das Thema hatten wir doch schon, Kleines«, sagte Gillian müde. »Komisch nur, daß das Tor aufsteht. Soweit ich mich erinnere, achtet Onkel Mallory pedantisch genau darauf, daß hier nicht einfach jemand reinspazieren kann.«

»Nun, er wird damit gerechnet haben, daß wir kommen«, meinte Stan. »Und nun auf zu Frankenstein. Mal sehen, wie weit er schon ist. Ob er aus Leichenteilen einen künstlichen Weihnachtsmann gebaut hat?«

»Du bist ein Scheusal!« kreischte Virginia, und an ihrer Stimme war deutlich zu erkennen, daß sie kurz vor einem Weinkrampf stand.

Gillian verzichtete diesmal darauf, einzugreifen. Sie legte den ersten Gang ein und ließ den Wagen langsam auf das Haus zurollen. Während sie sich näherten, erkannte Stan, daß er sich getäuscht hatte. Onkel Mallorys Haus war der Lagerhalle nur auf der einen Seite vorgebaut. Auf der anderen Seite, im Blickfeld von der Straße verborgen, führte ein breiter Weg zu einem riesigen Tor an der Seite der Lagerhalle, und dieser Teil der Halle stand fast im rechten Winkel zum Haus und damit fast auf gleicher Höhe. Offensichtlich gab es dort einen weiteren Zufahrtsweg, breit und stabil genug, um auch auf Dauer Lastwagenverkehr aufnehmen zu können. Das ganze war so angelegt, daß die Halle die LKW-Zufahrt abschirmte; im Haus selber war wahrscheinlich von den brummenden Motoren überhaupt nichts zu hören.

Und das war auch nötig. Denn ständig fuhren Lastwagen in die Halle; ihre Scheinwerfer blendeten einen kurzen Moment in die Einfahrt, bevor sie in dem riesigen Gebäude verschwanden. Von den herausfahrenden Lastwagen sah Stan nur die Rücklichter, die wie rote Glühwürmchen über den Asphalt huschten. Stan wurde sich bewußt, daß es nur noch drei Tage bis Weihnachten war. Kein Wunder also, daß in einer Spielzeugwarenfabrik Hochbetrieb herrschte.

Kurz vor dem Haus tauchte im Licht der Scheinwerfer ein weiteres Hindernis auf: Ein kunstvoll geschmiedeter Zaun, der vom Grün wuchernder Büsche fast verborgen wurde. Das einzige, was überdeutlich sichtbar war, war das Tor, kaum größer als Virginia, aber leider geschlossen und damit ein auf den ersten Blick unüberwindbares Hindernis.

»Na, also«, sagte Gillian. Ihre Stimme klang fast zufrieden. »Ich wußte doch, daß Onkel Mallory nicht jedermann so einfach zu seinem Haus spazieren läßt.«

Stan hörte ihre Worte kaum noch. Er hatte schon die Tür aufgerissen und eilte auf das Tor zu. »Abgeschlossen«, sagte er enttäuscht und rüttelte verzweifelt an der Klinke. »Und es ist nirgends eine Klingel erkennbar.«

»Dann fahren wir doch am besten gleich zurück«, maulte Virginia.

»Nichts da.« Gillian stieg nun ebenfalls aus. »Wir haben doch schon ganz andere Hindernisse gemeistert, oder?«

Es bedurfte keiner Antwort mehr, denn in diesem Moment verriet ein sanftes, kraftvolles Summen, daß ein Wagen die Auffahrt herauffuhr. Es war eine dieser überlangen Limousinen, die in ihrem Inneren Platz für ein kleineres Wohnzimmer boten, und unwillkürlich mußte Stan an Farbfernseher denken, an Knabberzeug und eine Bar, in der sich auch alkoholfreie Getränke befanden: Es mußte ein herrlicher Spaß sein, mit solch einem Auto durchs Land zu fahren.

Der Mann, der dem Wagen entstieg, nachdem er kurz hinter ihrem Ford zum Stehen gekommen war, sah allerdings alles andere als nach Spaß aus. Er war erstaunlich klein und hatte offensichtlich eine Vorliebe für gutes Essen, denn sein Bauch spannte sich gewaltig unter seinem teuren Mantel. Sein Gesicht war mürrisch und verkniffen, und auch, als er Gillian erkannte, hellten sich seine Gesichtszüge nicht auf.

»Da bist du ja«, sagte er statt einer Begrüßung und wedelte mit seinem kunstvoll verzierten Stock, in dem Stan einen eingravierten Wolfskopf zu erkennen glaubte. »Wolltest du nicht schon heute nachmittag kommen?«

»Eh ... ja«, stammelte Gillian.

»Ist jemand gestorben?« fragte Virginia dazwischen, und ihre Stimme klang plötzlich nur noch kläglich. »Das ist doch ein Leichenwagen, oder?«

Diesmal lächelte Onkel Mallory. Es hatte zumindest Ähnlichkeiten mit einem Lächeln, wenn auch mehr mit dem Boris Karloffs in der Rolle eines Vampirs, der sich gerade mit schrecklich entblößten Zähnen über sein Opfer beugt.

Doch Stan kam nicht dazu, den Gedanken weiterzuverfolgen. Irgend etwas raschelte in den Büschen, und dann war da ein Geräusch, als würde etwas über den Boden geschleift. Stan kniff die Augen zusammen, um etwas zu erkennen. Er erwartete jeden Augenblick, eine Handvoll Terroristen aus dem Gebüsch hervorspringen zu sehen, an die Zähne bewaffnet mit Kalaschnikows und Handgranaten, und seine Hand tastete nach dem Tor hinter sich, nach einem festen Halt: Sobald sie vorsprangen, würde er blitzschnell über das Tor hechten und zum Haus laufen. Zweifelsohne würde er dort jede Menge Waffen vorfinden und vielleicht auch Leibwächter. Er würde sich eine Uzi schnappen, sich an die Spitze der Leibwächter setzen und Mom und Virginia aus den Händen der Terroristen befreien – koste es, was es wolle.

Das Rascheln wiederholte sich, und irgend etwas blitzte metallisch hinter dem dunklen Grün des Gebüschs auf. Stan verschluckte sich fast vor Aufregung, und seine Hände fingen plötzlich an, unkontrolliert zu zucken. Er wollte den anderen eine Warnung zuschreien, aber die aufkommende Panik wischte jeden vernünftigen Gedanken und jede Tagträumerei mit einem Schlag beiseite.

»Wie ich sehe, hast du deine Kinder gleich mitgebracht«, stellte Mallory zufrieden fest.

Er kam nicht mehr dazu, seinen Satz zu beenden. Denn in diesem Moment sprangen die Terroristen vor. Sie waren zu dritt, und ihre Waffen glänzten im Scheinwerferlicht von Mallorys Limousine.

»Vorsicht, Mom!« kreischte Virginia.

Gillian zuckte zusammen und wirbelte herum. Vor lauter Schreck stolperte sie und fing sich nur mit Mühe an der offen stehenden Fahrertür ihres alten Fords.

Ein Scheinwerfer blendete auf und tauchte die Szene in taghelles Licht. Stan schloß geblendet die Augen. Jedes Gefühl für Vernunft war in ihm gestorben. Er erwartete jeden Moment das harte, metallische Knattern automatischer Waffen zu hören.

»Mr. Mallory!« hörte er statt dessen eine weibliche Stimme. »Ist es wahr, daß sie Kinder in Hinterhoffabriken Indiens und Pakistans unter primitivsten Bedingungen ihre Spielwaren herstellen lassen?«

Stan riß überrascht die Augen auf. Jetzt erst erkannte er seinen Irrtum. Das waren keine Terroristen, es war ein Kamerateam, das hinter den Büschen auf seinen Onkel gelauert hatte, um peinliche Fragen zu seiner Geschäftspolitik zu stellen! Und das, was er für Waffen gehalten hatte, waren Mikrofon, Kamera und Scheinwerfer.

Mallory wirkte vollkommen gelassen, während Gillian mit offenem Mund dastand und ihr Blick fassungslos immer wieder zwischen Mallory und der hübschen Reporterin hin- und herwanderten.

»So etwas habe ich allerdings nicht nötig, meine Liebe«, antwortete er ruhig. »Santa und seine Elfen arbeiten ganz umsonst für mich.«

Währenddessen war der Fahrer der Limousine ausgestiegen. Stan unterdrückte nur mit Mühe einen begeisterten Aufschrei. Der Mann war fast so breit wie groß; ein Hüne, hinter dem sich selbst Arnold Schwarzenegger hätte verstecken können. Der Riese ging mit federnden Schritten auf das Kamerateam zu und breitete die Arme aus.

»Sie gehen jetzt besser«, sagte er so ruhig, als ob er ein kleines Kind ins Bett bringen würde. »Das hier ist Privatbesitz. Sie haben kein Recht, sich hier aufzuhalten.«

»Eine Frage noch!« schrie die junge Fernsehreporterin, während der Fahrer sie und den Rest das Teams sanft zurückdrängte. »Es heißt, sie unterschreiten auch hier die gesetzlichen Mindestlöhne ...«

»Wir können auch gerne die Polizei holen, wenn es Ihnen lieber ist«, sagte der Riese und entblößte sein Gesicht zu einem freundlichen Grinsen. Bei ihm sah es allerdings eher aus, als ob sich ein Haifisch gerade über einen Leckerbissen hermachen wollte. Die Reporterin schien noch etwas sagen zu wollen, aber dann gab sie ihren beiden Begleitern einen Wink, und die drei verschwanden so schnell, wie sie gekommen waren.

»Keine weiteren Fragen mehr, vielen Dank!« rief ihnen Mallory nach. Dann wandte er sich wieder Gillian und den Kindern zu. »Meine liebe Gillian, du hast dich absolut nicht verändert ...« Er warf einen Blick auf ihr Auto. »Genausowenig wie dein Auto, wenn du mir diese Bemerkung gestattest.«

»Ja. Eh. Ich meine, hallo, Onkel Mallory, schön dich nach so vielen Jahren wiederzusehen.« Sie streckte die Hand vor. Onkel Mallory betrachtete sie einen Herzschlag lang stirnrunzelnd, als müsse er sich erst davon überzeugen, daß er sie gefahrlos anfassen konnte. Dann wechselte er seinen Stock von der Linken in die Rechte und ergriff Gillians Hand. »Nun denn. Sei mir gegrüßt.«

Er beugte sich vor und blickte in den Wagen. »Da ist ja auch unsere kleine Prinzessin!« sagte er. Der Satz, der bei anderen Menschen meist herzlich oder zumindest doch freundlich klang, erinnerte bei ihm eher an einen Fernsehsprecher bei der Verkündung der neuen Arbeitslosenzahlen.

»Steig aus, Schatz«, forderte sie Gillian auf. Ihre Stimme klang nervös. »Onkel Mallory möchte dich begrüßen.«

»Ich aber nicht ihn«, sagte Virginia trotzig.

»Sieh an, ein Kind mit Sinn für Individualismus«, sagte Mallory. »Vielleicht wird es Zeit, kleine Virginia, daß du ein paar Dinge begreifst, ohne die du in der realen Welt nicht bestehen kannst. Zum Beispiel, daß man nicht die Hand beißt, die einen füttert.«

»Ich beiße dich doch gar nicht«, antwortete Virginia trotzig. »Ich will nur nicht bei dir wohnen.«

»Interessant. Wirklich, sehr interessant«, meinte Mallory. Er warf einen kalten Blick auf Gillian. »Ich nehme an, du teilst die Meinung deiner Tochter nicht, oder täusche ich mich da?«

»Ja. Ich meine, nein«, stotterte Gillian. »Wir sind alle … sehr glücklich, daß wir bei dir wohnen dürfen, Onkel Mallory. Nicht wahr, Stan?«

»Aber klar, Mom.« Stan eilte auf Mallory zu und streckte die Hand aus. »Das ist ja auch ein echt geiler Kasten … eh, ich meine, ein tolles Haus. Was ganz anderes als unsere miefige Zweizimmerwohnung.«

»Die ihr mittlerweile nicht mehr bezahlen könnt«, bestätigte Mallory mit Nachdruck und schüttelte Stans Hand. Auf seinen Zügen erschien so etwas wie die Andeutung eines Lächelns. »Ich sehe, mein junger Freund, daß wir uns verstehen. Also herzlich willkommen in Mallorys Reich.«

Mallorys hünenhafter Chauffeur hatte mittlerweile das Tor geöffnet und trat nun auf Gillian zu. Unwillkürlich zuckte sie zusammen. »Wenn Sie gestatten, M'am, werde ich Ihren Wagen zum Personaleingang fahren und ihr Gepäck entladen. Die kleine Lady allerdings ...«, er deutete auf Virginia, die sich so weit wie möglich auf dem Beifahrersitz zusammendrückte, »müßte vorher aussteigen.«

»Ich will aber nicht!« schrie Virginia. »Der aufgeblähte Popcorn-Riese soll bloß von unserem Auto wegbleiben!«

»Virginia, es reicht«, sagte Gillian wütend. Vor lauter Aufregung begann sie stärker zu schielen als sonst, und wie sie so dastand, in ihrer zerschlissenen Jeans und dem karierten Männerhemd, das ihr ein paar Nummern zu groß war, wirkte sie fast wie eine Obdachlose, die ein paar über den Durst getrunken hatte. »Wenn du nicht augenblicklich aussteigst, zerre ich dich eigenhändig aus dem Auto.«

»Versuch's doch!« sagte Virginia, aber es klang nicht mehr trotzig, sondern nur noch weinerlich. Dann zuckte sie mit den Achseln und stieg mit langsamen Bewegungen aus. Ihre Hände zitterten, und in ihren Augen glitzerte es verdächtig, aber sie hielt sich dennoch tapfer aufrecht.

»Willst du nicht deinen Onkel begrüßen?« fragte Mallory. Die Frage klang allerdings eher nach dem Befehl eines Unteroffiziers, der seine gerade eingetroffenen Rekruten auf die Härten der Grundausbildung vorbereiten will, als nach einer freundlichen Aufforderung.

Virginia biß sich auf die Lippen und schien mit sich zu kämpfen. Aber als Mallory auf sie zuging und die Hand ausstreckte, schob auch sie zögernd ihre Hand vor. Mallory packte sie mit festem Griff und sah ihr geradewegs in die Augen. »Du mußt beim Händeschütteln fester zudrücken, junge Dame«, sagte er, »dann werden sich die Leute immer an dich erinnern.«

Er schien Virginias Hand überhaupt nicht mehr loslassen zu wollen. Das kleine Mädchen verzerrte das Gesicht, hielt dem Druck aber stand. »Ja, Sir«, sagte sie schließlich.

Mallory nickte anerkennend und ließ ihre Hand abrupt los. »Gut gemacht, Kleines.« Er wandte sich an Gillian. »Gehen wir ins Haus, meine Liebe. Fred, mein Fahrer, wird sich um alles weitere kümmern.«

Er warf einen kurzen Blick auf Stan. »Virginia ist ein ziemlich merkwürdiger Name für diese Generation.«

Stan erwiderte seinen Blick. »Sie ist ja auch ziemlich merkwürdig«, sagte er schließlich.

»Gut, Stan«, meinte Mallory. »Dann werden wir die kleine Virginia ein wenig geradebiegen.« Er hob den Stock und deutete auf das düstere Haus. »Aber jetzt auf zu eurem neuen Heim. Ich bin sicher, ihr könnt es gar nicht erwarten, eure neuen Räume zu sehen.«

Das Innere des Hauses entsprach haargenau Gillians Erinnerungen. Es mußte schon fast zehn Jahre her sein, daß sie zum letztenmal hier gewesen war, in einer Zeit, in der Stan in den Kindergarten gegangen war und sie zusammen mit seinem Vater in einem hübschen kleinen Vororthaus gewohnt hatten. Mein Gott, war das lange her, und wie anders war damals ihr Leben verlaufen? Es hatte so ausgesehen, als ob ihr Leben ewig so weiterlaufen würde, und heute wußte sie, daß sie damals glücklich gewesen war. Doch damals hatte sie ihr Leben als unruhig und hektisch betrachtet und gar nicht gewußt, was sie an ihrer kleinen Familie hatte.

Sicherlich hatten sich einzelne Einrichtungsgegenstände in dem Haus geändert, und es kam ihr so vor, als wären die Fenster in der Diele vergrößert worden und eine weitere Tür hinzugekommen, wo auch immer sie hinführen mochte. Die Eingangshalle war gigantisch, und Gillian erinnerte sich, daß hier ursprünglich eine schmucklose Lagerhalle gestanden hatte, die Onkel Mallory hatte umbauen lassen, bis seine eigene private Version einer Luxusvilla entstanden war, mit viel zu vielen Räumen für eine einzelne Person und so bombastisch, wie er auch seine Geschäfte betrieb.

Die Skulpturen auf den prunkvollen Marmorsockeln waren neu und mußten ein Vermögen gekostet haben. Die Türgriffe glänzten golden, und es war Mallory zuzutrauen, daß sie mehr als nur ein hauchdünner Goldbelag bedeckte. Die Gemälde an den Wänden kamen Gillian seltsam bekannt vor; es waren allesamt Originale alter Meister.

»Das ist ... sehr imposant«, sagte Gillian vorsichtig. Aber sie schüttelte sich unwillkürlich bei dem Gedanken, von nun ab hier ihr Leben verbringen zu müssen. Größe und protzige Ausstattung eines Gebäudes sagten nichts darüber aus, ob man sich darin auch wohl fühlte. Ihre kleine Zweizimmerwohnung war ihr allemal lieber gewesen als diese lieblos eingerichtete Luxusvilla. Und sie hatte einen weiteren unschätzbaren Vorteil gehabt: Es war ihr eigenes Reich gewesen. Hier dagegen, das war ihr schmerzhaft klar, würde Mallory sie jeden Tag daran erinnern, daß er sie gönnerhaft aufgenommen hatte, sie aber jederzeit wieder auf die Straße werfen konnte.

»Ist dir kalt, meine Liebe?« fragte Mallory. Der Spott in seiner Stimme war unüberhörbar; offenbar wußte er sehr genau, was in Gillian vorging. Sie würde also doppelt vorsichtig sein müssen.

Eine Tür öffnete sich, und eine ältere, verhärmt aussehende Frau trat ein; ihr Haar war zu einem strengen Zopf geflochten, und ihr müder Blick irrte ohne Überraschung von einem zum anderen. Mallory deutete mit einem Stock auf sie, so wie man vielleicht auf ein Tier im Zoo deutete, aber normalerweise nicht auf einen Menschen.

»Das ist Mary Beth, sie ist der gute Geist des Hauses.« Er wandte sich zu Virginia und Stan um. »Seid lieb zu ihr, Kinder. Sie wird besser für euch sorgen als eure Mutter es je könnte.«

Gillian zuckte zusammen, als ob man sie geschlagen hätte. Eine scharfe Entgegnung lag ihr auf der Zunge, aber die unverschämte Dreistigkeit in Mallorys Tonfall verschlug ihr die Sprache.

»Mom sagte, du hättest eine eigene Yacht, Onkel Mallory«, sagte Stan, als hätte er gar nicht begriffen, was Mallory da gerade gesagt hatte.

»Hab' ich auch«, antwortete Mallory stolz. »Und stell dir vor: Ich habe sogar meine eigene Hafenanlage. Wollen wir sie uns mal ansehen?«

»Aber klar!« rief Stan erfreut aus. »Jederzeit!«

»Na, dann laß uns gleich gehen«, sagte Mallory. »Mrs. Beth wird in der Zwischenzeit eure Zimmer herrichten und euer – eh – Gepäck unterbringen.«

»Sollten wir nicht erst ...«, begann Gillian, aber Mallory beachtete sie gar nicht. Er winkte die Kinder zu einer Seitentür, und so blieb auch Gillian nichts anderes übrig, als ihm zu folgen.

Sie traten in einen von einer sorgfältig angelegten Hecke geformten Gang; die Hecke war so geschnitten, daß sie ein fast geschlossenes Dach bildete und keinen Blick auf den parkähnlichen Garten gab. Mallory schritt schnell aus und Stan hielt sich an seiner Seite, während Virginia etwas zurückblieb, um Hand in Hand mit ihrer Mutter hinter ihrem Großonkel her zu gehen. Es war dunkel in dem Heckengang, aber als sie ihn hinter sich ließen, mußte Gillian geblendet die Augen schließen: Die untergehende Sonne stand genau so, daß sie mit ihrer letzten Kraft in den Heckengang hineinschien.

»Da wären wir«, sagte Mallory mit spürbarem Stolz in der Stimme. »Das ist die andere Seite meines Reichs, mein privater Hafen.« Er deutete auf eine Yacht, die im blendenden Licht kaum zu erkennen war; nur, daß sie ungewöhnlich groß war, fiel sofort ins Auge. »Mein Boot«, sagte Mallory mit gespieltem Understatement. »Eine meiner kleinen Zerstreuungen, wenn mich die Arbeit mal aus den Klauen läßt.« Er wandte sich zu Stan um. »Angelst du gerne, Stan?« fragte er den Jungen.

»Dazu hatte ich noch keine Gelegenheit«, antwortete Stan bedauernd. »Aber Wale und Haifische zu fangen, würde mir bestimmt Spaß machen.«

Mallory lachte. Es war ein harter kehliger Laut, der eigentlich weniger an ein Lachen erinnerte als vielmehr an das Gekläff eines kleinen Hundes, der nur darauf aus war, sich im Hosenbein seines Ge-

genübers zu verbeißen. »Mit Haien und Walfischen fängt man normalerweise auch nicht gerade an«, meinte er. »Aber wenn schon, dann richtig. Ich ziehe es vor, sie zu erschießen.«

»Zu erschießen?« fragte Stan bewundernd. »Kannst du mir das mal zeigen?«

»Stan ...«, mischte sich Gillian ein. Die Kumpanei zwischen Mallory und ihrem Sohn ging ihr gehörig gegen den Strich, und daß Mallory jetzt Stan dazu auch noch aufstachelte, wehrlose Kreaturen einfach abzuknallen, überstieg nun wirklich die Grenzen guten Geschmacks.

»Ich kann in deinen Augen sehen, welch guten Jäger du abgeben würdest, mein Sohn«, unterbrach Mallory sie, ohne sie überhaupt zu beachten.

»Ich will auch mal so reich sein, wie du, Onkel Mallory«, sagte Stan.

»Ich könnte dir durchaus beibringen, wie man zu viel Geld kommt«, meinte Mallory. »Aber stell dir die Angelegenheit nicht zu leicht vor. Es ist wie bei den Haifischen: Wenn du einen in einer günstigen Schußposition hast, mußt du abdrücken. Genau so mußt du es auch mit Geschäftspartnern machen.«

»Cool, ey!« sagte Stan. »Und das funktioniert?«

»Das funktioniert sogar ganz hervorragend«, lächelte Mallory. »Ohne die richtige Strategie könnte ich mir solche Kleinigkeiten wie meine Yacht gar nicht leisten.«

Virginia verdrehte die Augen. Es war wirklich unglaublich, welchen Mist Onkel Mallory erzählte, aber beinahe schlimmer noch war die Begeisterung von Stan, der jeden Satz seines Onkels geradezu wie eine prophetische Offenbarung zu nehmen schien.

»Komm, Mama«, sagte sie und schob ihre kleine Hand in die Gillians. »Wenn die beiden Männergespräche führen, können wir uns doch etwas den Hafen anschauen.«

Gillian nickte ihr dankbar zu. Sie stand wirklich kurz vor einer Explosion, und ein bißchen Ablenkung würde ihr nur guttun. Vielleicht war sie ja gegenüber Mallory sogar etwas ungerecht, denn schließlich konnte er am wenigsten dafür, daß sie in ihrem Leben so erbärmlich gescheitert war und nun seine Hilfe in Anspruch nehmen mußte. Stan fehlte eindeutig der Vater, und wenn er seinen erfolgreichen Onkel so schnell als männliche Bezugsperson akzeptierte, dann konnte das doch eigentlich nur positiv sein.

Das sagten ihr ihre Gedanken, aber ihr Gefühl sprach eine ganz andere Sprache. Die Art, wie Mallory seine Haushälterin ihren Kindern vorgestellt hatte, und seine einnehmende Art Stan gegenüber ließen bei ihr alle Alarmglocken schrillen. Alles, was sie auf dieser Welt noch hatte, waren ihre Kinder, und ihr Gefühl sagte ihr ganz deutlich, daß Mallory versuchte, sie ihr auch noch wegzunehmen. Doch das würde sie nie zulassen.

»Gut, Kleines«, sagte sie zu ihrer Tochter. »Überlassen wir die Männer einen Moment sich selbst.«

Sie ließ sich von Virginia mitziehen, die aufgeregt nach draußen aufs Wasser deutete. »Guck mal, Mom«, sagte Virginia. »Dort draußen wäre ich jetzt auch gerne.« Die Achtjährige zeigte auf die Katamarane, die weit entfernt im Licht der untergehenden Sonne den Hafen ansteuerten, mit Menschen an Bord, die die Tage vor Weihnachten zu einem kleinen Sommerurlaub hatten nutzen können. »Es ist schön hier am Meer«, meinte Virginia. »Nur schade, daß wir hier nicht ohne Onkel Mallory wohnen können.«

Gillian gab ihr insgeheim recht, aber sie verzichtete auf eine dementsprechende Antwort. Sie ließ sich von Virginia mitziehen, die nun auf ein kleines Frachtschiff deutete und irgend etwas Belangloses schnatterte. Die Sonne tauchte den Hafen in den rötlichen Glanz einer idyllischen Abendstimmung; ein wunderschöner Tag ging zu Ende, der vielen Menschen Entspannung und Glück gebracht haben mochte – nur nicht ihr und ihrer Familie. Denn Gillian wurde das unangenehme Gefühl nicht los, daß der Umzug zu Mallory der Auftakt zu einer schwierigen und demütigenden Phase in ihrem Leben wurde. Sein ganzer Reichtum konnte nicht darüber hinwegtäuschen, daß er in seinem Innersten ein bedauernswerter Mann war, der sein Vergnügen nur darin fand, andere Menschen fertigzumachen.

Seinen Reichtum verstand Mallory allerdings zu demonstrieren. Er hatte als Wohn- und Arbeitsort eine Stelle gewählt an der Grenze zwischen dem gewerblichen Gebiet des Hafens und dem Yachthafen, ein Ort, wie er nicht besser hätte geeignet sein können für jemanden, der Vergnügen und Beruf mischen wollte. Virginia zeigte auf den Frachter, einen grauen, düsteren Klotz, dem auch der Glanz der untergehenden Sonne nichts Anheimelndes abgewinnen konnte.

»Ist das das Boot von Onkel Mallory?« fragte sie.

»Aber nein, Schatz«, antwortete Gillian geistesabwesend, warf allerdings einen genaueren Blick auf den Frachter. Mehrere Männer waren damit beschäftigt, hölzerne Kisten zu entladen und in einem Anbau zu verstauen, der direkt mit Mallorys Lagerhaus verbunden zu sein schien. Über ihnen an der Reling stand ein groß gewachsener, breitschultriger Mann, der sich eine Schirmmütze tief ins Gesicht gezogen hatte. Er brüllte den anderen Männern Befehle zu, als wären es Rekruten bei der Grundausbildung.

Als er den Blick in Gillians Richtung wandte, zuckte sie unwillkürlich zusammen. Der Mann hatte nicht nur ein unsympathisch hartes Gesicht, sondern auch einen Blick, der sie mehr erschreckte, als sie es sich eingestehen wollte. Sein linkes Auge schien ständig hin- und herzurollen, während sein rechtes starr auf sie gerichtet war. Er verzog unwillig das Gesicht und schien etwas zu ihr herüberbrüllen zu wollen. Doch als er Mallory im Hintergrund entdeckte, schüttelte er nur mißmutig den Kopf und kniff die Lippen zusammen.

»Wer ist das?« fragte Virginia ängstlich.

»Ich weiß nicht, Schatz«, antwortete Gillian. »Aber du scheinst recht zu haben: Das Schiff scheint wirklich Onkel Mallory zu gehören. Seine Yacht ist allerdings auf der anderen Seite festgemacht.«

»He, ihr beiden!« rief Mallory hinter ihnen. »Kommt sofort wieder her. Am Frachter ist es viel zu gefährlich.«

Widerstrebend folgte Gillian seinem Befehl. Es schien ihr nicht ratsam zu sein, sich schon an ihrem ersten Tag mit ihrem Onkel anzulegen. Schließlich war sie der Bittsteller und nicht er.

»Ich möchte euch nie wieder an meinem Frachtsteg sehen«, sagte er barsch, als sie ihn wieder erreicht hatten.

»Ja, Sir«, sagte Virginia. »Aber ... wer ist der komische Mann da? Ist das ein Freund von dir?«

Mallory schüttelte den Kopf als sei es unvorstellbar, daß man ihm unterstellte, Freunde zu haben. »Nein, Kleines. Kein Freund, nur ein Angestellter. So etwas wie meine rechte Hand.« Er lachte kurz auf. »Oder doch eher meine linke Hand. Für meine rechte Hand taugt Ned nun wirklich nicht.«

»Dieser Ned ... guckt so komisch«, sagte Virginia.

»Natürlich guckt er komisch. Er ist ja auch komisch. Und eines kann ich dir sagen: Mit Kindern kann er überhaupt nicht umgehen. Die kann er nämlich nicht leiden.« Er runzelte unwillig die Stirn und klapperte ungeduldig mit seinem Stock auf dem Boden. »Besonders kleine Mädchen nicht, die hinter ihm herschnüffeln. Die hat er gefressen.«

Gillian war der Verlauf der Unterhaltung mehr als unangenehm. »Was verladet ihr da eigentlich?« fragte sie, weniger aus echtem Interesse als vielmehr aus dem Versuch heraus, ablenken zu wollen.

»Arbeitsmaterial«, brummte Mallory. »Aber an deiner Stelle würde ich lieber einen Bogen um diesen Bereich machen«, sagte er wieder an Virginia gewandt. »Hier gibt es jede Menge Ratten, die so groß sind, daß sie dir einen Arm mit nur einem Biß abbeißen könnten.« Er lachte auf seine schrecklich unmenschlich wirkende Art, und Stan stimmte in das Gelächter mit ein.

»Hier wird Santa niemals herkommen«, flüsterte Virginia angewidert ihrer Mutter zu. Gillian legte beschützend ihren Arm um die Schultern des Mädchens und schob sie mit sich.

6

Das Eßzimmer von Onkel Mallory entsprach seinem pompösen Geschmack. Es hatte die Größe eines Rittersaals und war dementsprechend eingerichtet – mit Porträts fiktiver Ahnen, die ihm, dem Neureichen, das Flair eines jahrhundertealten gewichtigen Stammbaums verleihen sollten, und mit dunklen Eichenmöbeln, die vor einigen hundert Jahren wahrscheinlich für irgendeinen europäischen Fürsten angefertigt worden waren. Der Kontrast zu der engen Eßecke in Gillians kleiner Küche, wo sie sich mit ihren Kindern bis zum gestrigen Tag zum Essen zusammengedrängt hatte, hätte nicht größer sein können.

Wie es sich gehörte, saß Mallory oben an der massiven Tafel wie ein Vorstandsvorsitzender, der von dort aus über sein Imperium gebietet. Mrs. Beth hetzte hin und her, um die prachtvollen Schüsseln mit dem auf den Tisch zu stellen, was Mallory abwertend einfache Hausmannskost nannte, und um die Weingläser nachzuschenken. Gillian hatte an ihrem Glas bisher nur genippt. Sie trank sowieso selten Wein – nicht nur aus Kostengründen, sondern auch, weil sie sich an Alkoholgenuß gar nicht erst gewöhnen wollte. Und hier, mitten in Mallorys Prachtbau, der ihr schon jetzt wie ein Gefängnis vorkam, und mit Blick auf die Jagdtrophäen ihres Onkels schmeckte ihr der beste Wein nicht.

Direkt über ihm an der Wand hing ein sorgfältig präparierter, vielleicht fünfzig Fuß langer weißer

Hai. Wenn Mallory ihn erschossen hatte, dann sah man jedenfalls nichts mehr davon; er sah vollkommen unbeschädigt aus. Vielleicht hatte er ihn aber auch komplett von einem Präparator gekauft, dieses Angeberobjekt falsch verstandener Männlichkeit. Doch damit nicht genug. Ein ausgestopfter Wolf, ein Polarbär und ein Pinguin ergänzten die makabre Sammlung von Jagdtrophäen. Gillian hatte noch nie davon gehört, daß man Pinguine jagte, aber offensichtlich kannte Mallory in keiner Beziehung irgendwelche Hemmungen.

Links und rechts von Mallory hatten ihre Kinder Platz neben müssen, während sie selbst wiederum neben Virginia saß. Es lag ihrem Onkel offensichtlich viel an dieser starren Sitzeinteilung; er schien sich als absoluter Herrscher über alles zu verstehen, was sich in seinem Einflußbereich befand. Und das schlimmste daran war, daß es Stan offensichtlich nicht abstieß, sondern er ganz begeistert war von diesem harten Mann.

»Sind das deine Trophäen?« fragte Stan.

»Erraten«, antwortete Mallory mit zufriedenem Gesichtsausdruck. »Hübsche Erinnerungen an spannende Jagden und an all die Viecher, die ich im Lauf meines Lebens plattgemacht habe.«

»Guck mal, Virginia, da ist ein cooler Wolf«, ärgerte Stan seine Schwester. Virginia kniff den Mund zusammen und sah demonstrativ in eine andere Richtung. Offensichtlich hatte sie nicht vor, sich von Stan provozieren zu lassen.

»Einmal, im Norden Kanadas, hätte mich ein Wolf fast getötet«, erzählte Mallory mit einem bösen Seitenblick auf Virginia. »Hat sich nachts angeschlichen ... gerade als ich in meinem Schlafsack vor mich hin döste.« Er runzelte die Stirn, als müsse er eine unangenehme Erinnerung vertreiben. »Seitdem schlafe ich stets mit einem offenen Auge.«

Virginia warf ihrer Mutter einen beunruhigten Blick zu.

»Ich werde am Morgen des Heiligen Abends eine weitere Jagd unternehmen«, fuhr Mallory ungerührt fort. »Hat einer von euch den Mut, mich zu begleiten?«

»Na, klar!« rief Stan. »Ich möchte mit!«

Mallory grinste spöttisch. »Und was ist mit dir, Virginia?«

»Nein«, sagte Virginia mit aller Selbstbeherrschung, die sie aufbringen konnte. »Vielen Dank, Sir.«

»Ich glaube, daß die erste Schranke vom Jungen zum Mann überschritten ist, wenn er zum erstenmal etwas getötet hat«, sinnierte Mallory. Geistesabwesend spielte er mit seinem Stock, den er selbst während des Essens hin und wieder in die Hand nahm. Der kunstvoll verzierte Stock mußte für ihn so etwas wie ein Symbol seiner Macht sein.

»Onkel Mallory, ich bitte dich«, sagte Gillian in fast flehendem Tonfall. »Virginia ist erst acht Jahre alt.«

Mallory warf einen ärgerlichen Blick auf Gillian und wandte sich dann direkt an ihre Tochter. »Wenn du alt genug bist, eine Waffe zu tragen, bist du auch alt genug zum Töten«, sagte er in bestimmtem Tonfall. »Das ist in vielen Kriegen bewiesen worden.«

»Aber ... wir sind nicht im Krieg!« protestierte Gillian.

Mallory seufzte. »Das ganze Leben ist ein Krieg, meine Liebe«, dozierte er. »Wir ziehen in Schlachten, wir schmieden Pläne. Und die von uns, die am besten kämpfen«, er klopfte mit dem Stock nachdrücklich auf den Tisch, »kassieren das Kopfgeld.« Er deutete mit dem Stock auf einen Briefumschlag, holte ihn heran und entnahm ihm ein Blatt Papier. »Das hier ist Virginias IQ-Test aus der Grundschule«, fuhr er übergangslos fort. »Wirklich sehr beachtlich.«

»Wie bist du denn an den gekommen?!« fragte Gillian überrascht.

»Eine etwas naive Frage, findest du nicht?« Mallory lachte meckernd. »Hast du etwa vergessen, daß wir Blutsverwandte sind?« Er wedelte mit dem Stück Papier, als wäre es eine Beute, die ihm nach einem besonders gelungen Coup in die Hände gefallen wäre. »Erstaunlich, wirklich erstaunlich«, meinte er. »Virginia liegt mit einem IQ von einhundertfünfundvierzig weit über all ihren Klassenkameraden. Doch sie wird unterfordert.« Er kniff die Augen zusammen und sah Gillian ernst an. »Ganz offensichtlich fehlte ihr bislang jegliche individuelle Förderung.«

»Ich habe mein Bestes getan ...«, begann Gillian.

»Natürlich hast du das«, sagte Mallory, aber es klang nicht nach einem Einlenken, sondern eher wie das Urteil eines Schwurgerichts nach einem besonders langen Prozeß. »Aber vielleicht war dein Bestes nicht gut genug. Jetzt werden wir das jedenfalls ändern. Ich setze Virginia als Unternehmensberaterin für meine Spielwaren ein.«

Gillian schüttelte überrascht den Kopf. Mit dieser Wendung des Gesprächs hätte sie nun keineswegs gerechnet. Mallory schien sich offensichtlich als Familienoberhaupt zu verstehen und überhaupt nicht daran interessiert zu sein, Gillians

Meinung einzuholen. Ganz im Gegenteil: Er verlor keine Sekunde Zeit, um ihnen allen deutlich zu machen, wer hier das Sagen hatte.

»Aber sie ist doch viel zu jung!« protestierte Gillian.

»Sie ist zu jung?« Mallory schüttelte den Kopf, als hätte er einen besonders dummen Einwand vernommen. »Sie ist sogar genau im richtigen Alter!«

»Du meinst, ich soll nagelneue Spielwaren beurteilen?« fragte Virginia.

»So ungefähr«, antwortete Mallory. »Der Monster-Killer hat sich in diesem Jahr von all meinem Spielzeug am besten verkauft. Aber du ...« Mallory tippte mit der Spitze seines Stocks an Virginias Brust. »Du wirst den Verkaufsschlager fürs nächste Jahr entwerfen.« Mallory grinste böse, während er sich mit dem Stock leicht in die Innenfläche seiner Hand klopfte.

»Ich glaube, es ist besser, ich bringe die Kinder jetzt zu Bett«, sagte Gillian.

»Bemüh' dich nicht«, sagte Mallory leichthin. »Darum kann sich auch Mrs. Beth kümmern.«

»Ich brauch' doch keinen Babysitter!« protestierte Stan. »Aus dem Alter, daß man mich ins Bett bringen muß, bin ich nun wirklich schon längst raus.« Er warf einen spöttischen Seitenblick auf Virginia. »Im Gegensatz zu unserem Küken, versteht sich.«

»Das Küken kratzt dir gleich die Augen aus«, schimpfte Virginia aufgebracht. Sie sprang auf, schien noch etwas sagen zu wollen, doch dann schossen ihr die Tränen in die Augen, und sie verließ heulend das Zimmer.

»Da siehst du, was du angerichtet hast«,

schimpfte Gillian. Sie erhob sich ebenfalls, nickte ihrem Onkel kurz zu und eilte dann Virginia hinterher. Ihre Tochter stand am Treppenaufsatz und weinte bitterlich.

»Ich will hier nicht wohnen«, schluchzte sie. »Onkel Mallory ist so … so schrecklich. Ich habe das Gefühl, er hat überhaupt kein Herz.«

Gillian gab ihr insgeheim recht, aber sie zog es vor, nicht noch Öl aufs Feuer zu gießen. »Tsch, tsch, Kleines«, sagte sie statt dessen. »Jetzt geh erst mal schlafen; morgen früh sieht dann alles schon wieder ganz anders aus.«

»Ich will aber nicht hier schlafen!«

Ungeachtet Virginias Protesten nahm Gillian sie an die Hand und zog sie mit in die Richtung des Zimmers, das ihr Onkel Mallory zugedacht hatte. Es war sehr viel kleiner als sie erwartet hatte, aber es war mit neuen Möbeln aus massivem und freundlich wirkendem Fichtenholz eingerichtet. Virginias Bett war von einem Baldachin mit einer bunten Sternenszene, überdacht, und in einem großen Spielzeugregal standen ein paar farbenfrohe neue Puppen und ein riesiger Teddybär. Dankbar registrierte Gillian, daß kein Monster-Killer dabei war. Die freundliche Einrichtung des Zimmers versöhnte sie schon wieder halbwegs mit Onkel Mallory, aber vielleicht hatte er ja auch nur den Auftrag gegeben, ein typisches Kinderzimmer einzurichten und sich selbst gar nicht die Mühe gemacht, das Resultat zu besichtigen.

»Mom?« fragte Virginia, während sie sich auszog und den neuen Schlafanzug anprobierte, der einladend auf dem aufgeschlagenen Bett gelegen hatte, »was ist eine Unternehmensberaterin?«

»Was Onkel Mallory meinte, war … daß du ein

sehr cleveres junges Mädchen bist, und daß du alles erreichen kannst, wenn du es wirklich willst«, behauptete Gillian. Aber das war nur die halbe Wahrheit. Daß Mallory alles daransetzte, um Virginia auf seine Seite zu ziehen und ihr zu entfremden, das verschwieg sie natürlich. Daß erstaunlichste fand sie dabei, mit welch atemberaubender Geschwindigkeit ihr Onkel vorging. Stan hatte er in wenigen Stunden auf seine Seite gezogen und bei Virginia immerhin den Stachel des Ehrgeizes ins Herz versenkt.

»Ich möchte gerne Spielzeug erfinden, das Kindern helfen kann«, sagte Virginia nachdenklich. Sie legte sich ins Bett und zog die Decke über sich. »Damit möchte ich viel Geld verdienen, damit wir nicht mehr hier wohnen müssen.«

Gillian spürte nun ihrerseits, wie ihr die Tränen in die Augen stiegen. An Virginia würde sich Mallory die Zähne ausbeißen, so viel stand fest.

»Wenn es das ist, was du erreichen willst, bin ich ganz sicher, daß du es schaffst«, sagte sie leise. Sie gab ihrer Tochter einen sanften Kuß auf die Stirn. »Nacht, Süße.« Sie beugte sich vor, um den Schalter der Nachttischlampe zu suchen. Es würden sicherlich einige Wochen vergehen, bis sie sich hier in dem großen Haus so auskannte, daß sie alle Schalter wie im Schlaf bedienen konnte.

»Bist du auch sicher, daß Santa uns hier finden wird, Mom?« murmelte Virginia müde.

Santa, meine Süße, den gibt es nicht, dachte sie, sowenig, wie es Gerechtigkeit in dieser Welt gibt. Trotzdem sagte sie laut: »Ich denke schon, daß er das tun wird.«

»Werde ich ihm eines Tages begegnen?« fragte Virginia.

»Das weiß ich nicht«, antwortete Gillian. »Ich denke, er mag seine private Umgebung ... seine und die der Elfen, weißt du?«

»Dann muß ich zum Nordpol gehen, um ihn zu sehen«, hakte Virginia nach.

»Ich glaube kaum, daß man ihn als Normalsterblicher dort finden wird«, meinte Gillian. »Aber warum möchtest du ihn überhaupt treffen?«

»Ich möchte ihm meine Wunschliste zeigen. Und ihn fragen, ob er Hilfe gebrauchen kann.«

Gillian strich ihrer Tochter die Haare aus dem Gesicht. »Ich bin sicher, daß er das zu schätzen wüßte«, sagte sie.

»Meinst du?« fragte Virginia zweifelnd.

»Er würde dich bestimmt sehr mögen.« Gillian hatte mittlerweile den Lichtschalter gefunden und knipste das Licht aus. »Und nun gute Nacht, mein süßes Herzchen.«

»Gute Nacht, Mama«, sagte auch Virginia, und ihre Stimme klang sehr müde. Sie drückte noch einmal die Hand ihrer Mutter und drehte sich dann auf die andere Seite. Sie hörte, wie ihre Mutter das Zimmer verließ und leise die Tür hinter sich schloß. Eigentlich hätte sie es lieber gehabt, wenn die Tür einen Spalt aufgestanden hätte, aber in diesem Haus war es vielleicht besser, hinter einer verschlossenen Tür zu schlafen.

Trotz ihrer Erregung fielen ihr sofort die Augen zu. Es war ein anstrengender und aufregender Tag gewesen, ein Einschnitt in ihrem kurzen Leben, wie sie ihn sich nun wirklich nicht gewünscht hatte. Sicherlich, ihre alte Wohnung war klein gewesen, und ihre Mutter hatte ihnen auch nicht viel Spielzeug kaufen können. Aber sie hatte es immer verstanden, ihr kleines Heim gemütlich zu gestalten und eine Atmosphäre von Liebe und Vertrauen zu schaffen. Davon war in diesem großen kalten Haus nichts zu spüren.

Wenn es irgendeine Chance gab, hier wieder zu verschwinden, würde sie sie ergreifen. Vielleicht ergab sich durch den Job, den ihr Onkel Mallory angeboten hatte, wirklich die Gelegenheit, so viel Geld zu verdienen, daß sie sich wieder eine eigene Wohnung leisten konnten. Virginia schmückte diese angenehme Vorstellung aus und malte sich bereits aus, daß sie sich von ihrem verdienten Geld eine geräumige Dreizimmerwohnung leisten konnten, in der es Platz für zwei Kinderzimmer gab. Vielleicht würde ihre Mutter auch wieder zu malen anfangen, wenn genug Platz für ihre Staffelei da war.

Ein kratzendes Geräusch schreckte Virginia aus dieser angenehmen Vorstellung. Es klang fast wie eine Katze, die um Einlaß in ihr Zimmer begehrte. Vielleicht war es aber auch ein größeres Tier, ein Monster, das Onkel Mallory geschickt hatte, um sie zu beißen, damit sie sich in einen Werwolf oder in etwas ähnlich Schreckliches verwandeln würde!

Virginia blieb stocksteif liegen. Wenn sie sich nicht rührte, würde das Monster sie vielleicht nicht finden. Ein erneutes Kratzen verriet ihr, daß das Monster gar nicht daran dachte, sich so leicht täuschen zu lassen. Sie spürte, wie sich ihr Atem beschleunigte und ihr der Schweiß ausbrach. In ihrer alten Wohnung hätte sie jetzt einfach laut nach ihrer Mutter rufen können und wäre sicher gewesen, sie in wenigen Sekunden bei sich zu haben. Aber hier wußte sie noch nicht einmal, wo ihre Mutter jetzt war. Vielleicht viel zu weit weg, um sie zu hören; vielleicht bekam sie noch nicht einmal mit, wenn sich ihre Tochter in einem Todeskampf mit einem schrecklichen Monster befand!

Die Tür glitt knarrend zurück und etwas huschte in ihr Zimmer. Virginias Herz blieb vor Schreck fast stehen. Das war eindeutig keine Katze, sondern etwas Großes, Gefährliches, ein Ungeheuer, das die Hölle ausgespuckt hatte, um sie zu verschlingen.

Sie kam nicht mehr dazu, den Gedanken weiterzuverfolgen. Das unglaubliche geschah: Etwas riß ihre Bettdecke zurück, etwas Großes und Stinkendes. Unwillkürlich riß sie die Augen auf. Es war fast dunkel im Zimmer, und dennoch erkannte sie eindeutig die Silhouette eines großen Wolfs, der sich über sie beugte zum Todesbiß.

Sie öffnete den Mund zu einem Schrei, brachte aber keinen Ton hervor. Alle ihre Gedanken wurden fortgerissen von einem alles verschlingenden Strudel unglaublicher Panik. All ihre Ängste waren in dieser Alptraumgestalt wahr geworden; das Grauen wurde Wirklichkeit und sie das Opfer eines monströsen Wolfs, der sie erst in ihren Träumen und jetzt in Fleisch und Blut heimsuchte.

Dann schrie jemand, hell, schrill und kaum menschlich, und es dauerte einen Herzschlag lang, bis sie begriff, daß sie selbst es war, die so schrie. In ihren Schrei mischte sich ein ohrenbetäubendes Gelächter, aber erst, als der Wolfskopf zurücksprang und das Deckenlicht aufflammte, begriff sie.

Sie saß kerzengerade im Bett; der Schweiß tropfte von ihrer Stirn, und ihre Hände zitterten so stark, daß es ihr nicht einmal gelang, die Bettdecke hochzuziehen. Vor ihr auf dem Boden hockte Stan, und neben ihm lag der Kopf des Ungeheuers, ein wirklicher und echter Wolfskopf, den er irgendwo aus Onkel Mallorys Trophäensammlung entwendet haben mußte.

Stan lachte immer noch. Er schien sich gar nicht mehr einkriegen zu können. Offensichtlich bereitete es ihm ein teuflisches Vergnügen, seine Schwester zu Tode zu erschrecken.

»Du Scheusal«, keuchte Virginia, als sie wieder Luft bekam. »Du … Monster. Allein dafür … werde ich Santa darum bitten, dich dieses Jahr zu Weihnachten auszulassen!«

»Santa hier, Santa da«, sagte Stan verächtlich und immer noch grinsend. »Du lebst in einer Traumwelt!«

Er zuckte mit den Achseln, packte seinen Wolfskopf und rannte aus dem Zimmer, bevor Virginia Gelegenheit hatte, ihm noch ein paar unfreundliche Dinge an den Kopf zu werfen. Doch das hätte sie vielleicht noch nicht einmal getan. Denn zu tief saß dazu der Schreck, zu nah war noch das Gefühl der Panik, das sie beim Anblick des Wolfs empfunden hatte. Diesmal würde sie mit ihrer Mutter darüber reden müssen. Stans Scherze gingen einfach zu weit, und wenn sie ihm nicht Einhalt gebot, würde er sie beim nächsten Mal vielleicht mit einem riesigen Hund erschrecken wollen, den er des Nachts als Wolf in ihr Zimmer schleuste.

Sie stand aus dem Bett auf und trat zum Fenster. Es war eine helle, sternklare Nacht, und als sie den Vorhang beiseite schob, konnte sie in den Park zu ihren Füßen blicken, der sich von hier bis zu dem Eisenzaun erstreckte, der das Grundstück einrahmte. Onkel Mallory mußte unglaublich reich sein, und so wie ihre Mutter erzählte, hatte er sich sein ganzes Geld selber verdient, mit der Produktion und dem Verkauf von Spielzeug. Früher hatte sie sich Onkel Mallory immer als lustigen, alten Mann vorgestellt, der inmitten seines Spielzeugs lebte, und sie hatte sich gefragt, warum sie ihn nie besuchen gingen. Nun wußte sie warum. Onkel Mallory war ein böser Mann, ein Mann ohne Herz, und wenn sie hier wohnen blieben, würde Stan vielleicht auch so werden: kalt und herzlos.

Sie sah zum Sternenhimmel hinauf und verlor sich in der funkelnden Unendlichkeit. Angetan hatte es ihr vor allem ein hell leuchtender Stern, den sie zuerst für die Beleuchtung eines Flugzeuges gehalten hatte; aber das konnte nicht sein, denn er blieb unverrückbar die ganze Zeit über an einer Stelle stehen.

»Stern, Stern, es muß einen Platz geben«, sang sie mit leiser Stimme. »Stern, Stern, an dem wir uns ins Gesicht sehen.«

Es schien ihr, als blinzle ihr der Stern zu, und sie fühlte sich mit einem Mal wunderbar leicht und schwerelos. Als sie wieder ins Bett ging, ließ sie den Vorhang auf, und ihr schien, als schicke der Stern ihr eine beruhigende Botschaft, als leuchte er ihr tief in ihr Inneres hinein, um ihr Kraft und Stärke zu geben.

7

Gillian hatte ihrer Tochter den Rat gegeben, erst einmal zu schlafen und dann zu sehen, was der nächste Tag brachte. Als sie im Badezimmer ihre Utensilien wieder in ihrer Kulturtasche verstaute, ermahnte sie sich, diesem Ratschlag selber zu folgen. Denn sie konnte nicht leugnen, daß sie zutiefst aufgewühlt und beunruhigt war. Der Abend hatte ihre stärksten Befürchtungen bei weitem übertroffen. Wenn sie nur einen anderen Ausweg aus ihrer mißlichen Lage gesehen hätte, hätte sie auf dem Absatz kehrtgemacht, ihre Kinder gepackt und wäre auf Nimmerwiedersehen verschwunden.

Sie wickelte sich ein Handtuch um ihre nassen Haare und schloß die Badezimmertür auf. Gedankenverloren trat sie auf den nur spärlich beleuchteten Flur hinaus.

Als sie die Schritte hinter sich hörte, war es bereits zu spät. Sie wollte herumwirbeln, aber jemand packte sie am Arm und hielt sie mit eisernem Griff umklammert. Gillian zuckte zusammen, und ihr Herz machte einen schmerzhaften Sprung. Sie konnte nicht ahnen, daß ihre Tochter zur gleichen Zeit ebenfalls ein unangenehmes Erlebnis hatte, daß sie von einem vermeintlichen Wolf heimgesucht wurde, als Opfer eines üblen Scherzes von Stan.

Es dauerte einen Moment, bevor sie begriff, wer ihr da zu später Stunde aufgelauert hatte, um sie so hinterrücks zu überfallen. Es war Mallory!

»Ich muß mit dir sprechen«, herrschte er sie in seiner unangenehm befehlenden Art an.

»Du hast mich erschreckt«, sagte sie mit zitternder Stimme. Hatte sie vor diesem ekelhaften Kerl denn nirgends ihre Ruhe?

»Genau wie die Reporter es heute mit mir versucht haben«, sagte Mallory verächtlich. »Aber die einzigen, die sich erschreckt haben, waren du und die Kinder. Ihr seid eine wirklich schreckhafte Familie.«

Auf Gillians Zunge lag eine scharfe Erwiderung, aber sie schluckte sie herunter. »Was wollten die Reporter denn?« fragte sie statt dessen.

»Meine Haut natürlich«, antwortete Mallory rasch. Dabei ließ er ihre Hand nicht los. Sie konnte seinen Atem riechen und das teure Deodorant, mit dem er seinen Körpergeruch übertüncht hatte. Er drängte sich unangenehm nah an sie und schob sie mit sich an die Flurwand.

»Gillian ... zusammengerechnet habe ich ungefähr dreihundert Spielzeughimmel-Superstores hier in Amerika«, begann er. »Ich besitze Spielwarenfabriken in der ganzen Welt. Und jedes Jahr kommen zig neue Geschäfte dazu.«

»Ja, ich weiß«, antwortete Gillian unwillig und versuchte sich freizumachen. Aber es war sinnlos; ihr Onkel erwies sich als erstaunlich kräftig. Und offensichtlich war er keineswegs bereit, sie so einfach gehen zu lassen. Gillian spürte, wie ihr der Schweiß ausbrach. Was wollte der alte Knacker von ihr?

»Dann weißt du auch, daß es in einigen dieser Länder völlig legal ist, Kinder zu beschäftigen«, fuhr Mallory fort. »Ihre Familien sind froh, daß sie Arbeit gefunden haben. Aber irgendwelche neidischen Konkurrenten schwärzen mich deshalb als Ausbeuter an.« Er machte eine kleine Pause. »Und genau dafür brauche ich dich«, sagte er schließlich.

»Ich dachte, ich sollte im Management arbeiten«, sagte Gillian verwirrt. Sie war über die Wendung das Gesprächs mehr als erstaunt.

»Oh, das wirst du«, sagte Mallory und grinste unangenehm. »Du wirst eine ganz besonders wichtige Operation managen.«

Gillian glaubte zu verstehen. »Du meinst, ich soll bei der Schadensbegrenzung helfen«, sagte sie. »Aber sag mal: Hat das nicht bis Morgen Zeit?«

»Unaufschiebbare Entscheidungen dulden nie einen Aufschub«, antwortete Mallory ärgerlich. »Wenn ich immer alles auf den nächsten Tag verschieben würde, würde ich heute immer noch den kleinen Spielzeugladen führen, den mir mein überaus beschränkter Herr Papa hinterlassen hat. Nein.« Er schüttelte den Kopf. »Ich muß meine Version der Wahrheit möglichst schnell durchsetzen. Und für eine solch sensible Aufgabe kann ich nur jemanden aus meiner Familie einsetzen. Und da du mittellos, arbeitslos und nicht mehr imstande bist, deiner Verantwortung nachzukommen, bist du genau die dafür geeignete Person.« Er machte eine Kunstpause. »Du möchtest doch sicherlich nicht die Vormundschaft für deine eigenen Kinder verlieren, oder? Also, ich denke, die Basis für uneingeschränktes Vertrauen ist zwischen uns gegeben.«

Gillian begann vor Wut unkontrolliert zu zittern. Also doch! Mallory hatte nur seinen Eigennutz im Sinn, und daß er sie aufgenommen hatte, verdankte sie nur der Tatsache, daß er sie im Augenblick gut gebrauchen konnte. Er mußte mehr als nur eine Leiche im Keller haben, wenn er glaubte, sie so unter Druck setzen zu müssen. Aber welche Chance hatte sie schon? Es gab kaum etwas, was sie Onkel Mallory hätte entgegensetzen können.

»Also gut«, sagte sie schließlich. »Ich nehme den Job natürlich dankend an.« Aber ich werde die Augen offen halten, dachte sie. Und ich werde sehen, daß ich so schnell wie möglich meine Kinder packe und hier abhaue.

»Gut«, sagte Mallory. »Sehr gut. Ich sehe, daß wir uns verstehen. Also, schlaf gut, morgen wird ein anstrengender Tag.«

8

Die Weihnachtshektik hatte voll zugeschlagen. Schon am Vortag, als Nick den Spielzeughimmel durch das nur einseitig durchsichtige Fenster beobachtet hatte, war ihm das dichte Gedränge in der Einkaufshalle aufgefallen. Aber heute war es noch schlimmer: Die Menschen waren aufgedreht, als hätten sie ein ansteckendes Fieber, das ihren Stoffwechsel beschleunigte und sie unruhig und nervös machte. Die Weihnachtsmusik, ein unerträglicher Mischmasch klassischer Titel wie Jingle Bells und Ave Maria im Wechsel mit Liedern im Rap- oder Technostil, trug nicht gerade zu einer gelassenen Stimmung bei.

Mittlerweile hatte Nick auch begriffen, *wo* er sich überhaupt befand. Das ganze Gebäude war von oben bis unten mit Spielzeug vollgestopft; vor einigen Jahren hatte eine Spielzeugkette namens Spielzeughimmel dieses Kaufhaus übernommen und in die Zentrale für San Diego umgewandelt. Wie er gehört hatte, sollte sogar der Chef dieser Kette hier residieren, und dieser Mann war es auch, der für den Erfolg der Monster-Killer verantwortlich war. Nick konnte nicht gerade behaupten, daß er diesem Mann gegenüber große Sympathie empfand. Denn schließlich war er indirekt an seinem eigenen Scheitern mit schuld.

Das Schicksal hätte nicht grausamer sein können. Jetzt stand er inmitten des hektischen Weihnachtstrubels, gekleidet als Monster-Killer. Er steckte in einem Kostüm, das abstoßender nicht hätte sein können und das er doch nur allzugut kannte, denn schließlich hatte er am Nordpol Zehntausende dieser Figuren produzieren lassen. Dazu gehörte eine Weste im Bullaugen-Design, die durch Drähte und Kabel mit einem Batteriepack auf seinem Rücken verbunden war, und eine Laserwaffe, die schwer und klobig in seiner Hand lag. Das schlimmste war jedoch der Helm mit dem zyklopenähnlichen Monokular, das automatisch auf- und zuklappte. Der Helm war ihm eindeutig zu eng und drückte unangenehm, aber Mrs. Jenkins hatte ihm heute morgen kurz und knapp beschieden, daß kein größerer Helm da war, und er sich mit diesem begnügen müßte.

Jetzt stand er also wie die Parodie eines Star-Wars-Sturmtroopers inmitten der Kaufhalle, genau in ihrem Zentrum, und hinter ihm türmte sich das Monster-Killer-Spielzeug mitsamt dem unerträglichen Zubehör auf. Die meisten Käufer beachteten ihn gar nicht weiter, sondern nahmen nur schnell und zielsicher einen Karton mit einem Monster-Killer aus dem Regal und vielleicht noch ein Zubehör wie den digital ferngesteuerten Kettenpanzer oder die Blutkonzentrate, mit deren Hilfe sich Gewaltszenen noch realistischer darstellen ließen. Es waren eine ganze Menge Dinge dabei, die sogar Nick bislang noch nicht gekannt hatte – und er war immerhin ein Spielzeug-Fachmann ganz besonderer Sorte.

Die drei Katzenfrauen hatten es sich nicht nehmen lassen, ihn zu begleiten. Sie hatten sich ihm gegenüber aufgebaut und konnten sich das Lachen kaum verkneifen. Inmitten der Weihnachtsdekoration fielen sie weiter gar nicht auf; sie wirkten einfach als Bestandteil der vorweihnachtlichen Spielzeugausstellung.

»Wenn ihr lacht, knall' ich euch ab«, sagte Nick in einer üblen Parodie eines Sternenkriegers. Er fühlte sich gedemütigt und hätte alles darum gegeben, wieder als Saint Nick am Nordpol seiner Arbeit nachgehen zu dürfen. Aber wenn er dieses Ziel erreichen wollte, dann mußte er hier ausharren, denn die Chance, inmitten des Spielzeughimmels ein geeignetes Kind zu finden, war immerhin größer, als wenn er ziellos durch die Stadt gestreift wäre.

Zwei Jungen zogen seine Aufmerksamkeit auf sich. Sie hatten sich vor ihm aufgebaut und tuschelten leise miteinander, wobei sie ihm immer wieder verstohlene Blicke zuwarfen. Vielleicht war das seine Chance!

»Kann ich euch helfen?« fragte Nick freundlich.

»Der Monster-Killer kann sprechen!« rief der eine Junge.

»Ist ja ein Ding, Sam«, sagte der andere. »Ich dachte schon, er hätte hier Wurzeln geschlagen.«

Die beiden lachten schadenfroh. Dann holte Sam aus, und ließ die Faust vorschnellen, als wolle er Nick k. o. schlagen.

»Nicht», rief der andere. »Er hat doch seinen Laser!« Wieder lachten beide, aber Sam ließ immerhin die Faust sinken und begnügte sich damit, noch einen Schritt näher an Nick heranzutreten.

»Hey, immer schön langsam«, sagte Nick.

»Komm schon, Tommy«, sagte Sam und drehte sich zu dem anderen um. »Sehen wir mal, was der Typ so alles drauf hat.« Er griff nach Nicks Laser und riß ihn mit einem Ruck an sich. Nick ließ ihn gewähren. Ihm lag sowieso nichts an Waffen, auch dann nicht, wenn sie aus billigem Plastik gefertigt waren. Waffen waren zum Töten da, und das war etwas, was er in all den vielen hundert Jahren nicht begriffen hatte: daß die Menschen eine solche große Vorliebe für die Vorstellung hatten, einander zu töten.

»Das ist ja ein geiles Gerät«, meinte Sam. »Viel besser als das, was die Armee so mit sich rumschleppt.«

»Woher weißt du das?« fragte Nick.

»Aus dem Fernsehen, du Trottel«, mischte sich Tommy ein. »Und was im Fernsehen kommt, ist die Wahrheit.«

»Also wenn ich mit dem Laser auf ihn schieße und die Zielscheibe treffe, die er da trägt ...«, überlegte Tommy.

»Sei vorsichtig«, bat Nick. So weit war es jetzt also gekommen: Er spielte Zielscheibe für irgendwelche Kids, die mit ihm Monster-Killer spielen wollten.

»Dann bekommt er einen Elektroschock!« führte Sam die Überlegung seines Freundes weiter.

»Es gibt auch noch andere Dinge im Leben«, begann Nick vorsichtig. »Hat einer von euch schon mal darüber nachgedacht, wie es wäre, einer von Santas Elfen zu sein, Jungs?«

Tommy hob den Laser, zielte kurz und zog dann den Abzug durch. Ein roter Strahl schoß heraus und traf Nicks Weste. Mit einem *Ping* registrierte der Anzug den Treffer und ein unangenehmer Stromstoß durchzuckte Nick.

»Autsch!« schimpfte er. »Das hat weh getan.«

»Ach, stell dich nicht so mädchenhaft an«, lachte Tommy. »Das ist doch nur ein Spielzeug. Es kann gar nicht richtig weh tun. Sam, kurbel es mal auf Maximum auf!«

Sam kurbelte an einer Frequenzbereich-Einstellskala an dem Batteriepack auf Nicks Rücken herum.

»Es ist vielleicht nur Spielzeug, aber es tut trotzdem weh«, schimpfte Nick. »Aber jetzt mal was anderes ... wißt ihr irgendwas über Elfen?«

Sam hob erneut den Laser und zog den Abzug durch. Doch im Unterschied zum erstenmal hielt er den Abzug diesmal durchgedrückt, und die Strahlen schossen in schnellem Rhythmus auf Nick zu. Mit einem häßlichen *Ping, Ping* registrierte der Anzug Treffer für Treffer.

»Autsch ... auuuuuu!« schrie Nick. Diesmal hatte es wirklich weh getan.

»Wie kriegen wir denn die Blutgefäße zum Explodieren?« fragte Sam. »Du weißt schon – wie in dem Film, wo der Mutant mit seinem Strahler auf den Commander schießt.«

»Au, Mann«, sagte Tommy. »Das war wirklich intergalaktisch. Dem ist die ganze Suppe rausgespritzt, bei lebendigem Leibe!«

Nick war jetzt wirklich irritiert. Es konnte doch gar nicht sein, daß ganz durchschnittliche Kinder so begeistert waren von besonders gemeinen Tötungsarten. »Ein Elf würde sich für so etwas gar nicht interessieren«, stellte er fest.

»Sieh dir mal die Blutkonserve an, da schräg über seinem Kopf. Wenn du voll drauf hältst, reicht die Energie vielleicht, um sie zum Platzen zu bringen.«

»Blutkonserven sind doch kein Spielzeug«, protestierte Nick stirnrunzelnd.

»Bist du von gestern, Mann, oder was? Die gehören zum Monster-Killer wie der Ketchup zu den Nudeln.« Der Junge lachte unangenehm.

»Genau«, pflichtete ihm sein Kumpel bei. »Und eigentlich solltest du das Zeug doch verkaufen und nicht so einen Scheiß von Elfen erzählen.«

»Unabhängig von den Elfen: Es darf hier nicht einfach so rumgeballert werden«, protestierte Nick. Er hatte mittlerweile eingesehen, daß er mit diesen Jungen wohl kaum weiterkommen würde, und jetzt ging es ihm nur noch darum, sie möglichst schnell wieder loszuwerden. »Schließlich könnte etwas kaputtgehen.«

Sam achtete nicht auf ihn. Er schwenkte den Laser herum, visierte kurz sein Ziel an und drückte dann ab. Er traf genau ins Zentrum der kleinen Zielscheibe auf dem roten Plastikgefäß und löste damit den eingebauten Sprengmechanismus aus. Der Behälter mit dem Kunstblut platzte auseinander, und ein roter Regen ging auf Nick nieder. Sein ganzer Anzug wurde besprenkelt, von einer ekelhaften roten Suppe, die tatsächlich sehr ähnlich wie Blut aussah.

»Jaaa!!« schrie Tommy.

»Seid ihr verrückt?« fragte Nick. »Wer macht denn die ganze Schweinerei wieder weg?«

»Mann, der Laser hat ja ein Nachtsichtgerät, arbeitet mit Wärmesignalen, Infrarot!« sagte Sam aufgeregt, ohne auf ihn zu achten. »Ich denk' ja gar nicht mehr dran, reinzugehen, wenn Mom abends nach uns ruft ... wir werden jede Nacht Armee spielen!«

Der Junge warf Nick den Laser zu und schnappte sich eine Monster-Killer-Box aus dem Regal. »Komm, Tommy. Hol' dir auch so ein Teil. Das ist echt geil.«

Sie stürmten mit den Monster-Killer-Boxen zur Kasse, als hätten sie eine ganze Horde Verfolger auf den Fersen. Nick stand da wie ein begossener Pudel und sah ihnen fassungslos nach. Dann holte er ein Reinigungstuch aus den Tiefen seiner Anzugtasche hervor und wischte sich das rote Kunstblut vom Anzug. Immerhin stimmte der Werbespruch: Das rote Zeug ließ sich wirklich problemlos abwischen und hinterließ auch keine Flecken. Trotzdem: Wer brauchte schon solchen Blödsinn wie fiktive Laserwaffen mit Treffersensoren und Kunstblut? Es war einfach ekelhaft.

»Nick scheint eine richtige Begabung als Verkäufer von Spielzeugwaffen zu haben«, meinte Tess.

»Das ist ein sehr gefährlicher Spaß«, sagte Latisha. »Jetzt sieht er mal wenigstens selber, was dieses Scheißzeugs anrichtet.«

»Wie er auf diese Weise allerdings zu einem Elfen kommen soll, ist mir ein Rätsel«, beendete Monique den Gedankengang.

Sie waren so damit beschäftigt, über Nick herzuziehen, daß sie das kleine Mädchen nicht bemerkten, das gedankenverloren geradewegs auf Nick zuging. Das Mädchen hatte ein paar Notizblätter in der Hand und einen konzentrierten, in sich gewandten Blick, fast wie jemand, der auf dem Weg zu einer schwierigen Prüfung ist. Das hektische Treiben um sich herum und die aufgetürmten Spielzeugberge, die zuckenden Reklameschriften und die aufdringliche Weihnachtsmusik – all das schien es nicht zu bemerken. Es drängte sich geistesabwesend durch die Menge und übersah den großen Jungen, der sich johlend durch den Gang quetschte und es dabei anrempelte. Erschrocken stolperte es ein paar Schritte vor, geradewegs in Nick hinein.

Nick fing das Mädchen im letzten Moment auf und stellte es wieder auf die Füße. »Ich wette, du willst einen Monster-Killer, hm, Kind?« fragte er deprimiert. Er nahm wieder das Reinigungstuch in die Hand, um die letzten Reste des roten Zeugs abzuwischen, das die *Tötungsszene* besonders realistisch hatte machen sollen.

»Nein, danke, wirklich nicht«, sagte das Mädchen überrascht. Nick konnte nicht ahnen, daß es Virginia war, ein Mädchen, das eine starke Ablehnung hatte gegen alles, was mit Gewalt zu tun hatte. »Das ist nichts für mich.«

Nick sah sie überrascht an. Mittlerweile hatte er mit allem gerechnet, aber nicht damit, daß jemand an dem Monster-Killer *keinen* Gefallen finden konnte. Er drückte auf den Helmverschluß und zerrte an dem Helm; aber er war zu eng, um das enge Teil mit einer schnellen Bewegung über den Kopf zu ziehen.

Virginia sah zerstreut hoch. Ihr Blick fiel auf die Waffe, und sie verzog angewidert das Gesicht. Das würde Stan gefallen, dachte sie, und er würde mich damit am liebsten durchs ganze Haus jagen. Und wahrscheinlich wird auch genau das passieren. Onkel Mallory wird ihm sicherlich dieses ekelhafte Spielzeug zu Weihnachten schenken und ihn dann auch noch aufstacheln, es kräftig zu benutzen.

Dann hatte Nick es endlich geschafft, den Helm abzusetzen. Aber bevor er etwas sagen konnte, hatte sich Virginia schon umgedreht, um in Richtung Teddyecke zu verschwinden. Den Mann mit dem Helm hatte sie bewußt gar nicht wahrgenommen, aber irgend etwas war in seinem Blick gewesen, in dem kurzen Moment, als er den Helm abgezogen hatte und sie mit überraschtem Gesichtsausdruck anstarrte, als würde er sie seit langer Zeit kennen, sich aber nicht mehr genau an sie erinnern können.

Sie sah sich noch einmal um. Der Mann mit dem Helm in der Hand stand kerzengerade da, und sein Mund war geöffnet, als wolle er ihr hinterherrufen. Einen Herzschlag lang trafen sich ihre Blikke. Und dann war es auch ihr, als ob sie ihn von irgendwoher kennen würde, aus einem Traumland vielleicht oder aus einer fernen Vergangenheit, die älter war als sie selber. Sie lächelte, und der Mann erwiderte ihr Lächeln, freundlich und mit einer Herzenswärme, wie sie sie nur von ihrer Mutter her kannte.

Dann drehte sie sich wieder um und ging auf die Teddys zu. Es war merkwürdig, wie vertraut ihr dieser Mann in dem ekelhaften Kostüm erschienen war. Aber vielleicht lag es auch nur daran, weil er ihr im Vergleich zu Onkel Mallory so freundlich erschienen war. Es lohnte sich jedenfalls nicht, darüber weiter nachzudenken. Vor ihr lag ein Weihnachtsfest in Onkel Mallorys Haus, und es konnte sein, daß Santa sie dort wirklich nicht fand. Sie wußte gar nicht, was sie dann tun sollte.

»Hey ... wir sehen uns später!« rief Nick, aber es war schon zu spät. Das Mädchen war hinter einer Ecke verschwunden, aufgesogen vom Gewimmel aufgeregter Kinder und gestreßter Eltern.

»Das war doch schon was«, sagte Latisha. »Ein sehr vielversprechendes Kind.«

»Das du nicht einfach so hättest gehen lassen sollen«, meinte Tess ärgerlich.

Nick zuckte mit den Schulten. »Ich habe das Gefühl, daß ich sie bald wiedersehen werde.«

9

Das Büro war ähnlich prunkvoll eingerichtet wie Mallorys Villa. Alles war in dunklem Eichenton gehalten, schwere Möbel mit einer gleichermaßen beeindruckenden wie ungemütlichen Ausstrahlung. Als Virginia eintrat und die Tür hinter sich zuzog, fühlte sie sich fast wieder wie eine Gefangene; es überkam sie das gleiche Gefühl der Beklemmung wie am gestrigen Abend, als sie endgültig begriffen hatte, daß sie fortan in Mallorys Villa leben würde.

An der Ecke neben dem Fenster saß Stan, vor ihm ein Computer auf einem teuren und reich verzierten Sekretär. Der Bildschirm des Computers war aufwendig in den antiken Sekretär eingearbeitet worden und verstärkte den Eindruck geballter Macht, die keine Hindernisse gelten läßt. Direkt gegenüber der Tür, aber in gehöriger Entfernung, stand ein mächtiger, fast schwarzer Schreibtisch, der bis auf wenige aktuelle Papiere peinlich genau aufgeräumt war. Virginia fiel ein aufwendig gearbeiteter Füller in einer goldglänzenden Halterung auf, der offensichtlich nur als Zierde und nicht zum Gebrauch diente. Denn Onkel Mallory, der hinter dem Schreibtisch saß, hatte einen Kugelschreiber in der Hand, ein billiges Teil aus Plastik, das hier seltsam deplaziert wirkte.

Neben ihm stand der unheimliche Ned, der Mann mit dem rollenden Auge, der angeblich Kinder fraß. Ned hatte einen Arm auf den Schreibtisch aufgestützt und stand in gebückter Haltung da, offensichtlich damit beschäftigt, Onkel Mallory irgendwelche Papiere zu erklären. Als sich die Tür öffnete, schob er schnell die Unterlagen beiseite und richtete sich drohend auf. Sein gesundes Auge fixierte Virginia mit seinem unangenehmen Blick, während das andere wild im Zimmer herumirrte.

»Da bist du ja endlich, mein Kind«, sagte Mallory in einem Tonfall, der ihr deutlich machen sollte, daß sie sich verspätet hatte.

»Onkel Mallory«, begann Virginia. »Ich habe da ein paar Ideen für neue Spielwaren.«

»Gut«, brummte Mallory. »Dann laß mich mal einen Blick darauf werfen.«

»Onkel Mallory, ich hab' eine gute Idee«, platzte Stan heraus, bevor sich ihr Onkel Virginias Vorschlag zuwenden konnte. Er drehte sich von dem Computer zu dem Schreibtisch um. »Wir könnten Geld sparen, wenn wir mehr Teilzeit- und Schichtarbeiter einsetzen würden – denen müßten wir keine Krankenversicherung und kein Urlaubsgeld zahlen.«

»Guter Vorschlag, Stan«, meinte Mallory mit einem zufriedenen Grinsen. »Du hast eine Zukunft in dieser Firma.« Er wandte sich an Virginia. »Mal sehen, ob das in der Familie liegt.«

Er erhob sich und bedeutete Ned mit einer Handbewegung, daß ihre Unterhaltung beendet war. Ned schob die Papiere sofort ordentlich zusammen und verstaute sie in einer Aktentasche. Virginia bemerkte verblüfft, daß er die Aktentasche danach abschloß und mit einer Kette an seinem Handgelenk befestigte.

»Komm, Virginia. Es wird Zeit für meinen Kontrollgang. Du kannst mir auch unterwegs erzählen, was du als Verkaufsschlager geplant hast.«

»Ich habe alles aufgeschrieben«, sagte Virginia. Ihre Stimme zitterte leicht. »Vielleicht liest du dir das einfach mal durch.«

»Wie du willst.« Mallory erhob sich und war mit ein paar Schritten bei Virginia. Er riß ihr die Notizzettel fast aus der Hand und begann, schon während er zur Tür ging, ihre Ideen zu überfliegen. »Ein Spielzeug, das legasthenischen Kindern beibringt, wie sie ihr Lese- und Schreibvermögen verbessern können ... Ein Videospiel über den Weltfrieden ...!« Er schob Virginia durch die Tür und warf sie hinter sich ins Schloß. Das undurchsichtige Glas in der Tür zitterte. »Kind, was hast du dir nur dabei gedacht.« Er zerknüllte Virginias Notizen und warf sie in hohem Bogen von sich. Dann tippte er mit seinem Stock dreimal auf den Boden und schüttelte den Kopf. »Virginia«, sagte er schließlich, »du hast dir überhaupt nichts einfallen lassen, was ...«, er lächelte bösartig, »brutal ist.«

Virginia warf ihm einen verwirrten Blick zu. »Aber ich mag diese Art von Spielzeug nicht«, protestierte sie.

Mallory legte seine schwere Hand auf Virginias Schulter, während er sie ein Stück weiterführte. Es war ein unangenehmes Gefühl, fast so, als ob sie ein Gefängniswärter zu einem besonders ekelhaften Verhör führen würde. Und im Grunde genommen war das ja auch gar nicht so verkehrt: Mallory war Ankläger und Richter in einem.

»Alle anderen Kinder mögen es aber«, fuhr Mallory fort. »Ich weiß das, weil ich derjenige bin, der die Nachbestellungen kontrolliert. Mit einem Schmusekurs kann man heute nicht mehr reich werden.«

Währenddessen schob er Virginia vorwärts, durch den Flur in die Verkaufshalle hinein, und es war, als ob sich die Menschenmenge vor ihnen teilte und ihnen bereitwillig Platz machte. Onkel Mallory mußte eine ganz besondere Ausstrahlung haben, daß jung und alt so vor ihm zurückwich.

»Ich ... ich kenne aber auch andere Kinder«, verteidigte sich Virginia schwächlich.

»Andere Kinder?« Mallory runzelte die Stirn. »Es gibt keine anderen Kinder. Es gibt nur solche, die Gewalt *lieben,* und es gibt die paar anderen, die noch nicht soweit sind. Es ist meine Aufgabe, sie alle auf den rechten Weg zu führen.« Er lachte böse. »Ich kann die Kinder irre machen mit Kunststoff gewordenen Fantasien, Fantasien voller Gewalt und Schrecken. Es ist wie beim Zauberlehrling – du kennst doch den Film von Walt Disney mit Mickymaus als Zauberlehrling, oder? – die Gewaltfantasien sind nicht mehr aufzuhalten, wenn man sie einmal gerufen hat. Ich hatte eine Puppe als Verkaufsschlager, die stotterte und keuchte und blutete sogar, wenn man sie stach. Es ist eine lehrreiche Erfahrung, weißt du, jedes Problem mit einem Messerstich oder einem Schuß aus der Knarre beseitigen zu können.«

»Ich, ich...«

»Jetzt stotterst du ja«, sagte Onkel Mallory hämisch und packte sie fest am Arm, während er in der anderen Hand den Stock hielt und ihn bei jedem Schritt fest auf dem Boden aufschlug. Es war fast so, als ob sie an einem nebligen Tag in einer Einöde spazierengingen. Die Menschen um sie herum, der ganze Vorweihnachtstrubel wich vor ihnen zurück wie ein Nebel, eben noch kompakt und undurchdringlich, und sobald man ihm näherkam von fragwürdiger Substanz, flüchtig und ausweichend. Wenn Virginia um Hilfe geschrien hätte, wäre ihr Schrei in der Menschenmenge wahrscheinlich genauso untergegangen wie im dichten, alles verschlingenden Brodem.

»Ich vermarkte den Tod, mein Kind. Der Tod verkauft sich blendend, in Kinderbüchern, im Öko-Pack, in Videospielen und zur Zeit in der Gestalt des Monster-Killers. Wenn du also wissen willst, wie du schnell erfolgreich sein kannst, schreit dir die Antwort überall entgegen.«

»Das ist ... das ist schrecklich!«

»Das ist nicht schrecklich, das ist freie Marktwirtschaft«, lachte Mallory. »Ich vermarkte den Tod und werde dabei stinkreich. Wenn du mir dabei hilfst, sollst du auch deinen Teil abbekommen.«

Er hielt abrupt an, und Virginia erkannte, daß sie den Stand des Monster-Killers erreicht hatten. »Hallo, Monster-Killer«, sagte Mallory zu Nick. »Falls du nicht weißt, wer ich bin: Ich bin dein Boß. Dein Schöpfer.« Wieder lachte er, auf seine dreckige, unnachahmliche Art.

Nick stand wieder korrekt gekleidet da, mit aufgesetztem Helm und fleckenlosem Anzug. Trotz der massiven Verkleidung, die seine Gesichtszüge verbarg, merkte man ihm seine Verwirrung an. »Ja?« fragte er vorsichtig.

»Meine junge Nichte hat da ein kleines Problem«, erklärte Mallory ihm ohne Umschweife. »Sie hat noch nicht verstanden, wie gut sich der Tod vermarkten läßt!«

»Aha«, machte Nick. Er schien nicht ganz zu begreifen.

Mallory warf einen Blick auf Nicks Namensschildchen, das auf seinen Kampfanzug aufgeklebt war. »Nick«, las er und sah ihm dann geradewegs in die Augen. »Sie erhalten einen Spezialauftrag, Nick. Bringen Sie meiner Nichte die Bedeutung des Tötens bei. Wenn Sie das schaffen und ich mit Ihnen zufrieden bin, können sie sich bei Mrs. Jenkins zwei Hundert-Dollar-Scheine abholen. Interessiert?«

»Was?« Nick zuckte unwillkürlich zusammen. Sein Blick wanderte zwischen Virginia und Mallory hin und her. Das kleine Mädchen wirkte verstört und ängstlich und gar nicht darauf erpicht, die Bedeutung des Tötens zu erfahren. Aber egal: Das war vielleicht die Chance, auf die er gewartet hatte. »Ja ... natürlich bin ich interessiert. Zweihundert Dollar sind ja auch eine ganze Menge Geld.«

»Na also«, freute sich Mallory. »Ich sehe, daß wir uns verstehen. Aber damit es keine Mißverständnisse gibt: kein Erfolg, kein Geld. Und ich will die Vollzugsmeldung bis spätestens – sagen wir, Heiligabend, zwanzig Uhr.«

»Jawohl, Sir«, antwortete Nick wie aus der Pistole geschossen. »Ich werde mein Bestes geben, um diesen Termin zu halten.«

»So, kleine Prinzessin, das hätten wir«, sagte Mallory zu Virginia gewandt. »Jetzt kommt es darauf an, daß du deine Chance ergreifst. Du hast jetzt deinen persönlichen Monster-Killer; kein anderer in diesem ganzen gottverdammten Land hat etwas Vergleichbares.« Er riß Nick das Lasergewehr aus der Hand und drückte es Virginia in die Arme. »Da. Du kannst gleich anfangen. Brenn ihm ein paar aufs Fell, dann wirst du schon sehen, was ich meine.«

Er drehte sich um, und sein Blick fiel auf die Katzenfrauen. »Und verändern sie irgend etwas an denen da«, sagte er zu Nick, während er ging. »Die sind viel zu niedlich.«

Einen Herzschlag lang herrschte zwischen Nick und Virginia Schweigen. »So, du hast jetzt also deinen eigenen Monster-Killer«, sagte Nick mit rauher Stimme.

»Das ist mir egal«, antwortete Virginia. Sie kniff die Augen zusammen und blinzelte. Offensichtlich fühlte sie sich extrem unbehaglich inmitten all dieser Gewalt, zwischen Spielzeuggewehren, Dolchen, Schwertern, Speeren und dem ganzen Monster-Killer-Klimbim, die um Nick herum aufgebaut waren.

»Nicht dein Ding, was?« fragte Nick mitfühlend. Er zerrte an dem Helm herum in dem Versuch, sich mit einen Ruck von ihm zu entledigen. Aber wieder klemmte er. Mittlerweile brannten bereits seine Ohren, so eng war der Helm.

Virginia schüttelte den Kopf. »Ich finde das alles nur ekelhaft.«

»Das geht mir auch so«, gestand Nick. Er schob noch einmal von unten mit beiden Händen am Helm, und endlich gelang es ihm, sich von ihm zu befreien. »Ich bin auch nur durch Zufall hierhingeraten. Am liebsten würde ich den Job gleich an den Nagel hängen«, sagte er aufatmend und legte den Helm auf einem Regal ab.

»Und warum tust du es dann nicht?« fragte Virginia sanft.

»Ja, gute Frage.« Nick kratzte sich am Kopf. Seine Haare waren schweißnaß. »Weißt du, ich habe da ein Problem, das ich erst lösen muß, bevor ich hier weg kann.«

»Dann geht es dir ganz ähnlich wie mir«, sagte Virginia. »Ich finde es auch ekelhaft hier. Ich wollte Spielzeug erfinden, das meinen Freunden helfen kann. Aber mein Onkel läßt mich nicht. Dann muß ich es eben ganz bleibenlassen.« Sie schluchzte kurz auf.

»Was ist denn los?« fragte Nick mitfühlend.

»Ich weiß nicht mehr weiter«, gestand Virginia. In ihren Augen schimmerten Tränen, aber sie hielt sie mühsam zurück. »Wenn ich kein Spielzeug erfinde, kann ich kein Geld verdienen. Wenn ich kein Geld verdiene, müssen wir bei meinem ekelhaften Onkel wohnen bleiben. Aber ich kann doch auch kein ... kein *Tötungsspielzeug* erfinden!«

Nick tauschte einen kurzen Blick mit den Katzenfrauen. Sie nickten ihm aufmunternd zu und drückten ihm die Daumen. »Sag mal, du hast nicht zufällig eine Wunschliste für Santa, oder?« fragte er unvermittelt.

»Sicher hab' ich eine«, antwortete Virginia wie aus der Pistole geschossen. Sie kramte in ihrer Jackentasche und holte einen Zettel hervor. Nick riß ihn ihr geradezu aus den Händen.

»Da steht gar nichts drauf, was wirklich für dich ist, nichts Materielles«, wunderte er sich. »Du willst von allen Wölfen der Welt in Frieden gelassen werden ... und zum Heiligen Abend wünschst du dir dichten Schneefall in San Diego.« Er stockte und versuchte etwas zu entziffern. »Und das letzte, was hier steht ... ist durchgestrichen.«

»Oh«, machte Virginia. »Das war nur eine kurze Nachricht an Santa, darüber, daß ich, wenn er mal Hilfe brauchen sollte, immer zur Verfügung stehe. Ich würde viel lieber am Nordpol leben als bei Onkel Mallory.«

»Am Nordpol. Ja, das ist ein interessanter Platz.«

»Du weißt etwas vom Nordpol?« fragte Virginia aufgeregt. Ihre Augen glänzten, und ihre Traurigkeit schien mit einem Schlag wie weggeblasen zu sein. »Bist du denn schon mal da gewesen?«

»Nicht nur einmal. Um genau zu sein: Es gibt wohl kaum jemanden, der mehr darüber weiß als ich.«

»Dann weißt du auch, daß Santa einmal drei Kinder gerettet hat, die in ein Faß mit kochendem Wasser gefallen sind?« Virginia sah ihn strahlend an, und Nick erwiderte ihr ansteckend fröhliches Lächeln.

»Aber ja«, antwortete er. »Eines dieser drei Kinder lebt immer noch. Aus ihm ist der weise Elf Merlin geworden.«

»Er ist ein Freund von dir?«

»Naja ... kürzlich hatten wir eine kleine Meinungsverschiedenheit.« Nick schüttelte angesichts der unerfreulichen Erinnerung leicht den Kopf. »Aber doch ... er ist ein sehr guter Freund.« Er zwang sich wieder zu einem Lächeln. »Du scheinst eine Menge über Santa zu wissen.«

»Stimmt, und das tun meine Freunde Rico und Jenny auch. Sie warten draußen im Einkaufszentrum auf mich. Willst du dich auch mit ihnen unterhalten?«

»Deine Freunde sind auch meine Freunde, Virginia«, sagte Nick herzlich.

»Woher weißt du, wie ich heiße?« fragte Virginia verwirrt.

»Keine Ahnung«, antwortete Nick mit ehrlicher Überraschung in der Stimme. »Ich weiß nicht. Es scheint, als ob ... etwas Magie in mein Leben zurückkehrt.«

»Magie?« Virginia runzelte die Stirn.

»Ja«, antwortete Nick knapp und strahlte Virginia an. Das schien ihr Antwort genug zu sein.

»Weißt du was?« sagte sie. »Zieh erst mal dein scheußliches Kostüm aus, und dann nehme ich dich mit zu meinen Freunden! Sie werden sich bestimmt freuen, dich kennenzulernen.«

Zwischen ihnen war ein Einverständnis, wie es normalerweise nur zwischen Kindern möglich ist, die bereits in wenigen Sekunden Freundschaft schließen können. Nick beeilte sich, sich von dem unmöglichen Monster-Killer-Anzug zu befreien, dieser Verkörperung aggressiver Fantasien, die Mallory mit Gewalt den Kindern überstülpen wollte. Das verrückte daran war, daß er jetzt sogar den Auftrag bekommen hatte, sich um Virginia zu kümmern. Besser hätte es gar nicht laufen können.

Virginia wartete ungeduldig. Als Nick sich endlich aus dem Anzug geschält hatte, drehte sie sich um und lief vor Nick durch die Menge zum Ausgang. Er fand kaum mehr Zeit, den Katzenfrauen kurz zuzunicken. Aber sie hatten ja sowieso mehr als deutlich mitbekommen, was geschehen war, und jetzt winkten sie ihm freudig zu, mit strahlenden Augen und einem zufriedenen Lächeln. Er hoffte nur, daß ihr Optimismus auch gerechtfertigt war.

Draußen angekommen, führte ihn Virginia an verschiedenen Snackständen und allerlei Weihnachtsklimbim vorbei, bis sie schließlich haltmachte und auf einen Tisch deutete, an dem ein Junge und ein Mädchen saßen. »Da sind wir«, zwitscherte sie fröhlich.

Die Kinder sahen überrascht hoch. »Alloh, Ivginia«, sagte der Junge. Sein dunkler Teint verriet, daß zumindest ein Elternteil mexikanischer Abstammung sein mußte, und sein Lächeln war freundlich und ehrlich. Nur mit seiner Aussprache stimmte irgend etwas nicht.

Die kleine Blondine an seiner Seite zwinkerte Virginia fröhlich zu und warf dann einen mißtrauischen Blick auf Nick. »Wer ist das denn?« wollte sie wissen.

»Ein Freund«, sagte Virginia aufgeregt. »Er war schon oft am Nordpol und kennt Saint Nick persönlich!«

»Ich bin nicht wie Virginia«, sagte der Junge. »Ich glaub' nicht an den Meihnachtswann.«

»Er meint Weihnachtsmann«, sagte die Blonde.

»Er schmeißt Buchstaben durcheinander«, erklärte Virginia.

»Ich hab' 'ne miese Form von Thegaslenie«, klagte der Junge.

»Er meint Legasthenie«, dolmetschte die Blonde. »Und er heißt übrigens Rico. Ich bin Jenny.«

Nick runzelte die Stirn und folgte Virginias Beispiel, die auf einem freien Stuhl Platz genommen hatte. »Warum glaubst du nicht an den Weihnachtsmann?«

»Weil sie alle nicht echt sind«, meinte Rico. Er deutete auf einen Supermarkt, vor dem ein Santa nasenbohrend auf und ab ging – es war der Dicke, der vor Nick in der Schlange in der Weihnachtsmann-Agentur gewesen war.

»Alles an Weihnachten ist unecht«, bestätigte Jenny. »Sie sprühen sogar falschen Schnee auf die Bäume.«

»In Filmen wird immer eine weiße Weihnacht gezeigt, aber hier schneit es nie«, sagte Virginia. »Auch nicht in New Orleans oder Phönix ...«

»Oder in Cexico Mity …«, fuhr Rico fort.

»Oder in Afrika«, schloß Jenny den Satz ab.

»Du glaubst auch nicht an Santa?« fragte Nick Jenny.

»Ich hab's versucht«, antwortete Jenny. »Und dann habe ich letztes Jahr zu Weihnachten nur ein Paar Schuhe bekommen. Wer würde schon an einen Santa glauben, der einem so etwas schenkt?«

»Brauchtest du denn neue Schuhe?« fragte Nick.

»Doch, schon«, gab Jenny widerwillig zu. »Aber was ist mit all dem Spielzeug, was ich mir gewünscht habe?«

Virginia seufzte. »Ich hab' versucht, ihr zu erklären, das Santa erst vor hundert Jahren oder so damit angefangen hat, überhaupt Spielzeug zu verschenken«, sagte sie. »Vorher hat er den Leuten nur geholfen, indem er ihnen Sachen brachte, die sie brauchten. Spielzeug ist zwar eine schöne Sache, aber ich glaube trotzdem, daß es früher besser war.«

»Du glaubst, daß es früher besser war?« fragte Nick nachdenklich. »Das ist etwas, worüber es sich nachzudenken lohnen würde.«

»Über Weihnachten nachdenken?« fragte Jenny überrascht. »Was gibt's denn da nachzudenken?«

»Du kommst vom Nordpol!« sagte Virginia zu Nick. »Du mußt doch wissen, wie in den Augen von Santa und seinen Elfen das Weihnachtsfest aussehen sollte.«

Nick zuckte mit den Achseln. »Das sollte ich eigentlich. Aber vielleicht habe ich es vergessen.«

»Ich weiß, worum es bei Weihnachten *nicht* geht«, sagte Rico. »Es geht nicht um die Farbe deines Volkes oder die Harbe deiner Faut …«

»Er meint die Farbe deiner Haut«, erklärte Jenny.

»Es geht nicht um die Sterkehrsvaus«, fuhr Rico fort.

Rico schaute die anderen verlegen an, weil sie ihm diesmal offensichtlich nicht folgen konnten. »Oder um rüne und grote Filzstifte«, sagte er leise.

Jenny lachte. »Ja, genau!« sagte sie. »Es sollte sicher eine Zeit sein, in der wir … mit allen Leuten freundlich umgehen.«

»Und was ist mit Santa?« fragte Nick.

»Die Brasilianer nennen ihn Papai Noel«, erklärte Virginia, die sich offensichtlich sehr genau in Sachen Weihnachten auskannte. »In Frankreich heißt er Père Noël. Die Dänen nennen ihn Sinter Claes.« Sie zuckte mit den Achseln. »Doch es spielt keine Rolle, wie man ihn nennt oder wo man gerade ist. Wichtig ist nur, daß man ihn in seinem Herzen hat. Aber genau das scheinen die Menschen vergessen zu haben.«

»Stimmt«, pflichtete ihr Jenny bei. »Statt friedlich zu sein, schlagen sich die Menschen gerade Weihnachten gegenseitig den Schädel ein. Zum Beispiel hat mein Daddy letztes Jahr …«

»Huch, schau mal, wer da kommt«, unterbrach sie Virginia. Ihre Bemerkung war an Nick gerichtet. Er drehte sich um und entdeckte Mallory, der mit raschen Schritten auf ihren Tisch zusteuerte, dicht gefolgt von einem riesigen, breitschultrigen Hünen und einer rothaarigen Frau, deren Züge sich aufhellten, als sie Virginia entdeckte.

»Mom und Onkel Mallory«, murmelte Virginia. »Ich glaube, unser kleines Treffen ist damit zu Ende.«

»Du hast es erfaßt, Kleines«, sagte Mallory, der

die letzten Worte offensichtlich gehört hatte. »Wie ich sehe, nutzt du die Zeit für illegale Treffen mit deinen Freunden, statt nun endlich mal zur Vernunft zu kommen und vernünftiges Spielzeug zu entwickeln.« Er warf einen verächtlichen Blick auf Jenny und Rico. »Ihr verduftet hier besser. Es wundert mich sowieso, daß man Gesocks wie euch hier überhaupt bedient. Habt ihr überhaupt genug Geld, um euch das hier leisten zu können? Oder glaubt ihr, jetzt bei Virginia schnorren zu können, weil sie bei ihrem reichen Onkel wohnt?« Er lachte meckernd. »Ich fürchte, daraus wird nichts. Solange Virginia sich ihr Geld nicht auf anständige Weise verdient, bekommt sie keinen Cent.«

»Onkel Mallory!« mischte sich Gillian ein. »Virginia hat doch ihr eigenes Taschengeld!«

»Hatte, meine Liebe, hatte.« Er drehte sich zu Gillian um. »Aber wenn du ihr ein Taschengeld zahlen willst: Ich werde dich nicht davon abhalten. Ich frage mich bloß, wovon.«

Gillian biß sich auf die Lippen, und Virginia erhob sich, mit Tränen in den Augen. Eben war es noch so nett gewesen, und nun zog Onkel Mallory alles in den Dreck.

»Ab, marsch«, befahl Mallory. »Und Sie kommen mit, Nick. Es wird Zeit, daß Sie Virginia den Ernst des Lebens beibringen.«

Er setzte sich wieder in Bewegung, und es blieb Virginia nichts anderes übrig, als ihm nach einer knappen Verabschiedung von ihren Freunden zu folgen. Ihr Onkel legte ein scharfes Tempo vor und steuerte unbeeindruckt vom Weihnachtstrubel den Parkplatz an, auf dem seine große Limousine auf einem speziell abgetrennten Bereich stand.

Kurz vor dem Parkplatz hatte sich ein Kamerateam aufgebaut, und ein Mann trat ihnen in den Weg, mit einem freundlichen, aber unangenehm routiniert wirkenden Lächeln. »Sie können jetzt hier nicht durch«, sagte er in bestimmtem Ton. »Wir drehen gerade. Bitte nehmen Sie den anderen Weg.«

»Bitte?!?« Mallory schien nahe daran zu sein, die Beherrschung zu verlieren. Doch dann entdeckte er die Fernsehreporterin, die ihm gestern abend aufgelauert hatte. Mallory tippte ungeduldig mit dem Stock auf den Asphalt, aber er schwieg; offensichtlich wollte er erst in Erfahrung bringen, was hier vor sich ging.

»In vielen Entwicklungsländern mühen sich arme Kinder in erbärmlichen Zuständen viele Stunden für einen Hungerlohn ab«, sagte die hübsche Fernsehreporterin gerade routiniert in die Kamera. »Sie stellen Spielwaren her, von denen sie selber nur träumen können; selber werden sie sie nie besitzen. Die Spielwaren sind ausschließlich für die Kinder reicher Länder wie Japan, die Vereinigten Staaten oder Westeuropa bestimmt.«

Die Kamera schwenkte auf das Kaufhaus. »In diesem ehemaligen Kaufhaus residiert Randall Mallory, der hier die Zentrale seines Spielzeugimperiums aufgebaut hat«, fuhr die Reporterin fort. »Der Eigentümer der Spielzeughimmel-Kette besitzt Dutzende von Spielzeugfabriken, die von Menschenrechtsorganisationen als die schlimmsten Schändungen der ...«

Mallory war mit zwei, drei schnellen Schritten bei dem Kameramann und ließ seinen Stock auf die Kamera niedersausen. Das schwere Teil entglitt den Händen des Mannes und schlug auf dem

Boden auf. Mallory wirbelte ansatzlos herum, mit einer für sein Alter unglaublich geschmeidigen Bewegung. »Es ist eine Schweinerei, nicht wahr?« fuhr er Gillian an. »Es ist deine Aufgabe, dafür zu sorgen, daß dieser Schmutz endlich aufhört.«

»Sind sie verrückt geworden!« schrie der Kameramann. »Sie haben meine Kamera ruiniert.« Er machte einen Schritt nach vorne und schien sich auf Mallory stürzen zu wollen. Aber da war schon Fred, der riesige Fahrer und Leibwächter Mallorys, heran und packte ihn mit einer Bewegung am Ärmel, als würde er ein lästiges Insekt vertreiben. Der Kameramann ging mit verzerrtem Gesichtsausdruck in die Knie.

»Damit kommen Sie nicht durch!« schrie die Reporterin aufgebracht. »Wir haben alles gefilmt! Ich werde dafür sorgen, daß Sie heute abend Star aller Nachrichtensendungen sein werden.«

Fred ließ den Kameramann los, der mit schmerzverzerrtem Gesicht zurücktaumelte. Dann trat der Riese einmal kurz und kräftig zu. Metall und Kunststoff splitterte, als er die Kamera mit seinem Absatz zermalmte.

»So?« Mallory fuhr zur Reporterin herum. Er grinste bösartig. »Es tut mir leid, daß ich gestolpert bin und daß mein Mitarbeiter jetzt auch noch versehentlich auf Ihre Kamera getreten ist. Selbstverständlich ersetze ich den Schaden. Was war die Kamera wert? Tausend Dollar? Zweitausend Dollar? Dreitausend Dollar? Fred, schreib einen Scheck über dreitausend Dollar aus; damit wäre die Angelegenheit dann ja wohl erledigt.« Er wandte sich wieder an Gillian. »Das Geschmeiß will mich fertigmachen. Es wird Zeit, daß wir in die Offensive gehen.«

Er packte Gillian am Arm und schob sie ein Stück mit sich. »Also, was hast du für Vorschläge?«

»Ich weiß nicht recht«, stotterte Gillian. »Ich meine, wenn ... wenn wir ein paar Sozialprogramme ins Laufen bringen würden, um diesen Kindern zu helfen ...«

»Ein Lichtblick!« sagte Mallory begeistert. »Gute Idee. Bring das in den Medien groß raus. Diese blutenden Herzen werden es gierig auflekken.«

Er wandte sich um, offensichtlich in der Absicht, zum nächsten Termin zu hetzen. Doch dann drehte er sich noch einmal um. »Was Virginia betrifft«, sagte er kühl. »Vielleicht wäre ein Internat für sie das beste.«

»Ein Internat!?« schrie Gillian.

»Das Fehlen einer Vaterfigur hat bleibende Schäden bei ihr hinterlassen«, fuhr Mallory ungerührt fort. »Ich will dich natürlich nicht beleidigen, aber sie braucht eine andere Art von Inspiration.«

»Ich halte das für keine gute Idee, Onkel Mallory«, antwortete Gillian gepreßt und nur äußerlich gefaßt. In ihr tobte ein wahrer Gefühlssturm.

»Gut ... wir werden ja sehen«, sagte Mallory und blickte auf seine Armbanduhr. Offensichtlich hielt er damit Gillians Einwand für erledigt, aber so einfach wollte sie es ihm diesmal nicht machen. Während er mit gehetzten Schritten zu seinem Wagen herübereilte, spielte er gedankenverloren mit seinem Stock.

10

In dem geräumigen Wohnraum, den Mallory seiner Familie zugedacht hatte, hielt sich nun auch jemand auf, der eigentlich überhaupt nicht hierhin gehörte: ein Monster-Killer in der Gestalt von Saint Nick. Oder umgedreht: Saint Nick in der Gestalt des Monster-Killers. Seinen pseudofuturistischen Kampfanzug hatte er allerdings beiseite gelegt und achtlos auf die kleinere Monster-Killer-Ausrüstung geworfen, die Stan aus dem Spielzeughimmel mitgebracht hatte.

Jetzt hatte der Monster-Killer immerhin doch noch seinen Zweck erfüllt: Über diesen Umweg hatte er Virginia kennengelernt, und wenn er überhaupt eine Chance hatte, seine Aufgabe bis Heiligabend zu erfüllen, dann nur mit ihrer Hilfe. Das Mädchen war wirklich erstaunlich. Es besaß eine seltene Art der Hellsicht für die wichtigen Dinge im Leben, als besäße es einen inneren Kompaß, der es die vielfältigen Gefahren und Versuchungen des Lebens umschiffen ließ. Vielleicht war es genau diese Eigenschaft, die Nick in den letzten Jahrzehnten verloren hatte. Er war im Gegensatz zu Virginia geradewegs in den großen Scherbenhaufen der Geschichte hineingeschlittert und hatte sich hineinfallen lassen in die chaotische, gehetzte Stimmung, die die Welt bereits fast über den Abgrund getragen hatte.

Er warf einen Blick auf Stan, den vorlauten Bruder Virginias. Der Junge war eigentlich gar nicht übel, aber angesteckt von dem üblen Bazillus der

Geld- und Machtgier, die seinen Onkel bereits vollkommen in den Klauen hielt. Er konnte einem eigentlich nur leid tun, und wenn Nick ganz ehrlich war, dann mußte er sich eingestehen, daß er in den letzten Jahren Stan weitaus ähnlicher gewesen war, als er es sich eigentlich eingestehen wollte. Stan hatte ein Buch vor der Nase, Napoleon Hills Bestseller ›Denke nach und werde reich‹. Sein Mund war verkniffen und seine Stirn gerunzelt, als gebe er sich besondere Mühe, den intellektuellen Erfolgstyp zu spielen.

»Ich kann nicht einmal meine Freunde zum Spielen mit hierherbringen«, klagte Virginia.

Stan sah unwillig von seinem Buch auf. »Deine blöden Freunde sind sowieso nur allesamt Verlierer«, sagte er übelgelaunt. »Ich bin froh, daß sie nicht rüberkommen dürfen.«

»Aber Rico braucht Hilfe, um seinen Wunschzettel zu schreiben«, protestierte Virginia.

Charley, der Hund, hob den Kopf und schnüffelte. Nick winkte ihm unauffällig zu, und Charley verstand; er blickte zwar noch mißtrauisch in Richtung der großen, schweren Vorhänge, verzichtete allerdings auf ein Knurren. Hinter den Vorhängen hatten sich die Katzenfrauen versteckt: Sie wollten Nick nicht alleine lassen, konnten andererseits aber auch nicht so ohne weiteres offen ins Wohnzimmer marschieren. Gut, daß sie ihre Skateboards hatten, mit denen sie durch die Luft sausen konnten; so hatten sie ohne weiteres der Limousine Mallorys folgen können und waren im wahrsten Sinne des Wortes durch das offene Flügelfenster in die monströse Villa eingeflogen.

»Wunschzettel!« Stan lachte kurz auf. »Was für eine Zeitverschwendung!«

»Virginia, komm mal bitte her«, mischte sich Nick ein.

Stan warf ihm einen bösen Blick zu. »Du solltest dich besser mit dem höheren Management beschäftigen, Kurze.« Er deutete auf Nick. »Nicht mit so traurigen Typen am unteren Rand der sozialen Schicht.«

»Keine Angst«, sagte Nick, ohne ihn zu beachten. »Santa wird sich in diesem Jahr um Rico kümmern.«

Stan warf in dem unbeobachteten Moment sein Buch beiseite, riß mit einem schadenfrohen Grinsen seine Monster-Killer-Montur heraus und war mit einem schnellen Schritt bei dem vor sich hin dösenden Charley. Ehe es sich der Hund versah, streifte ihm Stan den Kampfanzug über.

»Wieso bist du dir da so sicher?« fragte Virginia, die nun Nick erreicht hatte und neben ihm auf dem Sofa Platz nahm.

Nick lächelte traurig. »Du hast keine Ahnung, wie nah ich Santa bin.«

Stan hob das Lasergewehr auf, eilte zum Lichtschalter und betätigte ihn. Augenblicklich erlosch das Licht, und von einem Moment auf den anderen war es stockdunkel in dem Raum.

»Hey!« rief Virginia ängstlich. »Was soll das?«

Stan verzichtete auf eine Antwort. Er riß den Laser hoch und fixierte durch das Nachtsichtgerät den verstörten Charley, der sich schüttelte, um die unbequeme Plastikmontur wieder loszuwerden. Ehe der Hund wußte, wie ihm geschah, hatte Stan auch schon den Abzug des Lasers durchgezogen. Ein roter Strahl schoß durch den Raum und streifte die Montur des Hundes; es ertönte ein lautes und häßliches *Ping.* Der Hund jaulte laut auf. Offensichtlich war der Laser doch nicht ganz so harmlos und schmerzlos, wie es auf der Werbepackung stand.

»Yeah!« schrie Stan. »Jetzt habe ich dich!« Er zog erneut den Abzug durch, aber diesmal ging der rote Strahl weit über das Ziel hinaus. Bevor Nick eingreifen konnte, stürmte Charley auch schon jaulend an ihm vorbei, stieß die Tür auf und verschwand im Flur.

Durch den Türspalt fiel Licht ins Zimmer und auf Stan, der wie ein blutdürstiger Großwildjäger mit seinem Laser inmitten des Zimmers stand, mit wirrem Haar und einem Gesichtsausdruck, der finstere Entschlossenheit demonstrierte.

»Was tust du da?!« schrie Virginia. »Bist du jetzt vollkommen übergeschnappt?«

Stan drehte sich statt einer Antwort um und schoß in Richtung des Türspalts. Aber zu spät; Charley war schon durchgehuscht und hatte längst das Weite gesucht. Dann war Nick am Lichtschalter; kalt und schmerzhaft flammte die Deckenbeleuchtung wieder auf.

»Das war ein übler Scherz«, sagte er ärgerlich.

»Wer bist du schon, daß du den Mund so weit aufreißt!« schrie Stan. »Nur ein Lakai meines Onkels! Du hast mir gar nichts zu sagen.«

Nick sah ihn nur schweigend an, mit einem traurigen Blick, in dem sich sowohl Abscheu über Stans *Scherz* als auch Mitleid mit dem Jungen mischte, der so fehlgeleitet war wie wohl er selber auch jahrelang. Stan hielt seinem Blick nur einen Atemzug lang stand. Dann schmiß er den Laser in die Ecke, machte auf dem Absatz kehrt und rannte aus dem Raum.

Einen Augenblick lang herrschte absolute Stille

in dem Raum. »Ist Charley verletzt?« fragte Virginia schließlich besorgt.

»Ich weiß nicht«, gestand Nick. »Laß uns lieber nachsehen.«

Virginia nickte. Sie wirkte blaß und angespannt, und ihre ganze Fröhlichkeit war ihr mit einem Schlag aus dem Gesicht gewischt worden. »Ich weiß nicht, was in Stan gefahren ist«, sagte sie hilflos. »Er hat mich schon immer geärgert, aber das ist ja normal. Doch jetzt dreht er plötzlich vollkommen durch.« Während sie mit Nick das Zimmer verließ und den Flur hinunterging in die Richtung, in der sie Charley vermuteten, erzählte sie ihm, wie Stan sie gestern mit dem Wolfskopf erschreckt hatte.

»Das ist doch kein Wunder«, meinte Nick. »Er ist ein ganz normaler Junge. Und er bewundert seinen Onkel, diesen Halsabschneider. Kein Wunder, daß er bei dem Versuch, so wie er zu sein, über die Stränge schlägt.«

»Na, ich weiß nicht«, sagte Virginia. »Es hat doch alles seine Grenzen.«

Nick nickte, enthielt sich aber eines Kommentars. Es wäre ihm unfair vorgekommen, wenn er über Stan hergezogen wäre, denn schließlich war er bis vor kurzem genauso verblendet gewesen wie der Junge. Oder schlimmer noch: Er hätte es mit seiner ganzen Lebenserfahrung eigentlich besser wissen müssen.

Sie bogen um eine Ecke, und ehe sie Nick daran hindern konnte, hatte Virginia schon eine Tür aufgestoßen und war in dem dahinter liegenden Raum verschwunden. »Ich glaub', er ist hier lang!« rief sie aufgeregt.

Es blieb Nick nichts anderes übrig als ihr zu folgen. In dem Raum, in dem Virginia verschwunden war, türmte sich allerhand Gerümpel, bedeckt von einer dichten Staubschicht, die auch den Boden bedeckte. Spinnweben hingen in den Zimmerecken und zwischen den alten, offensichtlich vor vielen Jahren ausrangierten Möbeln, die trotz ihrer Schmutzschicht tadellos aussahen und bestimmt einmal sehr teuer gewesen waren. Aber trotz des verwahrlosten Zustands des Raumes schien er alles andere als vergessen zu sein. Zahlreiche Fußspuren im Staub kündeten davon, daß auch in jüngster Zeit hier immer wieder mehrere Leute langgegangen waren. Nick glaubte Spuren von Charleys Pfoten zu erkennen, aber er konnte sich auch täuschen.

»Hier, Nick«, rief Virginia, die den Raum bereits durchquert hatte und nun die Tür zum nächsten Zimmer öffnete. »Ich habe gerade etwas Jaulen gehört! Charley muß ganz in der Nähe sein!«

Mit ein paar Schritten war Nick bei ihr und stieß die Tür vollends auf. Auch dieser Raum wirkte nicht gerade einladend; rostige Maschinen standen an den Wänden und zwischen ihnen stapelweise Kartons mit unleserlichen Beschriftungen. Offensichtlich hatten sie den Wohnbereich von Mallorys Anwesen nun endgültig verlassen und befanden sich bereits in der Lagerhalle oder zumindest in einem Durchgang, der zu dem gigantischen Spielzeughimmel-Lager führte.

»Onkel Mallory hat gesagt, daß es in diesem Teil des Gebäudes von Ratten nur so wimmelt«, sagte Virginia ängstlich.

»Dann haben wir jetzt die Gelegenheit, das zu überprüfen«, meinte Nick. Er hatte nichts gegen Ratten, schließlich hatte er eine ganz besondere Fähigkeit beim Umgang mit allen Tieren. »Du brauchst keine Angst zu haben, Virginia«, sagte er lächelnd und in beruhigendem Tonfall. »Ich bin ja bei dir. Keine Ratte wird dir etwas tun.«

»Na, dann ist es ja gut«, antwortete Virginia, aber ihre Stimme klang nach wie vor besorgt, und als sie Nick folgte, blieb sie immer einen Schritt hinter ihm.

»Komm, bei Fuß!« rief Nick. »Komm schon, Charley.«

Aber abgesehen von ein paar besonders fetten Spinnen, die Virginia argwöhnisch im Auge behielt, schien sich kein Lebewesen in dem Raum aufzuhalten. Dabei hätte jetzt auch Nick schwören können, daß er Charleys Anwesenheit hier irgendwo spürte. Virginia schien es nicht anders zu gehen. Sie war stehengeblieben, um sich gründlich umzuschauen. Dann schien sie etwas entdeckt zu haben. Sie ging in die Hocke und klopfte sich ein paar Spinnweben vom Pullover, um dann einen Stapel zerfledderter Comic-Hefte vom Boden aufzuheben.

»Nick, sieh mal«, sagte Virginia. »Hier sind Comic-Hefte.«

Nick folgte ihrem Blick und runzelte die Stirn. »Sie sind alle in spanisch«, sagte er. »Merkwürdig. Wer sie hier wohl gelesen hat?« Dann fiel ihm ein schwacher Lichtschein auf der gegenüberliegenden Seite des Raumes auf. »Da scheint es weiterzugehen. So, wie es aussieht, ist dort ein Flur.« Ihn überfiel plötzlich ein Gefühl merkwürdiger Unruhe, wie eine Vorahnung, eine kaum wahrnehmbare Warnung, die er dennoch ernst nahm. »Ich glaube, hier kommt man auf direktem Weg ins Lager«, sagte er. »Wir sollten uns beeilen, bevor Charley dort irgendwo unter die Räder gerät.«

Virginia nickte und legte die Comic-Hefte zurück, überlegte es sich aber dann doch noch anders. Sie nahm ein Heft und steckte es sich in den Gürtel. »Können Ratten eigentlich einem Hund wie Charley gefährlich werden?« fragte sie ängstlich.

»Ratten wohl weniger«, murmelte Nick. »Aber jetzt komm! Wir haben keine Zeit zu verlieren.«

Nick hatte recht gehabt. Hinter dem Raum lag tatsächlich ein Flur, und von ihm gingen mehrere Türen ab. Aber es waren keine normalen Holztüren, wie sie ihm Wohnbereich üblich waren, sondern schwere, eiserne Türen, die ihnen verrieten, daß sie nun tatsächlich auf dem Weg zum Spielzeughimmel-Lager waren. Ein strenger Geruch schlug ihnen entgegen, eine Mischung aus undefinierbaren Maschinengerüchen und einem modrigen Gestank, der sich hier in die Wände festgekrallt zu haben schien.

»Ich verstehe das nicht«, sagte Nick. »Wie sollte ein Hund durch diese Türen kommen? Er muß sich hier irgendwo versteckt haben.«

»Oder er ist durchgewitscht, als jemand gerade eine Tür aufgemacht hatte«, meine Virginia.

»Du hast recht. Das wäre natürlich auch möglich.« Er ging auf eine der schweren Eisentüren zu und versuchte sie zu öffnen. Aber zu seiner Enttäuschung war sie abgeschlossen.

»Nick! Vorsicht!« schrie Virginia in diesem Moment.

Nick wirbelte herum. Hinter ihm, wie aus dem Nichts aufgetaucht, stand ein kräftiger Mann in einem teuren Anzug, der an ihm seltsam deplaziert wirkte. Er wirkte eher wie ein Schläger, der normalerweise Jeans und Lederjacke trägt. Und das war gar nicht so weit hergeholt: Er hatte die rechte

Hand gehoben und zur Faust geballt, als ob er jeden Moment zuschlagen wollte. Sein eines Auge fixierte Nick dabei unangenehm, während das andere wild herumrollte.

»Was tut ihr hier?« fragte er drohend.

Bevor Nick antworten konnte, stieß Virginia erneut einen Schrei aus. Diesmal klang er allerdings erfreut. »Da bist du ja«, sagte sie und ließ sich in die Hocke hinab, um Charley hinter den Ohren zu kraulen. Der Hund war plötzlich hinter einer alten, verrosteten Maschine aufgetaucht und gleich auf den Flur zu Virginia gestürmt. »Und jetzt ziehen wir erst mal dieses blöde Ding aus«, fuhr sie fort und machte sich an der Monster-Killer-Montur zu schaffen.

»Du bist doch diese Göre, die jetzt hier wohnt«, sagte der Mann mit dem rollenden Auge zu Virginia.

»Jawohl«, sagte Virginia so freundlich wie sie konnte. Aber sie konnte nicht verhindern, daß ihre Stimme zitterte. »Und Sie sind Ned, nicht wahr? Mein Onkel hat mir schon viel von Ihnen erzählt ...« Sie schluckte krampfhaft. »Natürlich nur Positives.«

»Schmalzgelaber«, schimpfte Ned. »Und das erklärt mir immer noch nicht, was du mit diesem Kerl«, er deutete auf Nick, »hier zu schaffen hast.«

»Der Hund ist uns entwischt«, antwortete Nick an ihrer Stelle. »Wir haben ihn nur gesucht.«

»So, so. Der Hund.« Ned verzog abfällig das Gesicht und machte damit klar, daß er bestimmt keinem Hund hinterherlaufen würde. »Aber das ist keine Entschuldigung. Dieser Bereich liegt außerhalb eurer Grenzen ... Kapiert?« In diesem Moment entdeckte er das Comic-Heft, das sich Virginia in den Gürtel geklemmt hatte. Mit einem Satz war er bei ihr und riß es hervor. »Und was ist das hier?« fragte er triumphierend. »Habt ihr bei der Gelegenheit gleich was mitgehen lassen?«

»Nein … ich … ich wollte nur«, stammelte Virginia. Sie wußte selber nicht mehr genau, warum sie das Comic-Heft mitgenommen hatte. »Ganz bestimmt hätte ich es wieder zurückgelegt.«

»Das glaubst du doch selber nicht, oder?« drohte Ned. »Wenn ich dich oder deinen sauberen Freund hier noch einmal erwische, muß ich leider deinem Onkel davon Mitteilung machen. Und auch davon, daß du eine gemeine Diebin bist, die einfach alles einsackt, was sie findet!«

Das Erlebnis mit dem unheimlichen Ned steckte beiden noch in den Knochen, aber zumindest Nick war nicht willens, sich das anmerken zu lassen. Er hatte nicht damit gerechnet, in der realen Welt auf solch finstere Gestalten wie diesen Ned zu stoßen. Offensichtlich hatte er in der Abgeschiedenheit des Nordpols und in der Hektik der Spielzeugproduktion überhaupt nicht mitbekommen, was in der Welt wirklich vor sich ging. Die Gewalt und Selbstsucht war auf dem Vormarsch und drohte alles beiseite zu wischen, was sich ihr an moralischen Bedenken in den Weg stellte.

Während sich Virginia um Charley kümmerte, beruhigend auf ihn einsprach und ihn streichelte, öffnete Nick die Kühlschranktür. Es war wirklich eine gute Idee von Virginia gewesen, in die Küche zu gehen. Hier konnten sie zur Ruhe kommen und – ohne sich um andere Leute Gedanken zu machen – um den verstörten Hund kümmern. Was Nick nicht bemerkt hatte, war Gillian, die gerade zur

Tür auf der gegenüberliegenden Seite der unübersichtlich großen Küche den Raum betreten hatte und nun ihren Blick zwischen Virginia und Nick hin- und herwandern ließ. Hätte er sie bemerkt, so hätte er sich wahrscheinlich gewundert, warum sie dort ohne ein Wort der Begrüßung stehenblieb und sie stumm beobachtete.

»Mit was können wir Charley denn trösten?« fragte Nick.

»Eiscreme ist immer gut«, meinte Virginia.

»Genau mein Gedanke.«

»Aber ich wette, ein so fieser Mensch wie Onkel Mallory hat kein Eis da«, klagte Virginia. Sie versuchte zu lächeln, aber es wurde nur eine verzerrte Grimasse daraus. Die beiden letzten Tage mußten dem kleinen Mädchen sehr zugesetzt haben.

»Selbst Leute wie Mallory mögen Eis, Virginia«, sagte Nick. Er erwiderte Virginias Lächelns auf seine ganz eigene Art, auf die Art, die schon vor Jahrhunderten jedes Lebewesen verzaubert hatte: Es war ein von Herzen kommendes Lächeln ohne Scheu und ohne Falschheit, ein Lächeln voller Liebe und Aufrichtigkeit. Während er so lächelte, wurde er sich bewußt, daß er diese ihm eigene Art der Aufrichtigkeit irgendwann vor vielen Jahren verloren hatte. Es war wie ein Wunder: Mit Virginias Hilfe fand er sie jetzt zurück. Und ihr Lächeln strahlte jetzt genauso wie seines.

Er warf einen gedankenverlorenen Blick in den Kühlschrank, der genauso überdimensioniert war wie die Küche und das ganze Haus. »Selbst ein kleines Mädchen wie du kann seine Träume wahr werden lassen«, sagte er sanft, während er mit traumwandlerischer Sicherheit dem Eisfach eine große Vorratspackung Erdbeereis entnahm.

»Du meinst meine Wunschliste für Santa?« fragte Virginia. Sie zuckte mit den Achseln. »Ich weiß nicht, ob sie überhaupt noch wichtig ist. Santa findet sie bestimmt nur blöd«

»Warum sollte er?« fragte Nick verwundert. Er setzte die Eispackung auf der Küchentheke ab und füllte drei Schüsseln mit Erdbeereis. Eine stellte er auf dem Boden ab, eine schob er Virginia rüber und die dritte behielt er für sich. »Ich glaube, er würde besonders an dem Teil Gefallen finden, in dem du schreibst, daß du ihm helfen würdest«, fuhr er schließlich fort, als Virginia nicht antwortete. »Ich weiß, daß er ein paar Elfen gerade gut gebrauchen kann. Einen zumindest.«

»Wirklich?« Virginia strahlte. »Ich würde wirklich gerne ein Elf sein!«

»Tatsächlich?« Nick zögerte einen Moment, als suche er nach den richtigen Worten. »Virginia«, begann er vorsichtig. »Was würdest du dazu sagen, wenn ich dir erzählen würde, daß ich ...« Ein Geräusch lenkte ihn ab, und er schaute verwundert auf die Tür, in der Gillian stand.

»Mom ...«, sagte Virginia überrascht.

»Du müßtest schon längst im Bett sein, Kindchen«, sagte Gillian. Sie fuhr sich mit einer nervösen Geste durchs Haar, und ihre Stimme klang nicht so, als ob sie ihre eigenen Worte besonders interessierten. Während sie sprach, starrte sie Nick unverhohlen an. »Wer ist dein Freund?«

»Oh, hi, ich bin Nick ... ich arbeite im Spielzeughimmel«, sagte Nick rasch. Er hoffte, daß Virginias Mutter ihre Unterhaltung nicht mitbekommen hatte. Sonst hielt sie ihn wahrscheinlich für einen Spinner.

»Okay, Nick. Ich bin Gillian, Virginias Mutter.«

Sie wandte sich an ihre Tochter. »Es wird jetzt wirklich Zeit, Virginia. Geh und vergiß nicht, dir die Zähne zu putzen. Gestern abend haben wir das wohl beide vergessen, aber das wollen wir nicht zur Regel machen.«

»In Ordnung«, sagte Virginia, ohne den geringsten Versuch zu unternehmen, zu widersprechen. »Darf ich mir noch mein Eis mit aufs Zimmer nehmen?« Als ihre Mutter nickte, nahm sie die Schüssel mit dem Erdbeereis in die eine Hand und in die andere einen Löffel. »Gute Nacht«, sagte sie freundlich, und ihre Stimme klang nun wieder gelöst und entspannt, so, wie es ihrer eigenen Art entsprach. Offensichtlich hatte sie den Schock der unheimlichen Begegnung mit Ned und das aufregende Erlebnis mit Stans Attacke auf Charley mittlerweile wieder einigermaßen verdaut.

»Gute Nacht«, sagten Gillian und Nick wie aus einem Munde.

Als sie den Raum verlassen hatte, trat ein paar Sekunden eine gespannte Stille ein. Dann drehte sich Nick zu Gillian um und sah sie offen an. »Ich hoffe, Sie sind mir nicht böse wegen des Eises«, sagte er.

»Nein, bin ich nicht.« Sie starrte Nick jedoch mißtrauisch an, und ihr Schielen verstärkte sich. »Sie arbeiten für meinen Onkel?«

»Ja ... vielleicht ... werde ich in den Ferien noch jede Menge mehr Arbeit haben.«

»Sie gehen wirklich gut mit Kindern um«, sagte Gillian nachdenklich.

»Jahrelange Erfahrung«, lächelte Nick. Aber er fühlte sich unbehaglich, weil er nicht wußte, worauf Gillian hinaus wollte.

»Haben Sie eigene?«

»Kinder? Nein es ist nur so, daß Kinder mich zu mögen scheinen.«

»Wie sagten Sie, war Ihr Name«, forschte Gillian beharrlich weiter.

»Nick.«

»Nick, was?«

»Ähm, Sankt.«

»Nick, Sankt?« vergewisserte sich Gillian.

»Tja …« Nick zuckte mit den Achseln. »Ich sollte jetzt vielleicht gehen.« Er zögerte, aber es schien ihm wichtig, das Gespräch nicht einfach so enden zu lassen. »Virginia ist ein gutes Mädchen«, fuhr er schließlich fort. »Eines der besten. Sie sollten stolz auf sie sein.«

Gillian kniff die Augen zusammen, als wüßte sie nicht, was sie von diesem unerwarteten Lob halten sollte. »Das ist zwar nicht die aktuelle Meinung, die hier rundgeht, aber vielen Dank.«

»Was meinen Sie damit?« fragte Nick überrascht.

»Mein Onkel Mallory ist drauf und dran, Virginia in ein Internat zu stecken.« Gillians Stimme klang bitter. »Er scheint der Ansicht zu sein, daß ich eine schlechte Mutter bin und sie total verzogen habe.«

»Lassen Sie ihn das nicht tun«, sagte Nick entsetzt. »Virginia hängt an Ihnen! Sie können sie doch nicht einfach weggeben!«

»So einfach ist das alles nicht«, sagte Gillian müde. »Da sind so viele Faktoren im Spiel … wir sind in einer schwierigen Situation. Aber ich werde meine Familie zusammenhalten, was auch immer kommen mag.«

»Sagen Sie mir Bescheid, wenn ich Ihnen irgendwie helfen kann«, sagte Nick mit ernsthafter

Besorgnis in der Stimme. »Und nehmen Sie die Sache mit Ihren beruflichen Schwierigkeiten und Chantals Agentur nicht so ernst. Da steckt vielleicht etwas ganz anderes dahinter, als sie jetzt glauben.«

Gillian kniff die Augen zusammen und schüttelte dann den Kopf. »Hat Virginia Ihnen davon erzählt?«

»Ähm, ja, ich glaub' schon«, sagte Nick vorsichtig.

»Merkwürdig.« Gillians Schielen schien sich noch weiter verstärkt zu haben. »Ich hätte nicht gedacht, daß sie die Details mitbekommen hätte. Ich glaube, ich muß morgen mal ein ernsthaftes Wörtchen mit ihr reden.«

11

Auch als Nick das Haus durch den Hintereingang verlassen hatte, war er immer noch in Gedanken bei Virginia und ihrer Mutter. Er fand beide ganz reizend, und wenn er ehrlich wahr, dann mußte er sich eingestehen, daß er Virginias Mutter über alle Maßen sympathisch fand. Gerne hätte er sich mit Gillian noch weiter unterhalten, aber dazu war jetzt weder der richtige Augenblick noch hatte er dafür Zeit. Es ging um das große Ganze. Wenn er nicht bald zum Zuge kam, konnte er Weihnachten ein für alle Mal vergessen. Was dann mit ihm geschehen würde – daran wagte er gar nicht zu denken.

Die Katzenfrauen warteten schon im Chevy auf ihn. Der Wagen stand im Schatten einer großen Buche am Zaun des gigantischen Grundstücks des ungekrönten Spielzeugkönigs und war so geparkt, daß er im Schatten des alten, Ehrfurcht gebietenden Baums kaum auffiel. Trotzdem fühlte sich Nick nicht wohl bei dem Gedanken, daß er hier quasi in Mallorys Blickfeld stand und vielleicht einem seiner Bediensteten auffiel, der unangenehme Fragen stellen konnte.

»Da bist du ja endlich«, sagte Monique, als er den Wagen erreicht hatte und sich hinters Steuer fallen ließ. »Wir warten schon eine Ewigkeit auf dich.«

»Eine *Ewigkeit* scheint mir etwas übertrieben zu sein«, knurrte Nick. »Ich hatte noch etwas zu erledigen.«

»Das habe ich gesehen«, sagte Latisha. »Ich war in der Küche dabei und habe den anderen schon berichtet, wie – eh – gelassen du das Ganze angegangen bist.«

»Nick, Sankt, hat er sich nicht so genannt?« fragte Tess scheinheilig. »Das klingt nach einem Privatdetektiv aus dem Fernsehen.«

»Er ist bestimmt ein untergetauchter Santa, nicht wahr?« kicherte Monique.

»Ich glaube eher, Nick spielt mit dem Gedanken, mit Gillian unterzutauchen«, meinte Latisha. »Die beiden schienen sich mächtig sympathisch zu sein.«

»Ihr gönnt mir aber auch gar nichts, Leute«, sagte Nick trotzig.

»Leute?« fragte Monique ohne Humor in ihrer Stimme. »Du nennst uns Leute? Du solltest uns besser in Leute verwandeln.«

Nick nickte bedächtig. »Kann schon sein, Monique. Aber im Moment haben wir andere Sorgen. Mallory will Virginia in ein Internat stecken ... ganz fix.«

»Das ist ja alles schön und gut«, sagte Latisha. »Aber du solltest trotzdem einen Zahn zulegen, Nick. Morgen ist Heiligabend.«

»Und die ganz große, die *einzige* Chance liegt direkt vor deiner Nase«, ergänzte Monique. »Und kommt im wahrsten Sinne des Wortes auf dich zu. Jetzt heißt es zu handeln.«

Nick schüttelte verwundert den Kopf. »Was meinst du ...?« Aber dann sah er es selbst. Auf der zweieinhalb Meter hohen Mauer, die hinter dem Lager Mallorys Grundstück von der Straße abtrennte, balancierte eine Gestalt. Er kniff die Augen zusammen. Zuerst dachte er, es sei ein Dieb oder ein Reporter, der sich auf diesem ungewöhnlichen Weg Eintritt in die Zentrale des Spielzeughimmels verschaffen wollte. Doch dann erkannte er seinen Irrtum. Die Gestalt ging auf alle viere nieder, drehte sich um, ließ die Beine über den Rand der Mauer baumeln und sprang dann mit einem entschlossenen Satz in die Tiefe.

Es war Virginia.

Sie kam mit einem harten Ruck auf, streckte die Arme vor und fing sich mit einer verkrampften Bewegung auf dem harten Steinboden des Bürgersteigs. Einen furchtbaren Moment fürchtete Nick, sie hätte sich ernsthaft verletzt, doch dann kam sie mit einer torkelnden Bewegung wieder hoch und wischte sich beide Hände an ihrer Jeans ab. Ohne zu zögern setzte sie sich sofort in Bewegung, weg von Mallorys Grundstück und in Richtung Stadt. Sie sah sich nicht einmal um, sonst hätte sie den auffälligen Wagen mit den nicht minder auffälligen Insassen bemerken müssen.

»Worauf wartest du?« fragte Latisha ärgerlich.

»Eh, ja ...« Nick ließ den schweren Wagen an und legte den ersten Gang ein. Der Motor brummte beruhigend, und Nick gab Gas; wieder zuviel, so wie am Hafen, als er das erstemal mit dem Chevy losgefahren war. Die Reifen quietschten protestierend, und der Wagen schoß mit einem Satz vorwärts. Sofort trat Nick wieder auf die Bremse, aber der Schwung hatte schon gereicht, um Virginia einzuholen.

Virginia sprang zur Seite, dicht an die Mauer heran und wirbelte herum. Ihre Augen waren groß und weit aufgerissen, und in ihren Gesichtszügen spiegelte sich Entsetzen. Offensichtlich fürchtete sie, Häscher ihres Onkels hätten hier nur auf sie gewartet, um sie abzufangen und wieder zurückzubringen. Als sie Nick hinter dem Steuer erkannte, trafen sich ihre Blicke einen Herzschlag lang, aber das schien Virginia keineswegs zu beruhigen. Ganz im Gegenteil; sie drückte sich noch fester an die Wand und hob die Hand vors Gesicht, als wolle sie einen Angreifer abwehren.

Vor lauter Aufregung würgte Nick den Wagen ab. Der Chevy schoß ein paar Meter vor und blieb dann abrupt und mit einem häßlichem Motorgeräusch stehen.

»Hallo, Virginia!« rief Nick.

Virginia schluckte ein paarmal. »Was ... was willst du?« stammelte sie schließlich.

»Ich bin gerade mit meinen Freunden auf dem Weg in die Stadt«, sagte Nick freundlich. »Kann ich dich ein Stück mitnehmen?«

»Aber, aber ...« Virginia fuhr sich mit einer nervösen Geste durchs Haar. »Hast du hier auf mich gewartet? Hat dich mein Onkel geschickt?«

»Aber nein.« Nick schüttelte den Kopf. »Dein Onkel hat nun wirklich nichts damit zu tun. Ich habe jetzt Feierabend, weißt du? Und da muß ich halt zur Stadt zurückfahren.«

Virginia sah immer noch nicht sehr überzeugt aus. Sie ließ ihre Blicke zwischen Nick und den Katzenfrauen hin- und herwandern. Latisha, Monique und Tess erwiderten freundlich und mit einem Lächeln ihren Blick; schließlich lag es in ihrem Wesen, freundlich zu sein, und es war fast ausgeschlossen, daß jemand, dessen Herz so offen war für kindliche Freude wie das Virginias, sie nicht mochte. Trotzdem wirkte Virginia immer noch beunruhigt.

»Ich müßte doch schon längst im Bett sein«, sagte sie fast trotzig, als wolle sie Nick zu einer üblichen Erwachsenenreaktion auffordern.

»Das scheint mir auch so zu sein«, bestätigte Nick. »Aber du wirst deine Gründe haben, wenn du dich einer Anordnung deiner Mutter widersetzt.«

»Heißt das, du wirst mich nicht verraten?« fragte Virginia mißtrauisch.

»Warum sollte ich dich verraten?« fragte Nick mit ehrlicher Überraschung in der Stimme. »Der einzige, der dich verrät, scheint mir dein Onkel zu sein. Wenn du deshalb etwas an deiner Situation ändern willst, werde ich dich doch nicht ausgerechnet an *diesen* Mann verraten.«

»Aha«, machte Virginia, aber jetzt zeichnete sich immerhin schon so etwas wie die Andeutung eines Lächelns auf ihren Gesichtszügen ab.

»Also, steig endlich ein«, forderte Nick sie auf. Er deutete auf die Katzenfrauen, die wie gewohnt nebeneinander auf dem breiten Rücksitz des Chevy saßen. »Das sind übrigens meine Freunde Tess, Monique und Latisha.«

»Hi, Virginia«, sagten die Katzenfrauen wie aus einem Munde.

Virginia zögerte immer noch. »Komm schon, wir beißen nicht«, forderte Tess sie freundlich auf. Das schien den Ausschlag zu geben. Virginia nickte dankbar, war mit ein paar Schritten bei der Beifahrertür, die Nick schon für sie aufhielt, und ließ sich in das weiche Polster fallen.

»Wo willst du eigentlich hin?« fragte Nick, als er wieder den Motor anließ und den schweren Wagen langsam losrollen ließ, diesmal sorgsam darauf bedacht, nicht zuviel Gas zu geben.

»Zu Rico«, sagte Virginia in besorgtem Tonfall.

»Kannst du mich zu ihm nach Hause bringen? Vielleicht können wir ihm zusammen helfen.«

»Aber klar«, meinte Nick. »Das klingt vernünftig. Und wenn wir uns beeilen, kommst du noch rechtzeitig ins Bett, um Heiligabend frisch und ausgeruht zu erleben.«

»Wenn nur mit Rico alles klargeht«, murmelte Virginia. »Es gefällt mir gar nicht, daß ich jetzt nicht mehr in seiner Nähe wohne.«

Nick wechselte im Rückspiegel einen Blick mit den Katzenfrauen, und sie nickten ihm aufmunternd zu. Dennoch fühlte sich Nick alles andere als behaglich. Er fragte sich, wie Virginia darauf reagieren würde, wenn sie die Wahrheit erfuhr. Ob sie dann wirklich bereit war, dem Weihnachtsmann zu helfen? Und ob sie dazu wirklich in der Lage war?

»Virginia ...«, begann er vorsichtig. »Ich denke, du bist jetzt weit genug für das, was ich zu sagen habe. Weißt du, es gibt da ein kleines Problem am Nordpol und, na gut, *ich* habe ein kleines Problem am Nordpol und ... um auf den Punkt zu kommen ... was würdest du sagen, wenn ich dir erzählen würde, daß ich Santa Claus bin?«

Virginia sah ihn einen Augenblick verwundert an, und dann lachte sie glockenhell auf. »Du bist ein prima Kerl, Nick«, sagte sie schließlich. »Aber Santa ... das ist ein bißchen dick aufgetragen, findest du nicht?«

»Finde ich überhaupt nicht«, sagte Nick. Und dann, fast ohne sein Zutun und als wäre es das Selbstverständlichste der Welt, begann sich der Chevy von der menschenleeren Straße zu lösen. Es geschah ganz langsam und fast unmerklich; die Räder verloren einfach den Bodenkontakt, drehten leer durch, und trotzdem beschleunigte der schwere Wagen ständig weiter. Nick biß die Lippen aufeinander; einen Moment lang fühlte er sich wie jemand, der an einem Abgrund steht und in die Tiefe starrt mit der sicheren Gewißheit, daß er jeden Moment in die Tiefe stürzen wird. Doch dann begann ein Gefühl ruhiger Sicherheit von ihm Besitz zu ergreifen, und im gleichen Maße, wie er sich beruhigte, begann der Wagen emporzusteigen, zuerst fast unmerklich und dann immer schneller, bis Virginia darauf aufmerksam wurde.

»Heiliger Strohsack!« schrie Virginia. »Was passiert hier?«

»Keine Angst, Virginia«, sagte Tess vom Rücksitz aus. »Der Chevy fliegt genauso sicher, wie er fährt. Und Nick ist ein – eh – passabler Chevy-Pilot. Er hat schon ganz andere Situationen gemeistert.«

»Ich träume!« schrie Virginia. »Eindeutig! Das kann nur ein Traum sein! Ich liege schon längst im Bett und ...«

»Das ist kein Traum, Virginia«, sagte Nick leise. »Das ist eine fantastische Reise, und du steckst mittendrin.«

»Das kann nicht sein«, wiederholte Virginia hartnäckig, aber der Zweifel in ihrer Stimme war unüberhörbar. »Es ist wie im Märchen, und Märchen werden nie Wirklichkeit.«

»Das glaubst du doch selber nicht«, sagte Latisha vom Rücksitz aus. Ihre Stimme klang freundlich, aber auch ein bißchen besorgt; das mochte aber daran liegen, daß der Chevy gerade in Schräglage ging, um einem Kirchturm auszuweichen. Auf den Straßen unter ihnen nahm der Verkehr zu, und bald mußten sie die Hauptstraße erreicht haben, auf denen die Blechkarawanen sich nur schrittweise vorwärts bewegten. Doch diesmal waren sie nicht abhängig vom Verkehrsstau, diesmal konnten sie sich im wahrsten Sinne des Wortes über ihn hinwegsetzen.

»Du weißt doch ganz genau, daß es außerhalb der festgeschriebenen Erwachsenenwelt noch andere Dinge gibt, Dinge voller Zauber und Fantasie, ohne die Fesseln der Wissenschaft, die alles kaputt erklärt«, fuhr Latisha fort. »Wie hättest du dir sonst vor zwei Jahren einen unsichtbaren Begleiter vom Weihnachtsmann wünschen können?«

»Woher weißt du denn davon?« fragte Virginia überrascht.

Latisha lachte kurz auf, verstummte aber schlagartig, als der Chevy zu schaukeln anfing und sich in eine Rechtskurve legte, um der Hauptstraße zu folgen. »Ich sitze am Nordpol sozusagen an der Eingangszentrale für Wunschzettel«, erklärte sie dann freundlich. »Und an deinen Wunsch kann ich mich deswegen erinnern, weil er ziemlich selten ist – und weil du eines der ganz wenigen Kinder bist, dem seine Erfüllung gewährt wurde.«

»Kein Mensch wußte von Chew«, sagte Virginia leise. »Aber leider ist er nun nicht mehr da.« Sie seufzte. »Er ist am selben Tag verschwunden, als uns Mom mitteilte, daß wir zu Onkel Mallory ziehen würden.«

»Ich möchte eure kleine Unterhaltung ja ungern stören«, unterbrach sie Nick. »Aber es wird wohl Zeit, etwas zu unternehmen, wenn wir Rico wirklich helfen wollen. Und das willst du doch, oder, Virginia?«

»Ja, natürlich will ich das«, antwortete Virginia

mit Tränen in den Augen. Sie sah hinab auf die Mission Bay, die langgestreckte Bucht vor San Diego mit den Lichtern der Stadt im Hintergrund, und ließ ihren Blick auf die andere Seite wandern, dorthin, wo eine Million Menschen in Erwartung des Weihnachtsfests den letzten Abend vor Heiligabend verbrachte, mit ganz verschiedenen Wünschen und Sehnsüchten, von denen sich wohl nur die wenigstens erfüllen würden. Sie hatte keinem Menschen von Chew erzählt, von ihrem geheimen Begleiter, der sich traurig von ihr verabschiedet hatte, als er erfuhr, daß Virginia nun zu Onkel Mallory würde übersiedeln müssen. »Dorthin kann ich leider nicht mitkommen«, hatte er Virginia traurig erklärt. »Dein Onkel ist ein böser Mann, kleine Virginia, und wo das Böse regiert, kann ich nicht sein.«

Virginia wischte sich eine Träne aus den Augenwinkeln. Chew war ihr heimlicher Freund gewesen, und sie hatte alle Geheimnisse mit ihm teilen können. Jetzt fühlte sie sich schrecklich einsam. Aber Latisha hatte natürlich recht: Sie hatte immer gewußt, daß es über die Grenzen der Erwachsenenwelt hinaus Dinge gab, die unerklärlich und wunderschön zugleich waren. Und schon des öfteren hatte sie Glück gehabt, weil sie ein Hauch dieses Geheimnisses ein Stück weit in ihrem Leben getragen hatte. Warum sollte es dann nicht auch möglich sein, daß sie hier in einem Chevy über ihre Stadt flog, mit einem Mann an ihrer Seite, der von sich behauptete, der Weihnachtsmann zu sein?

»Die Kristallkugel bitte, Mädels«, sagte Nick. »Wollen wir doch mal sehen, ob sich mit ihrer Hilfe nicht etwas für Rico rausholen läßt.«

»Ich weiß nicht, ob das eine so gute Idee ist«, sagte Tess zweifelnd.

»Immerhin *ist* es eine Idee«, widersprach ihr Latisha. »Irgendwie muß man ja anfangen.«

»Na gut, wenn du meinst.« Tess kramte etwas unter der Sitzbank hervor; eine glitzernde Kristallkugel, die dennoch im Halbdunkel der beginnenden Nacht merkwürdig stumpf und leblos wirkte. »Hier«, sagte sie und reichte sie Nick nach vorne.

»Danke«, sagte Nick. Er nahm die Kristallkugel mit beiden Händen. Das Lenkrad des Chevys hatte er schon kurz nach ihrem *Start* losgelassen; es hatte für solch einen Flug sowieso keine Bedeutung. Etwas beunruhigt war er trotzdem, denn er wußte nicht so genau, *was* den Wagen eigentlich steuerte. War es seine eigene Vorstellung, auf kürzestem Weg Rico erreichen zu wollen? Oder spielte Virginia dabei mit? War es nicht eher ihr Wunsch, der in Verbindung mit seinen verschütteten Fähigkeiten dafür gesorgt hatte, daß sie jetzt in direkter Fluglinie zu Rico unterwegs waren?

Nick atmete zwei-, dreimal tief durch, und dann ließ er die Kristallkugel los. Getragen von seinem Wunsch, eine Verbindung herzustellen, schwebte die Kugel ein Stück nach oben und kam dann in Höhe des Rückspiegels zur Ruhe. Auf ihrer Oberfläche zuckten Lichtreflexe, und Farben wirbelten in einem faszinierenden Spiel durcheinander. Aber Nick hatte keine Zeit, dieses Farbenspiel zu bewundern. Er konzentrierte sich auf seinen Wunsch, Kobo und Carla erscheinen zu lassen. Es dauerte eine Weile, bis er das Gefühl hatte, daß da mehr war als nur ein zufälliges Farbmuster. Langsam, ganz langsam schälten sich die Umrisse einer Szene heraus, die ihm nur zu bekannt war. Als das

Bild an Deutlichkeit zunahm, stieß Virginia einen unterdrückten Schrei aus. Fast hätte er Nick aus seiner Konzentration gerissen, aber dann hatte er sogar im Gegenteil das Gefühl, daß er nun den entscheidenden Schritt getan hatte, um die Verbindung zu stabilisieren.

»Kobo ... Carla ...«, sagte er in beschwörendem Tonfall. »Bringt mir den magischen Wall.«

In der Kristallkugel verfestigte sich nun endgültig das Bild. Aber es waren nicht Kobo und Carla, die auftauchten, sondern es war Merlin, der an dem vereisten Rande der unendlich wirkenden Eiswüste stand und beschwörend die Hände hob. Der magische Wall, der sich von seinen Händen ausbreitete, erzitterte und stieg dann nach oben, eine unüberwindliche Barriere für alle Versuche, ihn ohne Erlaubnis zu überwinden. Nick wurde sich bewußt, daß er eine Szene aus der Vergangenheit sah.

»Keine Sorge, er ist nicht für mich«, sagte Nick in Richtung der Kristallkugel. »Ich werde ihn nicht berühren!«

Die Szene verblaßte, gleichzeitig nahm aber der magische Wall an Intensität zu. Langsam und fast unmerklich verdichteten sich zwei schattenhafte Konturen in dem Wall zu zwei ganz unterschiedlichen Lebewesen: einem Eisbären und einem Pinguin. Als der Pinguin zu sprechen anfing, stieß Virginia erneut einen kleinen Schrei aus.

»Man kann aus diesem Wall kein Kapital schlagen, Nick«, sagte Carla scharf. »Du kennst die Regeln.«

Nick öffnete den Mund, um etwas zu sagen, aber ein zorniges Brummen des Eisbären ließ ihn sofort wieder verstummen. »Merlin trug uns auf, den Wall zu bewachen, bis du deinen Job erledigt hast«, sagte Kobo gereizt. »Also sieh zu, daß du deine Probleme alleine löst.«

Nick zuckte zusammen. »Aber ich wollte doch nur ...«, begann Nick verzweifelt.

»Leb wohl«, sagte Carla, und so, wie sie es sagte, klang es erschreckend endgültig.

»Alles klar«, sagte Nick mit trockener Kehle. »Vergeßt, daß ich danach gefragt habe!«

Im gleichen Moment verschwand der schillernde Farbwirbel auf der Kristallkugel, und mit einem leichten Zittern setzte sich die Kugel wieder in Bewegung, schwebte zu Nick zurück, der sie mit einem Seufzen aus der Luft wischte und nach hinten zu Tess reichte.

»Bedeutet das, daß wir Rico nicht helfen können?« fragte Virginia besorgt.

Nick schüttelte den Kopf. »Wir werden uns etwas einfallen lassen«, behauptete er, obwohl er im Augenblick keine Idee hatte, wie er vorgehen konnte. »Es kann doch nicht angehen, daß wir deinen Freund Rico im Stich lassen.«

In diesem Moment kippte der Wagen leicht nach vorne ab, und die Katzenfrauen schrien überrascht auf. »Nick, was machst du?« fragte Latisha aufgebracht.

»Überhaupt nichts«, sagte Nick, aber das stimmte natürlich nicht ganz. Denn daß der Wagen überhaupt flog, das hatte ganz ursächlich mit ihm zu tun. Doch leider entzog sich die Flugbahn seiner bewußten Steuerung. Was allerdings nicht unbedingt ein Nachteil sein mußte.

»Da ist es!« rief Virginia aufgeregt. »Dort unten wohne ich ... ich meine, habe ich gewohnt. Und das Haus dort links, in dem wohnt Rico.«

Der Wagen zog über eine Reihe armseliger Reihenhäuser hinweg, die offensichtlich schon bessere Zeiten gesehen hatten. Die Häuser mußten aus den dreißiger Jahren stammen, einer Zeit, in der San Diego stark gewachsen war, aber auch eine Zeit, in der oft mit billigem Material schnell etwas hochgezogen wurde, was nicht für die Ewigkeit, sondern höchstens für ein oder zwei Generationen bestimmt war. Wer hier wohnte, gehörte mit Sicherheit nicht zur Oberklasse. Das bewies schon die Sammlung schrottverdächtiger Autos, die vor den Häusern standen.

Der Chevy verlor ständig an Höhe, aber diesmal stürzte er wenigstens nicht so schnell auf die Erde nieder wie beim erstenmal, als sie Merlin nach San Diego geschickt hatte. Ganz gemächlich, wie ein Sportflugzeug, das auf einer ausreichend langen Piste niedergehen will, hielt er auf die Straße zu und setzte so sanft auf, daß kaum die Andeutung eines Rucks zu spüren war. Nick ließ den Wagen ausrollen und bremste ihn sanft ab, um ihn dann schließlich vor Ricos Haus am Straßenrand zum Stillstand zu bringen.

»Voilà«, sagte Nick stolz, als sei das Flugmanöver ausschließlich sein Verdienst. »Da wären wir!«

»Gut gemacht, Nick«, sagte Latisha. »Wenn du so weitermachst, wirst du noch ein richtig guter Autofahrer.«

»Müßte es nicht eher Pilot heißen?« mischte sich Tess ein.

»Egal«, sagte Monique. »Hauptsache, wir sind da. Und das sogar, ohne neugierige Blicke auf uns gezogen zu haben.«

»Es ist schon erstaunlich menschenleer hier«, sagte Nick und deutete auf die erleuchteten Fenster der heruntergekommenen Häuser. »Aber am Vorabend vor Weihnachten kein Wunder. Wahrscheinlich sind alle mit den letzten Vorbereitungen für Heiligabend beschäftigt.« So, wie ich auch, fügte er in Gedanken hinzu.

Virginia war mittlerweile schon aus dem Auto gesprungen und hielt jetzt auf das Haus zu, in dem ihr Freund Rico wohnte. »Kommt schon«, rief sie aufgeregt. »Sehen wir zu, daß wir Rico helfen können.«

Nick zuckte mit den Achseln und stieg ebenfalls aus. »Ihr bleibt hier und deckt den Rückzug«, sagte er zu den Katzenfrauen. Aber statt Virginia gleich zu folgen, blieb er noch zögernd einen Moment stehen. »Ich kann nur hoffen, daß mir wirklich etwas einfällt, um Rico zu helfen«, fuhr er leise fort.

»Wird schon schiefgehen, Chef«, sagte Latisha und hielt den Daumen hoch. »Aber jetzt ab die Post. Vom Rumstehen alleine wird es nicht klappen.«

Nick erwiderte dankbar ihr Lächeln und drehte sich zu Virginia um. Das Mädchen hatte mittlerweile das Haus erreicht und drückte sich jetzt an eine Scheibe, mit vorgehaltener Hand, um besser ins Innere sehen zu können. Nick hörte leise Weihnachtsmusik aus dem Inneren, und beim Anblick des kleinen Mädchens, das ein so großes Risiko auf sich genommen hatte, nur um ihrem Freund zu helfen, wurde ihm ganz warm ums Herz. Mit ein paar Schritten war er bei ihr und starrte dann ebenfalls durch die zwar ordentlich geputzte, aber stark verkratzte Scheibe ins Innere.

12

Er erkannte Rico sofort. Der Junge saß an einem einfachen, alten Küchentisch und hatte den Kopf in die Hände gestützt. Vor ihm lag ein Stück Papier und direkt daneben ein Bleistift. Der dunkelhäutige Junge hatte mit großen, ungelenken Buchstaben einen Wunschzettel auf das Papier gemalt. Nick kniff die Augen zusammen, um besser lesen zu können, was Rico geschrieben hatte. Aber der Küchentisch war zu weit weg, und das Blatt lag in solch einem Winkel, das er es nicht entziffern konnte. Doch dann geschah etwas ganz Merkwürdiges. Ein bläulicher Schein schien von dem Papier auszugehen, breitete sich langsam aus, bis er die Scheibe erreichte und sich durch sie hindurch bis zu Nick ausbreitete. Im gleichen Moment verspürte Nick ein leichtes Kribbeln in den Händen und im Gesicht.

Und dann schien sich das Blatt vor Rico leicht in die Luft zu erheben, fast unmerklich, aber so weit, daß er nun direkt auf die wenigen Sätze schauen konnte, die Rico zu Papier gebracht hatte.

Lieber Canta Slaus, stand dort, *nein Mame ist Rico Rodriquez. Ich bele in Dan Siego. Bitte entschuldige, daß ich alles schurcheinanderdmeiße. Vielleicht liegt das daran, daß du letztes Jahr nicht gekommen bist, um mich su zehen.*

Rico nahm den Stift wieder in die Hand, zögerte einen Moment und warf ihn dann mit einer wütenden Bewegung auf den Tisch zurück. »Warum kann ich es nicht richtig machen?« klagte er wütend und so laut, daß Nick und Virginia ihn durch das Fenster hindurch verstehen konnten. Seine Schultern zuckten, und dann begann er schluchzend zu weinen. Das Geräusch vermischte sich auf merkwürdige Weise mit der Weihnachtsmusik, die aus einem billigen roten Transistorradio vor sich hindudelte. Offensichtlich waren sie keinen Augenblick zu früh gekommen. Rico war am Ende und würde sich ohne Beistand von einer Woge der Verzweiflung davon tragen lassen, die ihn die Schönheiten des Lebens nicht mehr sehen ließ und vergessen ließ, was Weihnachten *wirklich* bedeutete.

»Wir müssen irgend etwas unternehmen«, sagte Virginia leise.

Nick lächelte ihr beruhigend zu. »Das werden wir auch«, sagte er, obwohl er immer noch nicht genau wußte, *was* sie unternehmen konnten. Aus einem Impuls heraus griff er in die Taschen seiner Hose und zauberte daraus einen Stift hervor, einen auf den ersten Blick ganz gewöhnlich wirkenden Kugelschreiber. Als Virginia genauer hinschaute, erkannte sie allerdings, daß sich auf dem Stift das Licht seltsam brach und verspielt reflektiert wurde, so, wie sich Sonnenlicht in einem Wasserfall bricht.

»Bist du bereit, ein wenig Magie mit ins Spiel zu bringen?« fragte Nick vorsichtig.

Virginia kaute unsicher auf ihrer Unterlippe. »Ähm, ja«, meinte sie dann. »Wenn es nichts Gefährliches oder gar Böses ist …?«

»Keine Sorge«, sagte Nick in beruhigendem Tonfall. »Ich habe nichts mit schwarzer Magie, Hexen oder ähnlichem Unsinn zu tun. Vielmehr mit dem Zauber des Augenblicks, der Bezauberung eines aufrichtigen Lächelns, der Magie des Sonnenaufgangs über dem Meer, wenn zwei liebende Herzen zusammenfinden. *Solcherart* Magie meine ich.«

Virginia nickte. »Dann bin ich ja beruhigt«, antwortete sie, aber ihre Stimme klang immer noch sehr unsicher.

»Vielleicht würde Rico ja nichts mehr durcheinanderbringen, wenn er diesen Stift hier hätte«, überlegte Nick.

Virginia zögerte einen Augenblick, doch dann begann sie zu strahlen. »Ich verstehe«, sagte sie, »das ist ein Zauberstift.« Sie riß Nick den Stift förmlich aus der Hand, und ehe er sie daran hindern konnte, klopfte sie damit an die Scheibe. Rico zuckte zusammen, wischte sich mit beiden Händen über die Augen und drehte sich dann zum Fenster um. Als er Virginia erkannte, überzog ein vorsichtiges Lächeln sein Gesicht, aber seine Augen blieben weiterhin traurig.

Virginia gab ihm mit einer Handbewegung zu verstehen, daß er sie reinlassen sollte. Rico nickte und eilte zum Fenster. Mit ein paar hektischen Bewegungen riß er es auf und starrte Virginia atemlos an. »Wo kommst du ned hier?« fragte er überrascht. Dann fiel sein Blick auf Nick. »Und du hast sugar Sebuch mitgebracht!«

»Ja, stell dir vor, und ich habe dir auch noch etwas anderes mitgebracht«, sagte Virginia aufgeregt und winkte mit dem Stift. »Rico, das hier ist ein magischer Stift. Wenn du ihn benutzt, bist du kein Legastheniker mehr.«

Rico senkte traurig den Blick. »Ich hab' keie Verwendung … ich nann kichts ändern.«

»Rico«, mischte sich Nick ein, »wir mögen dich sowohl mit Legasthenie als auch ohne. Okay?«

Der Junge zuckte mit den Achseln, und wie er so dastand und zu Boden starrte, sah er aus wie ein Vierjähriger, der sein Schmusetuch verloren hatte und nun die ganze Welt für sein Unglück verantwortlich machte. »Wir wollen, daß du glücklich bist«, fuhr Nick fort. »Die Frage ist nur ... was willst du? Willst du dir von Magie helfen lassen? Du hast die Wahl.«

»Versuch's doch einfach mal, Rico«, sagte Virginia aufgeregt und mit vor Begeisterung sprühender Fröhlichkeit. »Gib nicht auf!«

»Ich eiß nicht ...«, antwortete Rico leise, aber dann hob er den Blick, und er verfing sich in Virginias Fröhlichkeit. »Aber ... ich könnte aj ... nur so zuk Test ...«

»Genau«, bestätigte ihn Virginia und nickte stürmisch. Sie drückte ihm den Stift in die Hand. »Versuch's einfach noch mal. Du wirst schon sehen: Es funktioniert!«

Als er Virginias Blick erwiderte, stahl sich so etwas wie ein von Herzen kommendes Lächeln auf Ricos Gesicht. Diesmal lächelten auch seine Augen. »Na gurt. Fisch gewagt ist halb zerronnen.«

Er warf einen fast scheuen Blick auf den Stift und eilte dann zum Tisch zurück. Ohne zu zögern holte er aus der Schublade ein neues Papier hervor und begann sofort zu schreiben. Nick und Virginia standen ungeduldig am Fenster und versuchten zu erkennen, was er dort zu Papier brachte, aber solange Rico schrieb und sich über den Tisch beugte, war sein Rücken genau im Blickfeld. Es schien eine Ewigkeit zu dauern, aber schließlich war Rico fertig und richtete sich aus seiner gebückten Haltung wieder auf. Er legte den Stift beiseite und massierte sich die Handgelenke.

»Und?« fragte Virginia aufgeregt.

»Ich weiß nicht«, sagte Rico unsicher, aber immerhin war jetzt das Blickfeld auf den Zettel frei. Nick beugte sich ein Stück vor, um ihn genauer studieren zu können.

Lieber Santa Claus, las er auf dem Zettel, *zu Weihnachten wünsche ich mir einen Kühlschrank voller Essen für meine Familie. Und einen Weihnachtsbaum mit echten Lichtern. Und ein bißchen Geld, damit wir unsere Stromrechnung bezahlen und das Licht anmachen können …*

Nick wollte den Mund öffnen, um etwas zu sagen, doch dann schloß er ihn wieder. Jedes Wort, das er jetzt gesagt hätte, hätte den Zauber zerstört, der sich über den Raum legte. Das, was er erlebte, war ein Wunder, etwas, das früher zu seinem Alltag gehörte hatte wie die Luft zum Atmen und dann langsam, fast unmerklich aus seinem Leben gewichen war, bis er wie eine leere Hülle zurückblieb: ausgebrannt, ohne Ziel und ohne Sinn und ohne die Fähigkeit, irgend jemandem wirklich etwas Gutes zu tun.

Er beobachtete stumm, wie Rico in die Luft starrte, um sich zu überlegen, was er sich noch wünschen könnte. Als er wieder auf das Blatt Papier sah, las er erst noch einmal durch, was er bereits verfaßt hatte. Nachdem er die ersten Worte gelesen hatte, wirkte er vollkommen erschüttert. Er schüttelte den Kopf und las stockend weiter. Sein Gesichtsausdruck verriet vollkommene Fassungslosigkeit.

»Das gibt es doch gar nicht«, murmelte er fassungslos, und dann schrie er aufgeregt: »Mom … Mom! … *Mom!* Schau mal, was ich gemacht habe!«

»Komm«, flüsterte Nick leise Virginia zu und

drückte das Fenster von außen zu. »Wir haben erreicht, was wir wollten. Jetzt sind wir hier fehl am Platz.«

Virginia nickte. Ihre Wangen leuchteten rot, und ihre Augen funkelten vor Begeisterung. Sie winkte Rico zum Abschied zu, aber der Junge bemerkte sie gar nicht. Er schien ihre und Nicks Anwesenheit komplett vergessen zu haben; zu erschütternd war für ihn das, was er gerade erlebt hatte. Als sich die Tür öffnete und seine Mutter die Küche betrat, wandte er sich ganz vom Fenster weg. Er hielt den Zettel triumphierend in der Hand wie ein Soldat aus dem letzten Jahrhundert, der die Fahne einer gegnerischen Armee erbeutet hatte.

Seine Mutter eilte zu ihm, erschrocken darüber, daß ihr Sohn so laut geschrien hatte. Es war eine kleine Frau mit verhärmten Gesichtszügen, aber fröhlich strahlenden Augen, in denen sich jetzt allerdings Besorgnis widerspiegelte. Als sie ihren Sohn unversehrt auf sich zukommen sah, blieb sie vor ihm stehen und legte den Kopf schief.

»Ich habe Santa Claus geschrieben«, sagte Rico. »Hey, ich hab's sogar richtig gesagt ... Santa Claus!«

»Aye dios mio!« rief seine Mutter und umarmte ihn fest.

13

Virginia hatte erstaunlich schnell verstanden: Als Rico begriff, was mit ihm passiert war, wollte er das Erlebnis mit dem Menschen teilen, der ihm am nächsten stand. Und das war eben nicht Virginia und schon gar nicht Nick, sondern seine Mutter. Doch das stimmte Virginia nicht betrübt, sondern ganz im Gegenteil: Sie strahlte über das ganze Gesicht, als hätte sie das Wunder am eigenen Leibe erlebt und nicht ihr Freund Rico.

»Er ist Klasse, dein magischer Stift!« rief sie erfreut aus. Sie packte Nick an der Hand und zog ihn übermütig in Richtung Auto.

»Es ist kein magischer Stift, Virginia«, korrigierte sie Nick. »Ich habe nie behauptet, daß es einer ist.«

»Aber ...«, stammelte Virginia fassungslos.

»Um die Wahrheit zu sagen«, erklärte Nick, »ich war gar nicht sicher, daß es klappen würde. Doch wir haben der Magie nur den Zugang gewährt – du, Rico und ich. Wir alle wollten es.« Er stockte. Es war solange her, daß er aus tiefstem Herzen gewußt hatte, was in solch magischen Momenten passierte. Und jetzt mußte er voller Erschrecken feststellen, daß er schon vor langer, langer Zeit *verlernt* hatte, was Magie war, daß ihm der kindlich naive Glauben abhanden gekommen war, der nötig ist, um sich voll und ganz dem Wunder zu öffnen. Er war schon lange nicht mehr der wirkliche Weihnachtsmann gewesen, sondern eine Marionette, getrieben vom immer schneller werdenden Pulsschlag einer sich überschlagenden Welt, in der alles Mythische kaputtanalysiert und wegdiskutiert wurde.

»War das Zauberei?« fragte Virginia.

»Zauberei, Magie ...« Er nickte. Es gab wahrscheinlich keine treffenderen Wörter, um zu beschreiben, was gerade geschehen war. Und doch hatte es so wenig mit dem zu tun, was die meisten Menschen unter diesen Begriffen verstanden. »Welchen Namen du auch benutzen magst ...«, Nick breitete die Hände aus. »Es ist überall um uns herum.«

»Ist es das, was dein Auto zum Fliegen brachte?« wollte Virginia wissen.

Diesmal nickte Nick ohne zu zögern. »Zauberei muß keine große Sache sein. Wenn du jemanden hören sagst, daß er dich liebt, gerade in dem Moment, in dem du es nötig hast. Wenn du schon weißt, wer anruft, wenn du das Telefon klingeln hörst ... das ist auch alles Zauberei.«

»Ja«, nickte Virginia. »Das glaube ich auch.«

»Vielleicht würde positive Magie viel öfter in unser Leben eingreifen, wenn wir sie nur zuließen«, überlegte Nick.

»Ja, und das ist viel schöner, als ein Spielzeug zu besitzen«, lächelte Virginia.

Nick erwiderte ihr Lächeln. »Ich denke, du hast recht.« Er legte seinen Arm um Virginia. »Du bist auf dem besten Wege, ein Elf zu werden. Dies war Lektion Nummer vier, die du gerade gelernt hast, und es war ein schöner Auffrischungskurs für mich.«

Sie erreichten den Chevy, in dem die Katzen bereits ungeduldig auf sie warteten. Sie hatten offensichtlich das Geschehen sehr genau beobachtet, denn sie stellten keine Fragen, sondern strahlten genauso wie Nick und Virginia.

»Tolle Sache, ihr Wohltäter«, sagte Monique anerkennend, während Nick und Virginia einstiegen.

»Danke«, sagte Virginia freundlich. Dann wandte sie sich wieder an Nick: »Wenn das Lektion Nummer vier war, was waren dann Nummer eins, zwei und drei?«

Nick überlegte kurz. »An Santa zu glauben, Mitgefühl für andere zu haben und selbstlos zu sein«, antwortete er schließlich. »Dies alles hast oder bist du schon seit langer Zeit.«

Virginia sah an ihn, als sähe sie ihn zum erstenmal. »Jetzt weiß ich, wer du bist«, sagte sie, während sie den Sicherheitsgurt anlegte.

Nick strahlte. Er hatte schon geglaubt, daß sie es nie begreifen würde. Aber das Wunder, das Ricos Leiden ein Ende gesetzt hatte, schien sie nun überzeugt zu haben, daß er doch nicht nur ein ganz normaler Mensch war. Endlich hatte sie begriffen, daß er Saint Nick war!

»Du bist Santas Vertreter!« sagte Virginia, als habe sie ein wichtiges Geheimnis entdeckt.

Nick starrte sie fassungslos an. Das konnte doch nicht sein! So nah an der Wahrheit, und doch so verkehrt. »Ich, ich ...«, stammelte er hilflos. Er warf den Katzenfrauen einen hilfeheischenden Blick zu, aber sie schienen das Ganze eher für einen gelungenen Witz zu halten. Latisha hielt die Hand vor den Mund, aber ihre Augen glitzerten verdächtig, und Tess und Monique feixten ganz offen. Sie schienen überhaupt nicht zu begreifen, worum es ging! Wenn Virginia seine wirkliche Identität nicht anerkannte, würde sie auch nie alle sieben Prüfungen bestehen können!

»Meine Mom ist bei der Werbung, sie hat mir von solchen Leuten erzählt«, fuhr Virginia ernsthaft fort. »Aber jetzt sag nur: Wann werde ich ein Elf sein?«

Nick runzelte die Stirn, und dann blickte er auf seine Uhr. Sie hatten zwar die vierte Prüfung nun glücklich absolviert, aber es blieb kaum noch Zeit, um die restlichen drei Prüfungen auf dem herkömmlichen Weg zu bestehen. »Würdest du uns bitte eine Sekunde entschuldigen?« fragte er Virginia. »Ich muß mal etwas mit meinen Freundinnen besprechen.« Er kletterte unbeholfen über die breite Rückbank nach hinten.

»Ich hör' dann mal ein bißchen Musik«, sagte Virginia fröhlich und schaltete das Autoradio ein. Augenblicklich ertönten die vertrauten Klänge von Jingle Bells, und Nick fragte sich zum wiederholten Mal, wie es Virginia geschafft hatte, sich in dieser Welt ein so sonniges Gemüt zu bewahren.

»Hey, hier ist es schon eng genug«, beschwerte sich Latisha, als er mit einem Fuß ihr Bein streifte. »Kannst du nicht auf deinem Platz bleiben?«

»Kann ich nicht«, antwortete Nick mürrisch. Der Zauber des Augenblicks war verflogen, und die gnadenlose Hetze hatte ihn wieder eingeholt. Er quetschte sich zwischen die Katzenfrauen, die widerwillig zur Seite rückten. Hier hinten war es wirklich eng, und auch wenn die Katzenfrauen mehr als schlank waren, zu viert war es nicht besonders gemütlich. Aber das war jetzt egal. Es ging schließlich um die wesentlichen Dinge.

»Wie wär's mit 'nem kurzen Ausflug zurück zum Nordpol?« fragte Nick leise

»Was hast du getrunken?« Latisha schüttelte den Kopf. »Du hast nicht erfüllt, was Merlin dir aufgetragen hat.«

»Ich habe nicht getrunken, sondern nachgedacht«, sagte Nick ärgerlich und fast eine Spur zu laut. »Virginia hat Angst vor Wölfen. Und das Wolfsjunge Alcott braucht Hilfe.«

Latisha kratzte sich am Kinn, und Monique und Tess sahen sich fragend an. So ganz abwegig schien ihnen sein Vorschlag nicht zu sein. »Zwei Lektionen zum Preis von einer«, sagte Tess schließlich. »Nicht schlecht.«

»Wir sollten uns besser beeilen«, meinte Latisha. »Dieses Kind hat nur eine Kleinigkeit von vierundzwanzig Stunden Zeit, um ein Elf zu werden, oder es wird kein Weihnachten geben. Und Lektion Nummer sieben ist die schwierigste.«

»Also gut«, sagte Nick. »Versuchen wir es. Wir haben sowieso kaum eine andere Chance.«

Er kletterte wieder nach vorne und nahm hinter dem Steuer Platz. Virginia drehte sofort das Radio leiser. »Und was nun?« fragte sie erwartungsvoll. Die Anspannung in ihrer Stimme war unüberhörbar.

»Virginia ...«, begann Nick vorsichtig. »Ich hoffe, du nimmst es uns nicht übel, wenn wir mal kurz einen Abstecher machen ... zum Nordpol.«

Virginia runzelte die Stirn und starrte ihn mit offenem Munde sprachlos an. »Zum Nordpol?« fragte sie nach ein paar Sekunden ungläubig. »Geht denn das so schnell?«

»Mit unserem speziellen Chevy schon«, antwortete Nick hastig. »Allerdings funktioniert es nur, wenn du es auch wirklich *willst.* Falls du irgendwelche Zweifel hast, können wir dich auch auf direktem Weg wieder nach Hause bringen.«

Virginia überlegte kurz. »Aber nein«, sagte sie schließlich. »Was soll ich bei Onkel Mallory? Ich wollte schon immer mal zum Nordpol.« Sie lächelte. »Und wenn deine Magie wieder so gut funktioniert wie bei Rico mit dem Stift, sind wir ja wahrscheinlich auch im Handumdrehen dort.«

»Ich werde mich bemühen«, sagte Nick. Bevor er einen weiteren bewußten Gedanken fassen konnte, begann sich der Chevy bereits in Bewegung zu setzen. Er steuerte auf die Straße zu, bereits eine Handbreit über dem Boden, und dann hob er langsam ab. Sie gewannen schnell an Höhe, und die Luft strich angenehm kühl ins Wageninnere. Virginia hielt sich trotz ihres Sicherheitsgurts an ihrem Sitz fest.

»Puh«, machte sie. »Das ging aber schnell.«

»Ja, und ich glaube, wir sollten die Heizung anmachen«, sagte Latisha vom Rücksitz aus. »Denn dort, wo wir hinfliegen, gibt es einen wirklichen Winter. Um genau zu sein: Es gibt dort nichts weiter als Eis, Schnee und eiskalte Luft ...«

»... und den Weihnachtsmann«, führte Virginia ihren Satz zu Ende. »Ich bin schon sehr gespannt darauf, ihn kennenzulernen.«

Sie starrte hinab auf die spärlicher werdenden Lichter der Stadt, die das Halbdunkel wie ein gemütlicher Weihnachtsschmuck aufhellten. Dort unten wohnten überall Menschen, damit beschäftigt, die letzten Vorbereitungen vor Weihnachten zu treffen, Geschenke einzupacken, in letzter Sekunde Grußkarten zu schreiben und Plätzchen zu backen. So viele Menschen, die sich alle auf Weihnachten freuten – zumindest diejenigen, die im Kreis ihrer Familie ein beschauliches Fest feiern wollten. Aber wahrscheinlich gab es auch andere, einsame, verbitterte Menschen und Menschen, die Weihnachten gegenüber nichts empfanden, weil sie abgestumpft und innerlich tot waren.

Die Lichter verschwanden schließlich, und der Chevy ging in eine langgestreckte Kurve. Er nahm immer mehr an Geschwindigkeit zu, und die Landschaft unter ihnen veränderte sich ständig. Kahler Felsen, gelber Wüstensand, der im hellen Mondlicht wie von einem gigantischen Scheinwerfer angestrahlt wurde, wechselten sich in schneller Folge ab, und dann wurde die Landschaft zunehmend grüner. Virginia erkannte sorgfältig angelegte Äcker und Baumgruppen, die sich schließlich zu einem wild wuchernden Wald verdichteten. Ein Raubvogel schoß an ihnen vorbei, und sie zog unwillkürlich den Kopf ein. Der Vogel war fast so groß wie sie, aber mit einem gefährlichen Schnabel und scharfen Klauen bewaffnet. Einen verrückten Moment lang hatte sie das Gefühl, der Vogel würde Nick zunicken, doch dann war er schon in der Unendlichkeit der Nacht verschwunden.

»Eran, der Adler«, erklärte Tess von hinten. »Wenn er uns so freundlich begrüßt, scheinen wir auf dem richtigen Weg zu sein.«

Virginia verstand den Sinn ihrer Worte nicht, aber als sie hinabstarrte, erkannte sie eine Gruppe Wildpferde, die am Rand des Waldes im Mondlicht grasten und aufgeregt die Köpfe hochwarfen, als sie den Chevy über sich entdeckten. Es schien fast so, als ob Nick eine ganz besondere Beziehung zu Tieren hatte und sie ihn als einen Sendboten des Weihnachtsmanns erkannten. Dann zog der Wagen hoch, und der Wald unter ihnen verschwamm zu einem undeutlichen grünen Flecken, aufgesogen von der Finsterkeit der Nacht. Der Chevy durchstieß eine Wolkenschicht, und feuchte Undurchsichtigkeit hüllte sie ein, bis sie die Wolken durchstoßen hatten und sich über ihnen ein strahlendheller Sternenhimmel öffnete mit einem Vollmond, der ihnen wie ein Flutlichtstrahler den Weg wies.

Virginia erschauerte angesichts der Unendlichkeit, die hier oben so greifbar vor ihnen lag. Die Sterne strahlten hell, warm und vertraut, und sie erinnerte sich wieder an die unzähligen Abende, die sie am Fenster gestanden hatte, im stummen Zwiegespräch mit den Sternen versunken. Sie fühlte sich so beschützt und geborgen wie nie zuvor, und nie wäre es ihr in den Sinn gekommen, in diesem unglaublichen Moment, in dem sie mit einem offenen Wagen über die Wolken zum Nordpol jagte, so etwas wie Angst zu empfinden.

Dann stieß der Chevy wieder hinab, Wolken hüllten sie ein wie ein feuchter Nebelschwaden und blieben erst zurück, als sie dicht über der Oberfläche wieder in einen waagerechten Flug übergingen. Der Boden unter ihnen hatte sich verändert, er war strahlendweiß, und als die Wolkendecke wenig später aufriß, reflektierte er das helle Mondlicht in seinen unzähligen kleinen Kristallen, so daß es aussah, als ob sie über einen gigantischen und unendlich wertvollen Kristall dahinsausten. Es war ein so überwältigender Anblick, daß Virginia ihn ihr Lebtag lang nicht vergessen würde.

Dann entdeckte sie in der Ferne ein durchsichtiges, rundes Gebilde, das aus der Ferne zuerst aussah, als habe jemand eine durchsichtige große Kugel im ewigen Eis verloren, die jetzt nur noch zur Hälfte hinausragte und bald ganz in Schnee und Eis untergehen würde. Als sie näher kamen, entdeckte sie ihren Irrtum. Es war keine Glaskugel, die dort im Eis lag, sondern es handelte sich um eine Kuppel, gigantisch und groß genug, um eine kleine Stadt zu beherbergen, mit bizarr geformten Gebäuden, großen Lagerhallen, die sie auf fatale Weise an Onkel Mallorys Lager erinnerten, und freundlichen Holzgebäuden, wie sie sie in ähnlicher Form vielleicht in Norwegen oder Finnland erwartet hätte.

Das also war es. Das war der geheime Schlupfwinkel des Weihnachtsmanns, von dem sie jahrelang geträumt hatte. Sie kamen schnell näher, und sie erkannte immer mehr Details. Alles schien ihr seltsam vertraut und war doch so anders, als sie es sich vorgestellt hatte. Trotz der verspielt wirkenden farbenprächtigen Gebäudeteile, die scheinbar sinnlos in den Komplex mit eingestreut waren, sah das ganze merkwürdig nüchtern aus. Es ähnelte eher einer futuristischen Fabrik als Disneyland und sah schon gar nicht so aus, wie sie sich das Weihnachtsland immer vorgestellt hatte. Und doch lag über dem ganzen eine fast greifbare Atmosphäre des Friedens, und die kalte, klare Luft schmeckte würzig und rein, so, wie sie noch nie Luft wahrgenommen hatte.

»Hier hat sich eine Menge verändert«, stellte Nick fest. Der Chevy setzte sanft auf dem Eis auf und rollte ungebremst auf das große Tor zu, das sich nur dem öffnete, der ein reines Herz hatte. Einen verrückten Augenblick lang fürchtete Nick, das Tor würde sich vor ihnen schließen, vor dem Mann, der von hier aus viele Jahrhunderte lang als wahrer Weihnachtsmann gewirkt hatte, bis das Gift des Fortschritts ihn vergiftet hatte und er hier nicht mehr geduldet werden konnte. Zuerst hatte er Merlins schroffe Reaktion ihm gegenüber nicht verstehen können, und jetzt wunderte er sich, daß er ihn so lang hatte gewähren lassen.

»Nachdem die alte Dreckschleuder von Fabrik stillgelegt wurde, ist es hier viel angenehmer geworden«, bestätigte Latisha.

Insgeheim gab ihr Nick recht, aber er behielt seine Gedanken für sich. Statt dessen starrte er wie hypnotisiert auf die mächtigen Flügeltüren des Tors, in der Erwartung, daß sie jeden Augenblick zuschlagen würden. Aber nichts dergleichen geschah. Der Chevy rollte durch das Tor, ein Fahrzeug, wie es hier eigentlich nicht hingehörte und wie es doch jetzt hier hinpaßte und sich harmonisch in die Stimmung einpaßte, die über diesem geheimen Teil des Nordpols lag. Er rollte vorbei an Gabelstaplern, Treckern und Spielzeugkisten – alles stand genau so da wie an dem denkwürdigen Tag, als die Elfen die Arbeit niedergelegt hatten. Wenn Nick keinen Erfolg hatte und Weihnachten wirklich abgeschafft würde, dann würden sie wohl bis in alle Ewigkeit hier stehen, bis sie verrosteten und auseinanderfielen und schließlich im ewigen Eis versanken. Dabei war sich Nick bewußt, daß es nie wieder so werden würde, wie es einmal gewesen war. Wenn man ihn wieder als Weihnachtsmann einsetzte, würde er eigenhändig den großen Hauptschalter der Fabrik auf Stillstand stellen und dafür sorgen, daß jeglicher technischer Klimbim hier ganz schnell wieder verschwand. Statt der futuristischen Kuppel würde er eine gemütliche Holzstadt schaffen, mit warmen und freundlichen Farben und einer einladenden Atmosphäre, und dann würde er zusammen mit all seinen Freunden beratschlagen, wie sie Weihnachten künftig gestalten könnten.

Dann ließen sie den Gerätehof hinter sich, diesen Friedhof toter Materie, der durch Benzin oder Strom angetrieben so beeindruckend sein konnte, daß sogar Nick jahrzehntelang auf seinen harten, metallischen Takt hereingefallen war. Der Chevy fuhr wie von selbst, und Nick hatte das Gefühl, er bräuchte gar nicht zu lenken sondern nur zuzulassen, und alles andere geschähe ganz von alleine. Es war sicherlich kein Auto im eigentlichen Sinne, sondern eine magische Manifestation eines Lebensgefühls – vor ein paar hundert Jahren wäre es eine Pferdekutsche gewesen, irgendwann im nächsten Jahrtausend würde es vielleicht ein Raumgleiter oder etwas gänzlich anderes sein, vielleicht so etwas wie die magischen Skateboards, die die Katzenfrauen hin und wieder benutzten, oder aber auch etwas Materieloses, etwas, das losgelöst von Raum und Zeit funktionierte.

So ähnlich wie er selbst. So nah und doch weit entfernt von dem, was ihm vor nunmehr tausend Jahren geschehen war und ihn auf immer hatte zum Weihnachtsmann werden lassen. Oder doch für zumindest einen so langen Zeitraum, daß es einem Sterblichen wie die Ewigkeit vorkam. Aber was waren gut tausend Jahre im Vergleich zu den vielen Milliarden Jahren, die das Universum bereits existierte, zu dem gigantischen Wechsel der Lebenszyklen ganzer Rassen, zur Geburt eines neuen Sterns, seines strahlenden Lebens und seiner verblassenden Existenz als schwarzer Riese?

Im Vergleich dazu waren gut tausend Jahre nicht mehr als der Flügelschlag eines Schmetterlings. Und nur, weil er Dutzende menschlicher Generationen an sich hatte vorbeiziehen sehen, war er doch nicht wesentlich anders als sie. Er war anfällig für Verführung und Verblendung, er war in der Lage, Fehlentscheidungen zu treffen, die ihn und das Weihnachtsfest an den Rand des Abgrunds führten. Was aber bedeutete Weihnachten? In der Realität bedeutete es Hektik, rührselige Sentimentalität, Familienstreit und Zerwürfnis. Und das hatte er unterstützt? Dem hatte er nicht Einhalt geboten, sondern Öl aufs Feuer gegossen und sich nicht davor bewahrt, eine Fabrik errichten zu lassen, die Monster-Killer produzierte? Wozu? Damit jemand wie Mallory noch reicher wurde und damit er dazu beitrug, daß noch ein bißchen mehr Gewalt in die Welt einkehrte und die friedliche Grundidee von Weihnachten ad absurdum führte?

Der Chevy kam zum Stillstand; möglich, daß er selber gebremst hatte, möglich aber auch, daß er sowieso gehalten hätte, von einer anderen Macht bestimmt, der Merlin zwar nahestand, die aber auch er nicht beherrschte.

»Sieht ja aus wie eine Totenstadt«, meinte Virginia. Sie versuchte offensichtlich, fröhlich zu klingen, doch statt dessen hallte in ihrer Stimme die ganze Verunsicherung wider, die sie angesichts der sich überstürzenden Ereignisse empfinden mußte.

»Oh, äähm …«, machte Nick. »Im Moment haben alle Pause.«

»So kurz vor Weihnachten?« fragte Virginia erstaunt. »Ich hatte gedacht, daß hier dann alles kopfsteht!«

Würde es normalerweise auch, dachte Nick, aber er hütete sich, den Gedanken auszusprechen. Er drehte sich zu den Katzenfrauen um, irritiert darüber, daß sie die ganze Zeit so still gewesen waren. Aber dann erkannte er den Grund: Sie waren dabei, ihre magischen Skateboards anzulegen, diese ganz besonderen Fluggeräte, die, getrieben von ihrer Vorstellungskraft, dazu einluden, durch die Nacht zu sausen.

»Was habt ihr denn vor?« fragte er, und eine steile Falte erschien auf seiner Stirn.

»Wir gehen uns ein bißchen erfrischen«, sagte Tess, und Monique fügte hinzu: »Bis später dann, Virginia.«

Latisha hatte sich schon erhoben, ruderte zwei-, dreimal mit den Armen und stieß sich dann ab. Mit einem Satz war sie aus dem Auto, schoß ein paar Meter mit schlingernden Bewegungen davon und fing sich dann wieder. Als sie den Chevy überholte, stieß Virginia einen überraschten Laut aus.

»Was ist das, Nick!?« fragte sie entsetzt.

»Die Damen sind mobil«, knurrte Nick. »Sie sind nicht auf einen alten Wagen angewiesen, um durch die Luft zu sausen.«

Dann jagten auch schon Tess und Monique an ihnen vorbei. Sie juchzten vor Freude, aber es lag wohl nicht nur daran, daß sie die Freiheit ihrer Skateboards auskosteten, sondern auch daran, daß sie nun wieder zu Hause waren. Monique steuerte übermütig auf eine massive Wand hochgestapelter Paletten mit Monster-Killer-Boxen zu, drehte kurz vorher ab, breitete die Hände aus und ging dann im Flug in die Hocke.

Wieder stieß Virginia einen Schrei aus. Wie auch Nick fürchtete sie, daß die Katzenfrau in ihrem Übermut die Kontrolle über sich verlor. Doch es war nur ein gewagtes Kunstflugmanöver: Monique riß den Kopf nach hinten und leitete durch die abrupte Bewegung eine Rolle rückwärts ein. Einen unglaublich langen Augenblick stand sie auf dem Kopf, dann war sie wieder in der Waagerechten und schoß haarscharf an den Paletten vorbei nach oben und verschwand in einer scharfen Kurve aus ihrem Blickfeld.

»Puh, das war knapp«, seufzte Virginia.

»Ach was«, sagte Nick, während er die beiden anderen Katzenfrauen beobachtete, die mit nicht ganz so gewagten Manövern ihrer Freundin folgten. »Sie sind nur froh, wieder zu Hause zu sein und schlagen ein bißchen über die Stränge.« Obwohl dazu nun wirklich noch kein Grund existiert, fügte er in Gedanken hinzu. Denn ob es überhaupt einen Grund zum Feiern geben würde, das stand noch in den Sternen.

»Schau dir all diese Monster-Killer an«, sagte Virginia mit einem Frösteln in der Stimme und deutete auf die schier unglaubliche Menge von Paletten, die ihren Weg zu beiden Seiten säumten. »Ich hätte wirklich nicht erwartet, hier so etwas vorzufinden.«

»Oh ...«, stotterte Nick verlegen. »Das da wird alles zu Öko-Spielzeug recycelt.« Der Chevy war nun zum Stillstand gekommen, und Nick stieg kurzentschlossen aus. »Komm, Virginia«, sagte er, »den Rest gehen wir zu Fuß weiter.«

Virginia folgte ihm ohne zu zögern, aufgeregt

und voller Fragen, die Nick nur knapp beantwortete. Am Ende der Monster-Killer-Allee angelangt, steuerte Nick einen Berg aus Spielsachen an. »Meine Güte«, rief Virginia, »wie vielen Kindern könnte man mit diesen Spielsachen eine große Freude machen.« Ihre Augen funkelten bei diesen Worten, als würde sie die freudigen Kindergesichter vor sich sehen.

»Hm, ja«, antwortete Nick geistesabwesend. Er bückte sich, nahm ein Bündel auf und sagte mehr wie zu sich selbst: »Ja, genau das habe ich gesucht.«

Virginia schaute ihn verwirrt an. »Was hast du denn da gefunden? Ist das nicht ein Kostüm?«

»Ein Piratenkostüm,« bestätigte Nick. »Das ist genau das richtige. Es soll doch ein Überraschungsbesuch für meine Freunde sein und mit der Verkleidung werden sie mich bestimmt nicht erkennen.«

Er warf sich den Umhang um die Schultern, schob die Augenklappe vors linke Auge und zog den Piratenhut tief über die Stirn. Er gab sich die größte Mühe, seinem Gesicht einen verwegenen Ausdruck zu geben. »Na, wie sehe ich aus?«

Virginia kicherte. »Ein wenig albern.«

»Das macht gar nichts,« antwortete Nick gekränkt. »Ich möchte ja nur nicht, daß meine Freunde gleich wissen, daß ich zurück bin.«

Nick wartete keinen weiteren Kommentar Virginias ab, sondern drehte sich auf dem Absatz um und stampfte auf das nächstliegende Gebäude zu. Kurz bevor er es erreichte, blieb er stehen und legte den Kopf schief.

»Hörst du das auch Virginia?« fragte er. »Ich glaube, wir haben meine Freunde gefunden.«

Virginia, die Nick nur mit Mühe hatte folgen können, blieb neben ihm stehen und lauschte nun auch in die Richtung, aus der die Weihnachtsklänge zu ihnen herüberdrangen.

»Das ist eindeutig Weihnachtsmusik«, bestätigte sie.

Ein paar Schritte weiter stießen sie dann auf die Ursache der Musik, auf ein ausgesprochen fröhliches Treiben. Es war ein buntes Wirrwarr voll Heiterkeit und Ausgelassenheit. Männliche und weibliche Elfen drehten ihre Kurven auf der frisch angelegten Eislaufbahn zwischen den Industriegebäuden. Mittendrin stand ein fast mannshoher Schneemann. Es mußte viel Mühe bereitet haben, ihn aufzustellen. Er war liebevoll eingekleidet worden. Ein bunter Schal wedelte um seinen nichtvorhandenen Hals, und oben auf dem Kopf zierte ihn ein schwarzer Zylinderhut. Seine rote Karottennase leuchtete bis zu ihnen.

Virginia schien von dem Treiben fasziniert zu sein. Sie stand mit leicht geöffnetem Mund da, so als könnte sie gar nicht glauben, was sie da sah.

»Na, was meinst du?« fragte Nick. »Sollen wir uns unters Volk mischen?«

Ein leichtes Kopfschütteln zeigte Nick, das Virginia erst einmal wieder in die Realität zurückfinden mußte. »Wenn du meinst?« sagte sie immer noch staunend.

Sie gingen schweigen nebeneinander her. Virginias Kopf bewegte sich von rechts nach links und wieder zurück, so, als wolle sie nichts von dem Geschehenen vergessen. Auf einmal spürte Nick eine sanfte Berührung an seiner Hand. Ganz zaghaft schob Virginia ihre Hand in die seine.

»Du braucht wirklich keine Angst zu haben, es

sind alles meine Freunde, und sie werden dir ganz bestimmt nichts tun«, sagte Nick im Flüsterton, als habe er Angst, ein zu laut ausgesprochenes Wort könnte das Treiben beenden, und jeder würde ihn trotz der Kostümierung erkennen. Um seinen Worten noch ein wenig mehr Bedeutung zu geben, drückte er leicht ihre Hand.

»Ich habe wirklich keine Angst«, beteuerte Virginia. »Es ist nur ...« Sie suchte sichtlich nach Worten, um ihr Gefühl zu beschreiben. »Es ist alles nur so unwirklich für mich«, beendete sie ihren Satz. Dabei sah sie Nick tief in die Augen, so als wolle sie sich aus ihnen die Kraft holen, das bisher Erlebte besser zu verstehen.

Fast in allerletzter Sekunde nahmen sie beide vor sich eine Bewegung wahr. Als sie ihren Blick wieder nach vorne richteten, kam ein Elf mit zwar aushohlenden, aber doch etwas wackeligen Beinen auf sie zugefahren. Er schien unsicher zu sein, ob er es noch schaffen würde, mit genügend Abstand an ihnen vorbeizufahren, oder ob er besser bremsen sollte. Mit einem schelmischen Ausdruck auf dem Gesicht holte er noch ein wenig Schwung und fuhr dann doch an ihnen vorbei.

Nick und Virginia mußten nun genauer darauf achten, wo sie hingingen. Überall waren jetzt Hindernisse. Entweder war es eine ganze Schar von Weihnachtsliedern singenden und lachenden Elfen oder aber auch vereinzelte Schlittschuhfahrer, die noch etwas unbeholfen versuchten, auf den Kufen zu bleiben. Mittendrin im Getümmel standen einige Gruppen Elfen und unterhielten sich angeregt. Die Art, wie sie ihre Hände um die dampfenden Tassen hielten, zeigte Virginia, daß es nicht nur ihrer Aufregung zu verdanken war, daß sie kalte Hände hatte. Ihr wurde mit einem Male bewußt, daß sie jetzt wirklich und wahrhaftig am Nordpol waren.

»Möchtest du auch eine heiße Schokolade?« fragte Nick, dem wohl auch der süßlich duftende Geruch in die Nase gestiegen war.

»Wenn du meinst«, antwortete Virginia, »und wenn es keine Umstände macht?«

Nick drehte sich auf dem Absatz herum und verschwand aus Virginias Blickwinkel, noch bevor sie ihm sagen konnte, daß er sie nicht allein lassen sollte. Und bevor es ihr richtig bewußt wurde, stand er bereits wieder mit zwei Tassen heiß dampfender Schokolade neben ihr.

»Nimmst du mir bitte eine Tasse ab?« fragte Nick mit einem ein wenig verkrampft wirkenden Gesichtsausdruck.

»O ja, danke«, sagte Virginia, glücklich darüber, nun auch einen wohlschmeckenden Wärmespender in den Händen halten zu dürfen.

14

Zur gleichen Zeit glitt Merlin übermütig mit zwei hübschen Mädchen im Arm übers Eis. Sie scherzten miteinander und freuten sich darüber, daß ihre früheren Eislaufkünste nur verschüttet, aber nicht verlorengegangen waren. Plötzlich blieb Merlin stehen und gab den beiden Mädchen noch einen schwunghaften Schubser.

»Fahrt mal ohne mich weiter«, rief er ihnen nach. Ungläubig schaute er in Richtung der Neuankömmlinge. Nick drehte sich gerade zu ihm um und schaute ihm geradewegs in die Augen.

»Nick?!« fragte Merlin ungläubig. »Bist du es wirklich?« Offensichtlich hatte ihn das Piratenkostüm keinen Moment täuschen können.

Nick warf ihm einen flehenden Blick zu. »Ich will nicht, daß jemand erfährt, daß ich zurück bin«, sagte er widerstrebend. »Die Elfen würden sofort eine Party geben wollen.«

»Nick«, sagte Merlin traurig. »Hier findet doch gerade in diesem Moment eine Party statt. Siehst du denn das gar nicht?«

»Oh«, sagte Nick verblüfft und sah sich nochmals um. Dann verstand er, was Merlin meinte. Die Elfen hatten sich hier versammelt, um dort wieder anzuknüpfen, wo sie vor vielen Jahren aus Gründen von Rationalisierung und Produktionssteigerung hatten aufhören müssen: Bei der von innen kommenden Fröhlichkeit, die gar nicht anders konnte, als sich in jeder Handlung zu offenbaren. Sie fand ihren Ausdruck sowohl in leicht von der Hand gehender Arbeit als auch in spontanen Zusammenkünften, die sich schnell zu fröhlichen Festen steigerten, ohne dabei allerdings je die Grenze zum Übermut zu überschreiten. Nick konnte sich kaum noch daran erinnern, wann er das letzte Mal ein solches Fest gesehen hatte mit gelösten Gesichtern, lachenden Männern und Frauen, grotesk verkleideten Elfen mit ihrer Lust zur kunstvollen Verkleidung und in Brett- oder Kartenspiel vertiefte Gruppen, die ihrem Spieltrieb freien Lauf ließen. Es war eine bunt gemischte Gruppe, in der jeder tat, was er wollte und doch mit seiner Handlung zur Gemeinschaft beitrug.

»Es sieht alles ... so friedlich aus«, sagte Nick, und die Verwunderung in seiner Stimme war unüberhörbar. »Als ich gegangen bin, war das hier noch ein Parkplatz.«

»Und bevor es ein Parkplatz war, war es eine Eislaufbahn«, erklärte Merlin. »So soll es nun auch wieder sein.«

Nick zuckte mit den Achseln. »Von mir aus. Ich denke, daß wir sowieso einiges ändern müssen.« Er suchte nach den richtigen Worten, aber in Merlins Augen erkannte er, daß ihn der weise Elf auch so verstand.

»Es wird alles so kommen, wie es kommen muß«, antwortete Merlin rätselhaft. »Aber ich kann nicht gerade sagen, daß ich mich freue, dich zu sehen. Jedenfalls nicht im Moment.«

Nick biß sich auf die Lippen. »Das verstehe ich ja«, sagte er. »Aber vielleicht weißt du ja auch noch nicht alles.« Er legte die Hand auf Virginias Schulter und schob sie ein Stück vorwärts. »Das hier ist Virginia. Sie ist der Grund, warum wir schon jetzt gekommen sind.«

Merlin lächelte Virginia freundlich an. »Es freut mich, dich persönlich kennenzulernen.« Er wandte sich wieder Nick zu und fragte kurz: »Und?«

»Und was?« fragte Nick irritiert zurück.

»Warum bist du nun wirklich vor der Zeit gekommen?«

»Weil, weil ...« Wären die Katzenfrauen dagewesen, hätte er ihnen einen hilfesuchenden Blick zugeworfen. Und sie hätten ihm aufmunternd zugenickt und damit Mut gemacht, seinen einmal eingeschlagenen Weg nicht aufzugeben. Aber so mußte er ganz allein damit fertig werden, und das paßte ihm gar nicht. »Virginia hat die vierte Prüfung bestanden«, fuhr er schließlich in fast trotzigem Tonfall fort.

Merlin sah ihn einen Herzschlag lang traurig an, als hätte er eine intelligentere oder auch nur tiefergehende Erklärung erwartet. Doch dann wandte er sich wieder mit einem freundlichen Lächeln an Virginia. »So, du hast also Prüfung Nummer vier bestanden und Rico damit sehr geholfen. Sehr gut.«

»Woher weißt du von Rico?« fragte Virginia überrascht.

Merlin holte aus seinem Gewand eine Kristallkugel hervor, die der bis aufs Haar glich, die Nick benutzt hatte, um mit Kobo und Carla in Kontakt zu treten. »Ich habe von Zeit zu Zeit mal einen Blick riskiert. Wirklich gut gemacht, Virginia, und das ohne jeden Hintergedanken auf eine Belohnung.«

»Was für eine Belohnung?« fragte Virginia verblüfft.

»Nun, jede Tat zieht irgend etwas nach sich«, erklärte Merlin freundlich. »Etwas Gutes oder etwas Schlechtes. Vielleicht auch nur etwas Belangloses.«

»Ich verstehe nicht …«, sagte Virginia unsicher.

»Oh, es ist im Grunde genommen ganz einfach. Nimm diesen Mann hier …« Er deutete auf Nick. »Dieser Mann war einst voll Liebe, gab mit beiden Händen und erhielt mit beiden Händen. Doch dann wurde sein Herz zu Stein, und er kann sich glücklich schätzen, daß er nicht gesteinigt wurde. Obwohl«, fuhr er traurig fort, »in gewisser Weise wurde er es sogar.«

»Er … er wurde bestraft?« fragte Virginia.

»Nein.« Merlin schüttelte entschieden den Kopf. »Er wurde nicht bestraft. Vielleicht bestraft er sich selber. Aber das ist nicht der Punkt. Es passierte ganz einfach das, was passieren mußte.«

»Das ist … traurig«, meinte Virginia.

»Ja, das ist es«, sagte Merlin ernsthaft. »Aber auch ein versteinertes Herz kann sich wieder öffnen. Und dann, wenn es wirklich und echt ist, wird es auch belohnt. Genauso, wie auch du belohnt werden wirst, Virginia.«

»Und meine Belohnung ist, daß ich wirklich und wahrhaftig den Weihnachtsmann kennenlernen werde?« fragte Virginia.

»Nein«, antwortete Merlin. »Denn der Weihnachtsmann hat schon immer in deinem Herzen gewohnt. Er könnte dir auch jetzt nicht näher sein.« Merlin streifte sich den Beutel von der Schulter, der die ganze Zeit über unauffällig neben seinem Arm gebaumelt hatte. »Etwas, was mit dieser Belohnung zu tun haben könnte, habe ich hier in diesem Beutel«, fuhr er fort und kramte in dem Beutel.

»Was ist es?« fragte Virginia aufgeregt.

»Nur mit der Ruhe«, lächelte Merlin. »Aber ich will es dir gerne sagen: Wenn du zum Elfen geworden bist … bekommst du dein eigenes Paar Elfenstiefel.« Er brachte ein Paar mit Glöckchen verzierter Stiefel zum Vorschein, aufwendig gearbeitet und doch schlicht und so fernab von jedem modischen Schnickschnack, daß sie wie ein Relikt aus der Ewigkeit wirkten, aus einer Zeit, die noch keine Hetze, sondern Verbundenheit mit der Natur gekannt hatte.

»Whow«, machte Virginia. »Ich habe noch nie Elfenstiefel gesehen. Ich wäre sehr glücklich, wenn ich solch ein Paar hätte.«

»Um wieder auf den Boden der Tatsachen zurückzukommen«, sagte Nick, wobei er sich darüber ärgerte, wie schroff seine Stimme klang, »da sind zunächst noch drei weitere Aufgaben, die du zu meistern hast, Virginia.«

»Allerdings«, sagte Merlin ernsthaft, und ein fast unmerklicher Schatten legte sich über sein freundliches Gesicht. »Und es dürfte nicht gerade einfach sein, in der noch verbleibenden Zeit diese Aufgaben zu lösen. Du hast dir leider etwas viel Zeit gelassen, Nick.«

»Immerhin ist die vierte Aufgabe schon gelöst«, sagte Nick mürrisch. Es ärgerte ihn, daß Merlin den Besserwisser spielte. Er wußte mittlerweile selber sehr genau, daß er in den letzten Jahren auf den falschen Weg geraten war, aber deswegen brauchte Merlin ihm das nicht auch noch in Virginias Beisein groß unter die Nase zu reiben. »Ich dachte mir, Virginia ist das, was der Doktor verordnet hat, um Roccos Sohn zu helfen«, sagte er schließlich in einem etwas versöhnlicheren Ton.

»Keine schlechte Idee«, sagte Merlin. »Der Wolfswelpe könnte etwas Hilfe gut gebrauchen. Sonst müßte er mit nur drei Pfoten weiter durchs Leben humpeln.«

»Ein Wolf?« fragte Virginia erschrocken. »Ich ... ich habe Angst vor Wölfen.«

»Du brauchst keine Angst zu haben, Virginia«, versuchte sie Nick zu beruhigen. »Alcott ist ein ausgesprochen liebenswürdiger Wolfsjunge. Er würde dir nie etwas tun.«

»Aber leben Wölfe nicht immer in Rudeln zusammen?« jammerte Virginia. »Wenn Alcott so harmlos ist, ist es das übrige Rudel dann auch?«

»Das ist allerdings ein trefflicher Einwand«, mischte sich Merlin ein. »Wölfe haben nun einmal ihr spezifisches Temperament, Nick, und daran wirst auch du nichts ändern können.«

»Danke, daß du Virginia so viel Mut machst«, sagte Nick ärgerlich. »Als ob nicht schon alles schwer genug wäre. Und schließlich ist Alcott wirklich hilfsbedürftig ...«

»Dem Wolfsjungen fehlt eine Pfote?« fragte Virginia betroffen.

»Richtig«, bestätigte Nick. »Und ich möchte wetten, daß du ihm helfen könntest. Was denkst du?«

»Ich weiß nicht«, sagte Virginia kläglich. »Wenn er wirklich Hilfe braucht ... schließlich sind doch Wolfskinder auch nur ganz normale Kinder, oder?«

»Allerdings«, bestätigte Nick. »Aber du solltest nur nach dem entscheiden, was du selbst empfindest, Virginia. Es ist alleine deine Entscheidung.«

Virginia nickte langsam. »Es muß schrecklich für einen Wolf sein, wenn ihm eine Pfote fehlt«, sagte sie. »Ich glaube, ich sollte es zumindest versuchen.«

Nick stieß hörbar die Luft aus. »Gut. Sehr gut.« Er lächelte leicht. »In diesem Fall ... wirst du auf einem Rentier reiten dürfen.«

Das Rentier war nicht einfach nur irgendein Rentier, es war etwas ganz Besonderes. Sein Name war Blitzen, und seine Beziehung zu Nick reichte weit in die Zeit zurück, in der Nick noch voller Fug und Recht der Weihnachtsmann gewesen war. Er war Nick mindestens so vertraut wie die Katzenfrauen, und doch war er ihm in all den Jahren auch ein Stück fremd geblieben; vielleicht lag das daran, daß Blitzen sein eigenes Leben führte und nie auf die Idee gekommen wäre, ein Mensch werden zu wollen. Das ganze Streben der Katzenfrauen richtete sich dagegen darauf, möglichst schnell und vollständig Menschen zu werden. Blitzen war da ganz anders. Er war das, was er war, und er wollte auch nichts anderes sein. Nick beneidete ihn dafür. Sicherlich, früher war er auch so gewesen, in sich ruhend und ohne sein Tun in Frage zu stellen. Aber jetzt war alles ganz anders.

Es wehte ein beißend kalter Wind, und trotz der festen Winterkleidung, die sie jetzt trug, war Virginia elend kalt. Nachdem sie die schützende Kuppel verlassen hatten, waren sie den Temperaturen weit unter dem Gefrierpunkt und dem Wind vollkommen schutzlos ausgesetzt. Aber das war es nicht allein. Schließlich hatte sie auch im offenen Chevy nicht so gefroren. Es schien vielmehr, als ob ihre Vorstellung hier mehr als in der übrigen Welt das Temperaturempfinden beeinträchtigte.

Nick hatte sie auf Blitzen gehoben, und jetzt saß

sie hier oben, auf diesem sicheren, starken Rentier, das neben Nick, Merlin, Carla und Kobo gemütlich ausschritt, bis zu dem Punkt, an dem sie Nick würde zurücklassen müssen. Zum wiederholten Male fragte sie sich, warum sie sich eigentlich auf dieses Abenteuer einließ. Aber die Ereignisse ließen ihr keine Zeit zum Nachdenken. Alles ging so schnell, als würde ihr Onkel Mallory Regie führen, für den Zeit nichts weiter als Geld war.

»Kobo, Carla und Blitzen werden dir alles Nötige erklären«, sagte Nick. »Du kannst ihnen vertrauen.«

Virginia versuchte zu lächeln, aber es wurde nur eine Grimasse daraus. »Ach, Nick«, sagte sie. »Warum kannst du nicht mitkommen?«

»Das geht leider nicht«, antwortete Nick bedauernd. »Tiere dürfen dir helfen, Menschen leider nicht.«

»Keine Angst, Virginia«, sagte Blitzen mit seiner ruhigen, sonoren Stimme. »Die Dinge sind selten so schlimm, wie sie auf den ersten Blick scheinen.«

»Gib ihnen den Wall, Kobo«, sagte Merlin. »Nur mit Hilfe des Walls werdet ihr in der Lage sein, euch in die Lüfte zu erheben und schnell genug bei den Wölfen zu sein.«

Blitzen hielt, und Kobo reichte der zitternden Virginia den Wall nach oben. Sie nahm ihn in die Hände, und trotz der dicken Handschuhe, die ihr Merlin geliehen hatte, glaubte sie, die Ausstrahlung des magischen Walls auf ihrer Haut zu spüren. Es war ein merkwürdiges Kribbeln, ähnlich einem schwachen Strom, der über die Haut gleitet, aber da war auch noch etwas anderes. Es war ein Gefühl, als ob sich etwas strömend in ihrem Körper ausbreitete, etwas Warmes und Behagliches, das die Kälte, die sie zuvor ergriffen hatte, wegdrückte. Eine Welle der Zuversicht und Hoffnung breitete sich in ihr aus, und ihre Angst und Befürchtungen erschienen ihr mit einem Mal nicht mehr so gewichtig. Sie waren zwar immer noch da, aber sie hatten nicht mehr diese erdrückende Macht über sie, die ihr die Luft zum Atmen zu nehmen drohte. Statt dessen war sie sich nun vollkommen sicher, die richtige Entscheidung getroffen zu haben, wie auch immer ihr Besuch bei den Wölfen ausgehen mochte.

»Ich glaube, ich bin bereit«, sagte Virginia mit fester Stimme.

»Auf, Blitzen!« sagte Nick mit einer Autorität und einer Kraft, wie sie nur jemand aufbringen konnte, der über viele Jahre in eine Rolle hineingewachsen war.

Im selben Moment spannte das mächtige Rentier die Muskeln seiner Hinterbeine und stieß sich mit einem Satz ab. Virginia unterdrückte nur mit Mühe einen Aufschrei: Blitzen sprang nicht etwa nach vorne, sondern nach oben! Er holte immer wieder mit seinen Beinen Schwung, so, als würde er schnell laufen wollen, und im gleichen Rhythmus stiegen sie schnell höher. Instinktiv klammerte sich Virginia fester ans Geschirr, aber es war eigentlich unnötig, denn das außergewöhnliche Rentier stieg mit gleichförmigen Bewegungen nach oben, sanft und kraftvoll zugleich und ohne seine Reiterin im geringsten zu gefährden.

Als sie die ersten Wolken erreichten, verschwamm die Eiswüste unter ihr mit den Wolken zu einer undefinierbaren, allumfassenden Schicht, die sie beschützend einzuhüllen schien. Im gleichen Maße, wie sie an Höhe gewannen, verlor Virginia ihre Unsicherheit. »Wenn meine Freunde mich jetzt sehen könnten!« rief sie begeistert. »Sie würden Augen machen!«

»Das glaube ich auch«, sagte eine vertraute Stimme neben ihr.

Virginia drehte erschrocken den Kopf. Es war Carla, die neben ihr flog, als sei es die normalste Sache der Welt für einen Pinguin, seinen gefiederten Verwandten aus der großen Gattung der Vögel nachzueifern. Weit grotesker wirkte allerdings Kobo, der neben Carla durch die Wolken glitt und seinen Flug offensichtlich zu genießen schien. Einen fliegenden Eisbären: Das hatte sich Virginia bislang nicht vorstellen können.

Sie ahnte nicht, daß Merlin und Nick jede ihrer Bewegungen genau verfolgten. Merlin hielt seine Kristallkugel in der Hand, und beide spähten angestrengt hinein, als könnten sie Virginia dadurch Kraft geben, ihre Aufgabe zu erfüllen. In der Kristallkugel konnten sie jede Bewegung Virginias mitverfolgen, auch das fröhliche Lächeln, das sich jetzt auf ihrem Gesicht ausbreitete, als sie ein paar Worte mit Carla wechselte. Es sah alles so leicht aus, so mühelos, aber das, was vor Virginia lag, würde sie bis zum Äußersten fordern, und wenn sie die Prüfung überhaupt bestand, dann wohl kaum noch rechtzeitig innerhalb der Frist, die Merlin Nick gesetzt hatte.

»Sie wird einen wunderbaren Elfen abgeben, Merlin«, sagte Nick. »Aber ich weiß nicht, ob es noch vor Weihnachten soweit sein wird.« Er hatte einen dicken Kloß im Hals und öffnete ein paarmal den Mund.

»Ich denke, ich weiß, was du sagen willst«, meinte Merlin.

»Nein, das weißt du nicht«, beharrte Nick. Er konnte sich nicht daran erinnern, sich schon jemals so elend gefühlt zu haben. So nah am Ziel und doch keine realistische Chance, daß er es erreichte. Jetzt gab es nur noch eine Möglichkeit, das Fest zu retten. »Ich habe versagt«, sagte er leise. »Ich trete als Santa zurück. Vielleicht kannst du meinen Platz einnehmen oder einer von den anderen Elfen. Aber es ist nicht fair, wenn all die Kinder auf Weihnachten verzichten müssen, nur weil ich ... so verkorkst war.«

»Nick, es gibt keinen anderen Santa Claus«, sagte Merlin.

Nick schüttelte den Kopf. »Das ist doch so nicht richtig«, sagte er in fast flehendem Tonfall. »Viele der Elfen hier könnten ...«

»Sie könnten nicht«, unterbrach ihn Merlin. »Und was fast noch wichtiger ist: Sie wollen auch gar nicht. Nenn mir nur eine Person, einen Elfen oder ein Tier hier am Nordpol, das nicht wegen dir hier ist. Das kannst du nicht. Wie viele von uns hast du vor dem Tod bewahrt? Wie viele gebrochene Herzen hast du geheilt, und wie viele verwundete Seelen? Wie viele Familien hast du wiedervereinigt ...?« Er breitete die Arme in einer umfassenden und doch hilflosen Geste: »Dabei hattest du selbst nicht einmal eine eigene Familie!«

»Aber ich habe alles in den Wind geblasen«, widersprach Nick. »Ich dachte, ich würde alles richtig machen ... mit der Zeit gehen. Den Leuten geben, was sie wollen. Vielleicht ist das das Problem. Ich gab ihnen, was sie wollten, nicht das, was sie brauchten.«

»Mag sein«, sagte Merlin. »Aber das ist jetzt nicht mehr entscheidend. Jeder hier ist dein

Freund, Nick. Und manchmal verlaufen sich auch Freunde. Wir alle sind wegen dir hier. Und wir alle drücken dir die Daumen ... aber wir können nicht für dich Santa sein. Das steht allein dir zu.«

»Aber ich kann nicht einmal ein so gutes Kind wie Virginia davon überzeugen, daß ich Santa bin«, sagte Nick verzweifelt. »Welchen Zweck soll denn dann das alles haben?«

»Vielleicht siehst du es nur von der falschen Seite«, antwortete Merlin rätselhaft. »Achte besser darauf, was sie tut. Verstehst du nicht, daß du auf einer Seite ... Virginia bist?«

»Ich verstehe nicht...«

»Aber jetzt ist vielleicht auch nicht der richtige Zeitpunkt, um darüber zu reden«, führte Merlin seinen Gedankengang zu Ende. »Sie kommen an.«

In diesem Moment sausten Tess, Monique und Latisha auf ihren magischen Skateboards heran und setzten zu einer gewagten Landung an. »Kommen wir noch rechtzeitig?« fragte Latisha atemlos, kaum daß sie sich von ihrem Skateboard befreit hatte.

»Aber ja«, antwortete Merlin. »Keine Sekunde zu spät. Aber Zeit, daß wir die Plätze tauschen, Latisha. Ich habe noch etwa zu tun. Paßt ihr zusammen mit Nick auf, was mit Virginia geschieht. Und vergeßt nicht: Eure Gedanken werden sie stützen.«

Er packte seine Kristallkugel und verschwand ohne ein weiteres Wort des Abschieds. Nick vermutete, daß er woanders den weiteren Verlauf von Virginias Prüfung überwachen würde. Er beobachtete ungeduldig, wie Tess ihre Kristallkugel hervorholte und vor ihnen im gefrorenen Schnee absetzte, und dann gingen sie alle in die Hocke und starrten schweigend in die Kristallkugel, die zeigte, wie Blitzen durch die Wolken hinab zur Erde glitt, dicht gefolgt von Kobo und Carla. Die gemischte Gruppe hielt auf den Rand eines mit spärlichen Bäumen bewachsenen und eisglitzernden Felsplateaus zu, einer unwirtlichen Gegend, in der Wölfe wohl kaum genug zum Leben finden würden. Doch wenn Blitzen der Meinung war, daß sie hier irgendwo steckten, dann würde es auch so sein; Blitzen irrte sich in diesen Dingen nie.

Das mächtige Rentier ging neben einer Kiefer nieder, deren Stamm geborsten war und die aussah wie ein verendetes Ungeheuer, das ein Laserstrahl niedergestreckt hatte. In Wirklichkeit war es aber wohl eher ein Blitz gewesen, der den stolzen Baum gefällt hatte. Warum Blitzen diesen Platz gewählt hatte, wurde deutlich, als sich auch Kobo und Carla zu ihnen gesellt hatten: Auf der einen Seite fiel die schneebedeckte Felswand tief ab, unerreichbar für alle, die sich unbemerkt anschleichen wollten, und auf der anderen Seite schützte sie ein Vorsprung vor neugierigen Blicken.

Dichte Wolken hingen über dem Plateau, grau und düster und nicht von der leichten und verspielten Art, wie sie sie auf ihrem Flug zuerst durchquert hatten. In der Ferne ertönte ein langer, klagender Laut, ein Geräusch, das Mensch und Tier zusammenzucken ließ: Es war Wolfsgeheul, ein drohendes Geheul, das von Hunger und Entbehrungen kündete.

»Wie weit ist es noch?« fragte Virginia schaudernd. Die Zuversicht war wieder aus ihrer Stimme verschwunden.

»Nicht weit«, antwortete Blitzen mit seiner sonoren, beruhigenden Stimme, die jetzt aber ihre Wirkung verfehlte. »Aber wenn du deine Meinung doch noch geändert hast und umkehren willst, sollten wir es jetzt tun. Du hast die Wahl.«

Virginia kam nicht zu einer Antwort. Irgend etwas bewegte sich in der Dunkelheit, etwas knackte, als nähere sich etwas übers Eis, als würde sich etwas Großes, Unheimliches anschleichen. Und dann glaubte Virginia etwas im Halbdunkeln zu erkennen, ein Schatten oder auch mehrere, die sich ihnen näherten, abschätzend und lauernd wie Raubtiere auf der Suche nach leichter Beute. Virginia spürte, wie ihr ein kalter Schauder über den Rücken lief, und ihr Magen fühlte sich an wie ein harter verkrampfter Klumpen. Sie konnte sich nicht daran erinnern, schon jemals so viel Angst empfunden zu haben.

Und dann ertönte wieder ein Heulen. Es war ein langgezogener, klagender Laut, den Virginia nur zu gut kannte, und diesmal schien er näher zu sein. Die Wölfe mußten sie entdeckt haben!

»Bei Wölfen krieg' ich immer Zustände«, klagte Carla und schüttelte sich. »Die sind mir irgendwie unheimlich.«

»Meine Mutter hat mir mal erzählt, daß ein Wolf mich mühelos auffressen könnte«, sagte Virginia leise, wobei ihre Augen angestrengt das schmutzige Weißgrau der schneebedeckten Felsen zu durchdringen suchten, auf der Suche nach einem Anzeichen dafür, daß ihre alten Angstversionen nun wirklich und wahrhaftig Gestalt annahmen. Sie glaubte inmitten der Dunkelheit eine huschende Bewegung auszumachen und zuckte zusammen, aber vielleicht hatte sie sich auch getäuscht.

Kobo nickte. »Da hat deine Mutter wohl recht, kleines Menschenkind. Manchmal wird sogar ein Polarbär von einem Wolfsrudel verzehrt.«

»Ich würde gern mit meiner Mom reden«, sagte Virginia in einem plötzlichen Anfall von Panik.

»Und wie willst du das anstellen?« fragte Carla. »Selbst wenn du ein Handy hättest: Es würde hier nicht funktionieren, Kindchen.«

»Sie wird sehr traurig sein, wenn sie erfährt, daß ich fort bin«, sagte Virginia, und so, wie sie es sagte, klang es sehr endgültig.

»Du willst also umkehren?« fragte Blitzen rasch.

Wieder heulte ein Wolf. Und diesmal war er eindeutig näher!

»Müssen alle Elfen diese Prüfung bestehen?« fragte Virginia hastig und in dem verzweifelten Versuch, sich abzulenken. Denn schließlich wollte sie sich nicht vor den Wölfen verstecken, sosehr auch jede Faser ihrer Seele nur danach strebte, so schnell wie möglich das Weite zu suchen. Sie mußte durch diese Sache durch, komme, was da wolle.

»Nein«, antwortete Kobo und schüttelte den Kopf. »Nur du speziell.«

»Das wäre aber wirklich nicht nötig gewesen«, sagte Virginia irritiert. »Ich wäre ganz froh gewesen, wenn wir auf die Wölfe hätten verzichten können ...« Sie starrte einen Moment schweigend zu Boden, gefangen von widersprüchlichen Empfindungen. »Aber das tut ja jetzt nichts mehr zur Sache«, meinte sie dann schließlich. »Laßt uns den Wolfsjungen finden und die Sache hinter uns bringen.«

»Wohl gesprochen, kleines Menschenkind«, sagte Blitzen. »Auf geht's! Suchen wir Alcott!«

Er tänzelte mit eleganten Bewegungen einen

schmalen Pfad empor, und Carla und Kobo blieb nichts anderes übrig, als ihm zu folgen. Der Schnee knirschte unter ihnen und vermischte sich mit dem Raunen des Windes zu einem unheimlichen Geräusch. Als der Pfad steiler wurde, rutschte Blitzen mit den Vorderhufen und fing sich nur mit Mühe.

»Ich glaube, du steigst jetzt besser ab«, raunte er Virginia zu. »Wir sind jetzt ganz in der Nähe des Rudels.«

Virginia öffnete den Mund, um etwas zu sagen, doch dann verzichtete sie auf eine Antwort und rutschte unbeholfen von Blitzens Rücken. Als sie auf dem Schnee aufkam, knirschte der Boden unter ihr, als wolle er protestieren und sie warnen, zu Fuß weiterzugehen. Sie erstarrte einen Moment und hatte das Gefühl, keinen Fuß mehr vor den anderen setzen zu können. Ihr Herz schlug hart und heftig, und in ihrem Magen schien sich eine eisige Faust geballt zu haben. Es war schlimmer als damals, als ihr Stan mit dem Wolfskopf einen riesigen Schrecken eingejagt hatte. Es war nackte Panik, die sie in den Klauen hielt.

»Weiter, Virginia«, flüsterte Carla, die nur allzugut zu verstehen schien, was in Virginia vorging. »Wenn wir nicht weitergehen, war alles umsonst.«

Virginia nickte mühsam. Schon allein diese kleine Bewegung kostete sie schier übermenschliche Kraft. Doch Carla gab ihr einen kleinen Schubs, und so blieb ihr nichts anderes übrig, als hinter Blitzen herzutaumeln, der bereits ein paar Schritte vor ihnen war. Und dann bewahrheiteten sich ihre schlimmsten Befürchtungen: Vor ihnen aus der Dunkelheit der Nacht, die mit dem schmutzigen Grau des Schnees verschmolz, schälten sich die

Umrisse zweier Wölfe heraus. Nur mit Mühe unterdrückte Virginia einen Aufschrei.

Carla klopfte ihr beruhigend auf den Rücken. »Nur weiter«, flüsterte sie so leise, daß Virginia sie kaum verstehen konnte. »Die beiden Gesellen schlafen. Schöne Wachposten!«

Virginia setzte sich wieder in Bewegung, aber ihre Beine schienen jemand anderem zu gehören. Ihr ganzes Denken war wie weggeblasen, und in ihr schrie etwas die ganze Zeit, daß sie sich umdrehen und weglaufen sollte. Trotzdem zwang sie sich weiter vorwärts, an den beiden schlafenden Wölfen vorbei, sorgsam darauf bedacht, nur gar kein verdächtiges Geräusch zu machen.

Und dann sah sie das Rudel. Dicht vor ihnen lagen Wölfe auf dem Boden, tobten Welpen um ihre ruhenden Mütter herum, schubberte sich ein Wolf an einem mageren Baum, der zusammen mit ähnlich kargen Bäumen den Platz auf der gegenüberliegenden Seite einrahmte. Blitzen war stehengeblieben, ein großes, stolzes Rentier, unangreifbar wirkend und doch merkwürdig verletzlich erscheinend angesichts der Meute, die es in wenigen Sekunden zerfleischen konnte, wenn sie nur wollte.

Ein Wolf wandte seinen Blick in ihre Richtung und stieß einen knurrenden Laut aus. Sofort fuhren Dutzende von Augenpaaren zu ihnen herum, starrten sie mit gelblich funkelnden Augen wütend an, und aus den Kehlen der Raubtiere entrang sich ein drohendes Knurren. Selbst wenn Virginia jetzt hätte weglaufen wollen: Sie hätte es nicht gekonnt. Die Angst hielt sie im wahrsten Sinne des Wortes in den Klauen und lähmte sie so vollständig, die sie zu keiner Bewegung mehr fähig war. Ihr Herz schien ihr bis zum Hals zu schlagen, und sie war unfähig, einfach weiter zu atmen; mit japsenden Lauten, die eher an einen Hund erinnerten, der gerade einen Hasen gejagt hatte, stieß sie die Luft ein und aus.

Aus dem Hintergrund erhob sich ein mächtiger Wolf, und während die anderen auf ihren Plätzen blieben, um ein Signal ihres Anführers abzuwarten, kam er mit eleganten Bewegungen auf sie zu. Nichts in seinen Bewegungen deutete auf die Entbehrungen hin, die er wie der Rest seines Rudels in den letzten Wochen hatte in Kauf nehmen müssen, alles an ihm strömte kraftvolle Eleganz aus und eine Autorität, der sich wohl kaum jemals jemand zu widersetzen wagte. Nach den Erzählungen Nicks konnte das nur Rocco sein!

»Kobo, Carla ... was habt ihr denn hier zu suchen?« fragte Rocco mit drohender Stimme, ohne Blitzen oder Virginia auch nur eines Blickes zu würdigen.

»Eh, ja ...«, begann Carla unbeholfen, aber da hatte sich schon ein weiterer Wolf mit schäbigem Fell neben Rocco aufgebaut und das Wort an sich gerissen. »Warum laden wir sie uns denn nicht zum Abendessen ein?« fragte er in Roccos Richtung. Er zumindest übersah Virginia nicht, ganz im Gegenteil, er blickte sie sogar geradewegs an! »Wollen sie damit etwa wiedergutmachen, was Santa meinem Neffen Alcott angetan hat?«

Aus dem Hintergrund erhob sich ein kleiner Wolf und humpelte auf drei Beinen näher. Sein Fell war noch struppiger als das seines Onkels, und seine Augen blickten kraftlos und ohne jede Spur von Lebendigkeit in Virginias Richtung.

Sein Anblick riß Virginia aus der Erstarrung.

»Ich bin nicht euer Abendessen, ich bin Virginia«, sagte sie, aber sie konnte nicht verhindern, daß ihre Stimme zitterte. »Ich komme, um zu helfen.«

Einen Herzschlag lang herrschte eine geradezu gespenstische Stille. Erst in diesem Moment fiel Virginia auf, daß die Wölfe ihr abschreckendes Knurren eingestellt hatten. Sie waren voll gespannter Aufmerksamkeit, gierig darauf, daß endlich das kam, was kommen mußte: Der Befehls ihres Anführers, der sie zum Freiwild erklärte.

»Nur wegen Kindern wie dir hat man unserem Leben die Grundlage entzogen«, sagte Alcotts Onkel und sah ihr direkt in die Augen. Es war ein fürchterlicher Anblick, den Virginia ihr Lebtag nie vergessen würde. »Nur damit ihr *Spielzeug* habt«, fuhr der Wolf in einem grausam gleichmütigen Tonfall fort. »Ich würde sagen, wir lassen sie dafür bezahlen.«

In die Wölfe kam Bewegung, und einige von ihnen heulten zustimmend, während die anderen einen engen Kreis um sie zu bilden begannen.

»Nur über meine Leiche!« sagte Kobo grob.

Die Wölfe zogen den Kreis um sie enger, und ihre Augen funkelten hämisch. Offensichtlich hatten sie ihre Entscheidung getroffen und würden sich durch nichts und niemanden davon abbringen lassen, sich auf sie zu stürzen und niederzureißen. Virginias schlimmste Befürchtungen waren Wirklichkeit geworden, all die gnadenlose Angst, die sie seit Jahren quälte, diese Panik, wenn sie nur an Wölfe *dachte:* All das schlug jetzt unbarmherzig in der Wirklichkeit zu, und sie hatte dem nichts, aber auch gar nichts entgegenzusetzen.

»Das läßt sich machen, Kobo«, sagte Phil. »Du stehst sowieso schon lange auf der Abschußliste.«

»Was meintest du damit, daß du hier seist, um zu helfen?« unterbrach ihn Rocco mit einem gefährlichen Funkeln in den Augen.

Virginia schluckte ein paarmal krampfhaft, bevor sie wieder in der Lage war, ein Wort herauszubringen. »Ich kam ...«, stammelte sie, »um dem ... um dem Welpen zu helfen, dem eine Vorderpfote fehlt.«

Der kleine Alcott zuckte zusammen, hob dann den Kopf und sah sie erstaunt an. Zum erstenmal spiegelte sich in seinen Augen so etwas wie Lebendigkeit und Hoffnung wider.

»Sie ist nur ein kleines Mädchen«, sagte sein Onkel verächtlich. »Sie ist nicht mal ein Elf!«

»Das stimmt«, gab Virginia unumwunden zu und verwundert darüber, daß die Worte jetzt nur so aus ihr heraussprudelten. »Aber ich kann es immerhin versuchen.«

»Ich sage nur, guten Appetit!« mischte sich Alcotts Onkel ungerührt ein.

»Santa selbst konnte nichts für meinen Sohn tun«, sagte Rocco nachdenklich, ohne auf die Bemerkung seines Artgenossens einzugehen. »Warum traust du es dir dann zu?«

»Weil ... weil ich so etwas schon einmal geschafft habe«, antwortete Virginia mit aller Überzeugung, die sie aufzubringen vermochte. Sie dachte mit aller Kraft an das strahlende Lächeln, mit dem Rico seiner Mutter berichtet hatte, daß er den Brief an Santa Claus ohne fremde Hilfe fehlerfrei geschrieben hatte.

Rocco starrte sie schweigend an, und es schien ihr, als ob er in die geheimsten Winkel ihrer Seele sehen konnte. »Nun gut«, meinte er schließlich. »Ich weiß zwar nicht, wo du deine Überzeugung hernimmst: Aber du sollst es zumindest versuchen können!«

»Wenn sie es nicht schafft, ist sie aber fällig!« knurrte Alcotts Onkel enttäuscht. Ihm schien es weniger darum zu gehen, daß Alcott wieder geheilt wurde als vielmehr um sein Abendessen.

»Wenn sie es aber schafft, wird ihr kein Haar gekrümmt«, sagte Rocco mit Nachdruck. »Obwohl ... ich glaube kaum, daß sie eine Chance hat. Aber sie soll es zumindest versuchen!«

Virginia spürte förmlich, wie ihr ein Stein vom Herzen fiel. In Roccos Augen las sie keine Falschheit und glaubte sich deshalb auf das, was er sagte, verlassen zu können. Genauso erging es auch Nick und den Katzenfrauen, die die Szene angespannt in der Kristallkugel verfolgt hatten.

»Oh je«, sagte Latisha. »Ich dachte schon ...«

»Hat einer Popcorn oder so was dabei?« unterbrach sie Monique. »Ich kann diese Spannung nicht ertragen. Können wir nicht umschalten?«

»Ich kann alles nur so schlecht verstehen«, klagte Tess. »Ihr müßt schon ein bißchen leiser sein! Bei eurem ganzen Weh und Ach ist doch kein Wort mehr zu verstehen!«

»Still, Mädchen!« sagte Nick.

Die Katzenfrauen verstummten schlagartig und starrten wieder angestrengt in die Kugel, die zeigte, wie Virginia zögernd auf Alcott zuging, vorbei an seinem Onkel und Rocco, die ihr nur widerstrebend Platz machten. Alcott humpelte auf sie zu, mit einem glücklichen Funkeln in den Augen und Bewegungen, die trotz seiner Behinderung plötzlich kraftvoll und elegant wirkten. Virginia öffnete die Hände und zwischen ihnen spannte sich der magische Wall, ein irisierendes Licht erschien zwischen ihnen, alle Regenbogenfarben miteinander vereinend.

»Ist das Santas magischer Wall?« fragte Alcott.

»Ja«, bestätigte Virginia.

»Kann er mir helfen?« fragte Alcott zweifelnd und sah sie mit dem Blick an, der allen Kindern zu eigen ist, die etwas unbedingt haben wollen, sich aber nicht sicher sind, ob sich ihr Traum erfüllen wird.

Virginia lächelte mit aller Zuversicht, die sie aufbringen konnte. Wieder fühlte sie sich an Rico erinnert, an seine Verzweiflung und Verletzlichkeit und an seine Freude, als es ihm endlich gelungen war, den Wunschzettel fehlerfrei zu Papier zu bringen. In diesem Moment sah sie in Alcott nicht mehr den Wolf, sondern nur das hilfsbedürftige Wesen, das seine ganze Hoffnung in ihre Hände legte.

»Ich vertraue darauf«, antwortete sie ernsthaft und in wirklichem, tiefempfundenem Glauben, daß sich das Wunder wiederholen ließ. Sie schloß die Augen und hielt den Wall vor sich, der seine Regenbogenfarben sogleich über Alcott ausschüttete.

Nick und die anderen waren in diesem Moment ganz bei ihr. »Komm schon, Kind!« rief Latisha. »Du kannst es!«

»Alles, was sie tun muß, ist, auf ihr Herz zu hören«, sagte Nick beschwörend.

Tess klopfte Nick auf die Schulter. »Es ist schön zu sehen, daß du auch an etwas anderem Interesse zeigen kannst, als an einer Produktionssteigerung von Monster-Killern«, sagte sie freundlich und ohne jede Häme.

»Wir müssen sie unterstützen!« rief Monique.

»Konzentriert euch, Mädels. Schickt ihr alle Kraft, die ihr aufbringen könnt!«

Ihr Wunsch schien sich augenblicklich in Realität umzuwandeln. Der magische Wall zwischen Virginias Händen schien sich auszuweiten, strahlte über Alcott hinweg und füllte ihn schließlich ganz aus. Virginia war, als sei sie nur ein Werkzeug, als stützte sie eine viel mächtigere Kraft. Energie übertrug sich von ihr auf Alcott, und etwas knisterte, und dann, von einem Moment auf den anderen, war es vorbei.

Als Virginia wieder klar sehen konnte, zuckte sie zusammen. Alcott stand wie zuvor unbeholfen auf drei Beinen da. »Ich ... ich verstehe das nicht«, stammelte sie entsetzt.

»Auf einmal fühle ich mich schon viel besser«, sagte Alcotts Onkel hämisch. »So kann ich doch noch von dem ›Virginia Tartare‹ kosten.«

Ehe sie es sich versah, stieß er Virginia mit seiner harten Schnauze in den Rücken, und sie taumelte erschrocken einen Satz vor. Der magische Wall entglitt ihren Händen und segelte davon. Kobo machte einen Satz nach vorne, um ihn zurückzuholen, aber eine Meute hungriger Wölfe versperrte ihm den Weg.

»Sie hat ihre Chance gehabt und hat versagt«, knurrte Alcotts Onkel. »Jetzt sind wir am Zug ... unsere Zeit ist gekommen!«

Einen schrecklichen Augenblick lang hing der Satz in der Luft wie eine grauenvolle Offenbarung, vor der es kein Entrinnen gibt. Virginia war noch zu benommen, um richtig zu begreifen, was vor sich ging. Sie hatte sich der heilenden Kraft so nahe gefühlt, sich so stark darauf konzentriert, und nun war alles in sich zusammengebrochen.

Die Energie entwich aus ihr und spie sie schwach und hilflos aus. Daß die hungrigen Wölfe keine Sekunde zögerten, um die Konsequenz aus ihrem Versagen zu ziehen, das hatte sie noch gar nicht so richtig begriffen. Sie beobachtete nur verblüfft, daß sich Carla, Blitzen und Kobo zusammendrückten, bereit, einen Angriff abzuwehren.

Dann begegnete ihr Blick dem des jungen Wolfs. Alcott schien genauso verängstigt und verwirrt zu sein wie sie. Auch er mußte die Energie gespürt haben, die sich auf ihn übertragen hatte, und er mußte die gleiche trügerische Hoffnung wie sie gehabt haben, daß sich nun alles zum Guten wenden würde. Die Hoffnung in seinem Blick war noch nicht ganz verschwunden, aber so, wie es aussah, würde er keine Chance mehr haben. Sein Onkel hatte sich durchgesetzt und nutzte jetzt Virginias Schwäche gnadenlos aus, um seine fürchterliche Androhung in die Tat umzusetzen.

Virginia ahnte nicht, daß Nick und die Katzenfrauen mit ihr litten. Das Bild ihrer Kristallkugel, in der sie aus der Ferne die dramatischen Vorgänge verfolgten, flackerte kurz auf, als habe etwas die Verbindung überlagert. Als es sich wieder stabilisierte und die Katzenfrauen erkannten, daß die Wölfe den Kreis um Carla, Kobo und Blitzen gnadenlos eng zogen, schrien sie wie aus einer Kehle auf.

»Tu doch was, Nick«, schrie Latisha. »Die Wölfe sind gerade im Begriff, über deinen Elf herzufallen!«

»Das seh' ich«, preßte Nick hervor. Er beugte sich über die Kristallkugel und konzentrierte sich, versuchte die Verbindung zu ihrer Magie herzustellen, die Resonanz in seiner Seele zu finden, die ihn befähigen konnte, die Kugel aktiv zu nutzen. Seine ehrliche Besorgnis um Virginia war der Schlüssel zu der Kraft der Kugel, die Brücke, über die er gehen konnte, um sie zu erreichen.

»Der Wall ist ein nützliches Werkzeug, Virginia, aber du brauchst ihn nicht«, sagte Nick beschwörend und mit der sicheren Gewißheit, daß sie ihn hören würde. »Benutz statt dessen deine Hände!«

15

Der Ring der Wölfe schloß sich und zog sich immer enger um die drei Helfer Virginias, und zum erstenmal drängte sich Nick der Gedanke auf, daß auch sie ernsthaft in Gefahr waren. Eine Katastrophe unvorstellbaren Ausmaßes bahnte sich an. Wenn ihn Virginia nicht verstanden hatte, wenn sie nicht begriff, was er meinte, wenn sie es nicht umsetzen konnte – dann war alles aus. Dann hatte er mit seinem Versuch, rechtzeitig einen Elf zu finden, mehr Schaden angerichtet als alles andere.

Doch dann hob Virginia den Kopf und schien geradewegs in seine Richtung zu sehen und Nick hatte das Gefühl, daß sie ihn sehr wohl verstanden hatte. Die Wölfe kamen langsam näher, aber in ihrem Gesicht spiegelte sich keine Furcht, sondern Entschlossenheit. Und doch hatte Virginia Angst. Es war eine tiefe, bohrende Angst, die an frühere Zeiten gemahnte, an das, was passiert war, nachdem ihr Vater gestorben war und ihre heile Welt unwiederbringlich zusammengebrochen war. Damals wie heute hatte sie magische Kräfte zwingen wollen, das Schicksal nach ihrem Willen zu verändern. Sie hatte ihren Vater gehaßt, einen tiefen, brodelnden Haß auf ihn empfunden, weil er sie so grausam verlassen hatte. Und doch hatte sie sich nichts so sehr gewünscht, als daß er wieder dasein sollte, bei ihr und seiner Familie und nicht auf dem Friedhof, wo überhaupt kein Mensch hingehörte, den man liebte.

Sie hatte nachts stundenlang wach gelegen, von Ängsten und Zweifeln geplagt, aber auch von der Vorstellung, ihren Vater zurückzwingen zu können, wenn ihr Herz nur rein war und sie ein ganz braves Mädchen war. Doch irgend etwas war schiefgegangen. Wahrscheinlich war sie nicht artig genug gewesen, hatte sich nicht genug auf das wahre Gute konzentrieren können.

Nein. Es war sinnlos. Vielleicht war es ja Wirklichkeit, was sie erlebte, und dies ein echtes magisches Erlebnis. Aber wie konnte sie so vermessen sein zu glauben, daß ausgerechnet sie die Kraft haben würde, etwas zu schaffen, an dem selbst Nick gescheitert war. Doch irgend etwas war anders als damals. Es war vielleicht nur ein kleiner Unterschied, ein winziger Hauch von Lebendigkeit im Gegensatz zu dem kalten Grauen des Todes, der ihre Gedanken und Gefühle in eine andere Richtung lenkte. Es war, als würde Nick wieder in ihren Gedanken zu ihr sprechen, als berühre sein inneres Wesen ihre Seele.

»Laß dich von der Liebe durchdringen«, hörte sie Nick. Seine Stimme war leise, aber so kraftvoll wie selten zuvor. »Spür nur die Liebe, mein Schatz. Hab Vertrauen.«

Sie hörte die Stimme ganz deutlich; sie war kraftvoll und sanft zugleich, und vielleicht war es der Ausdruck grenzenlosen Vertrauens in ihr, der ihr die Kraft gab, daß zu versuchen, was ihr bislang unmöglich erschienen war. Virginia schloß die Augen, aber die Szene um sie herum schien sich geradezu auf ihrer Netzhaut festgebrannt zu haben. Sie sah den jungen Wolf vor sich, ein Kind, mit unendlich traurigen Augen, die sie an die Ricos erinnerten, wenn er mal wieder mit einem Satz total ins Schleudern geraten war. Es war der Blick eines Wesens, das anders war als seine Artgenossen, gehandikapt, ohne die Hoffnung, daß sich daran jemals etwas ändern würde.

Und in sich spürte sie für Alcott plötzlich die gleiche Liebe, wie sie sie für Rico empfunden hatte. Es war ein tiefes Gefühl, eine Verbundenheit, die über das normale Maß hinausging und sicherlich über das, was sie je zwischen sich selbst und einem Wolf für möglich gehalten hätte. Virginia schloß die Augen, und in ihr war nichts mehr als ihr Gefühl für Alcott und die Vorstellung, daß er wieder gesund war. Sie hatte vergessen, wo sie war und was sie hier zu suchen hatte. Es war ihr nicht bewußt, wie gefährlich nah auch ihr drei, vier hungrige Wölfe gekommen waren, die jeden Moment einen Satz vorwärts machen konnten, um sie zu packen und sie im wahrsten Sinne des Wortes zu verschlingen.

Sie breitete die Hände über Alcott aus, und wieder verspürte sie die Kraft und Energie, die von ihr zu dem jungen Wolf floß. Doch irgend etwas war diesmal anders. Der Kontakt schien irgendwie ... *intensiver* zu sein. Ein sanftes Strahlen ging von ihren Händen zu Alcott über, stark genug, um von den umgebenden Wölfen bemerkt zu werden, aber zu schwach, um sie von ihrem Vorhaben abzubringen. Ein Wolf fletschte die Zähne und, bereit zum Zuschlagen, duckte sich, um sie anzuspringen.

»Wartet!« befahl Rocco. Der Anführer des Rudels hatte wie der Rest der Wölfe, die in Virginias Nähe waren, bemerkt, was vor sich ging, aber er hatte andere Schlüsse daraus gezogen als seine hungrigen Artgenossen, die jetzt nur noch an die

Mahlzeit dachten, die sich in einladender Entfernung vor ihren Nasen befand.

Virginia kniff die Augen noch fester zusammen, und die Welt um sie herum verschwamm vollkommen in der Vorstellung des geheilten Alcott, des jungen, schönen Wolfs mit den *vier* Pfoten, der vergnügt durch die Gegend sprang, sein Leben genoß und nicht mehr länger abseits stand, wenn sich die anderen vergnügten. Als sie vollkommen in diese Vision eintauchte, verdichtete sich das Strahlen, und ein wunderschönes, funkelndes weißes Licht schoß vom Himmel herab. Es hüllte Virginia von Kopf bis Fuß ein und breitete sich auch auf Alcott aus. Weißgoldene Funken stoben aus Virginias Händen und regneten auf Alcott hinab.

Einen Herzschlag lang herrschte vollständiges Schweigen. Die Wölfe standen da wie erstarrt, unfähig zu begreifen, was geschehen war, und auch Virginias Freunde, die bedrohlich von der angriffslustigen Meute eingekreist waren, schüttelten verwundert den Kopf, als könnten sie nicht begreifen, was da vor sich ging. Doch dann schüttelte sich Alcott, und alle Blicke richteten sich auf ihn.

»Ich bin geheilt!« schrie Alcott und hüpfte vor Freude fast senkrecht in die Luft. Die Anspannung entlud sich in wildem Geschrei, in Jubel und befreiten Rufen, und die Meute, die eben noch Blitzen, Kobo und Carla bedrohlich umkreist hatte, löste sich auf. Erst einzelne Wölfe und dann immer mehr ließen sich von der Stimmung anstecken und vergaßen, daß sie eben noch an nichts weiter als an ihre hilflose Beute gedacht hatten. Nun liefen sie übermütig durcheinander, tanzten mit Alcott, der herumsprang, als müsse er sich mit Gewalt überzeugen, daß er wieder zu normalen Bewegungen fähig war.

»Ich wußte, daß sich das Kind durchschlagen würde«, sagte Carla und wischte sich mit der Flosse den Schweiß von der Stirn.

»Fantastisch!« rief der weit entfernte Nick. »Das ist mein kleiner Elf!« Die Katzenfrauen fielen sich vor lauter Freude in die Arme und deuteten aufgeregt in die Kristallkugel, die das ausgelassene Treiben widerspiegelte.

»Oh, oh«, machte jedoch plötzlich Monique, »das sieht ja gar nicht so gut aus.«

Sie beobachtete besorgt, wie sich der finstere Wolf, der Alcotts Onkel zu sein behauptete, mit ein paar seiner engsten Freunde vom Trubel fernhielt. Es war ihnen deutlich anzusehen, daß nicht viel fehlte, um sie trotz Alcotts Heilung auf ihrem Nachtmahl bestehen zu lassen. Sie rotteten sich fernab des übermütigen Tobens zusammen und tuschelten leise miteinander. Dann löste sich einer aus der Gruppe und pirschte sich unauffällig an Carla heran, die aufgeregt auf Kobo einschnatterte.

»Du mußt sie warnen«, sagte Latisha aufgeregt, die wie die anderen jetzt ebenfalls auf die heimliche Bedrohung aufmerksam geworden war. »Die Wölfe halten sich nicht an ihre Abmachung!«

»Es wäre das erstemal, daß sich jemand nicht an eine Abmachung hielte, die im Zeichen der Magie gegeben wurde«, antwortete Nick, aber seine Stimme, die eigentlich beruhigend klingen sollte, spiegelte nur seine eigene Besorgnis wider. Er erinnerte sich mit Grausen daran, wie die Wölfe vor wenigen Tagen seinen Schlitten ins Freie gezogen hatten und die streitenden Tiere ihn schließlich zerstörten. Noch vor kurzem hätte er seinen linken Arm dafür verwettet, daß so etwas unmöglich war. Doch jetzt mußte er sich eingestehen, daß nichts mehr undenkbar war.

Der Wolf hatte Carla mittlerweile fast erreicht, und er duckte sich zum Sprung, um sie fies und feige von hinten anzuspringen. Seine Kumpane, fünf an der Zahl, waren mittlerweile näher gerückt, und es sah nicht so aus, als ob sie sich aus einem beginnenden Gemetzel heraushalten würden.

»So tu doch was!« kreischte Monique.

In diesem Moment drehte sich Kobo mit einer beiläufigen Bewegung um. Sein Instinkt mußte den großen Eisbär gewarnt haben, und als er den Angreifer entdeckte, stieß er ein drohendes Grollen aus. Das Geräusch hallte unangenehm laut wider, und die Köpfe der Wölfe zuckten wie auf einen geheimen Befehl zu ihm herum. Von einem Moment auf den anderen fand die freudige Stimmung ein Ende, und Alcott und Virginia sahen sich verwirrt an, ohne zu verstehen, was hier eigentlich vor sich ging.

Die anderen verstanden es dagegen nur zu gut. Eine offene Auseinandersetzung stand bevor, und eine einzige unbedachte Bewegung konnte reichen, um ein Gemetzel schlimmsten Ausmaßes auszulösen. Doch dann straffte sich Rocco, warf einen fast beiläufigen Blick auf die hungrigen Wölfe, die hinter seinem Rücken einen Angriff geplant hatten und schüttelte sanft den Kopf.

»Nicht, Phil«, sagte er ruhig zu Alcotts Onkel. »Ich habe mein Wort gegeben, und dabei soll es auch bleiben.«

Phil duckte sich unterwürfig, aber es war ihm anzusehen, wie schwer es im fiel, so kurz vor dem

Ziel zurückzustecken. Zu allem Überfluß hielt auch noch Kobo auf ihn zu, entriß ihm mit einer lässigen Bewegung den magischen Wall und sagte: »Vielleicht könnt ihr irgendwo einen gesunden Salat zum Essen auftreiben.« Der Wolf bedachte ihn nur mit einem giftigen Blick, aber es wurde auch so deutlich, was passieren würde, wenn er und nicht Rocco hier das Kommando hätte.

Die anderen Wölfe achteten schon nicht mehr auf sie. Nick und die Katzenfrauen beobachteten erleichtert, daß sie dem Befehl ihres Anführers ohne Anzeichen von Unmut hingenommen hatten und nun wieder wie ausgelassene kleine Kinder herumtollten. Alcott hielt auf Virginia zu und umstrich ihre Beine, und sie bückte sich, um ihn wie ein kleines Kätzchen hinter den Ohren zu kraulen. Es war ein befreiender Anblick, das Mädchen, das bis zu diesem Moment panische Angst vor Wölfen gehabt hatte, nun mit einem jungen Wolf schmusen zu sehen.

Rocco war in der Zwischenzeit auf einen Felsblock geklettert und gebot mit einem kräftigen Räuspern Ruhe. Die Wölfe reagierten augenblicklich und wandten sich zu ihm um, nur Carla schnatterte noch weiter. Kobo stieß sie sanft, aber immerhin noch so kräftig in die Seite, daß Carla nur mit rudernden Armen das Gleichgewicht hielt.

»Eines Tages werden wir wieder zum Nordpol marschieren«, sagte Rocco, nachdem vollständige Ruhe eingekehrt war. »Doch mit Liebe in unseren Herzen, nicht mit dem Verlangen nach Rache. Und wir sollten alles tun, was in unserer Macht steht, um Weihnachten auch dieses Jahr stattfinden zu lassen!«

Augenblicklich herrschte ein unglaublicher Tumult. Die Wölfe heulten sich ihren Beifall von der Seele, und Virginia und ihre treuen Begleiter fielen mit in die Begeisterungsrufe ein; selbst der besonnene Blitzen brummte zufrieden. Als sich die Tiere wieder beruhigt hatten, fuhr Rocco fort:

»Doch jetzt sollten wir Virginia und ihre Begleiter erst einmal in Frieden ziehen lassen. Unser Dank ist mit ihnen, und unsere Wünsche werden ihren Rückweg beschleunigen, auf daß Weihnachten wie gewohnt stattfinde!«

Wieder heulten die Wölfe, und Alcott sprang aufgeregt hoch. Er warf einen Blick auf Virginia, und es lag so viel Vertrautheit darin, als seien sie schon seit Ewigkeiten Weggefährten und müßten sich nun trennen. *Mußt du jetzt wirklich schon gehen?* fragten seine Augen, und Virginia lächelte traurig.

»Die Stunde des Abschieds ist gekommen«, sagte sie. »Aber ich habe das deutliche Gefühl, daß wir uns wieder begegnen werden. Vielleicht nicht sobald, vielleicht erst, wenn du ein Rudel Wölfe wie dein Vater anführst. Aber die Zeit wird kommen.«

Alcott nickte; vielleicht verstand er nicht wirklich, was sie meinte, aber er begriff das dahinter liegende Gefühl. »Danke«, sagte er einfach. »Und auf Wiedersehen.«

»Ja, auf Wiedersehen«, antwortete Virginia und drehte sich schnell um, bevor sie die Rührung übermannen konnte. Es war erstaunlich, wie schnell sie den kleinen Wolf ins Herz geschlossen hatte.

Kobo packte sie sanft mit seinen mächtigen Pranken und setzte sie auf Blitzen. Das Rentier setzte sich sofort elegant in Bewegung. Die Wölfe geleiteten sie übermütig ein Stück, so weit, bis der magische Wall in Kobos Händen seine Kraft entfaltete und sie sanft und fast unmerklich den Kontakt zum Boden verloren und sie in den dunklen Himmel abhoben, der sie wie ein vertrauter Bruder umfing.

16

Die Rückreise durch die kalte, stürmische Nacht hatte etwas Traumhaftes an sich. Virginia war so müde, daß sie gegen die Sendboten des Schlafs ankämpfen mußte. Der magische Wall hüllte sie alle ein, und seine Kraft schien sich nach Alcotts Heilung noch deutlich vermehrt zu haben; selbst der schneidend kalte Wind konnte ihnen nichts mehr anhaben. Virginia fühlte sich so geborgen und entspannt wie schon lange nicht mehr; spätestens nachdem sie erfahren hatte, daß sie zu Onkel Mallory übersiedeln würden, hatte sie sich nicht mehr auf so angenehme Art und Weise zufrieden gefühlt.

Als sie schließlich wieder zur Landung ansetzten, hatte sie jedes Zeitgefühl verloren. Aber sie registrierte mit Genugtuung, daß Nick und die Katzenfrauen sie mit freudigem Rufen begrüßten. Nick half ihr von Blitzens Rücken und geleitete sie zum Chevy, der schon mit laufendem Motor auf sie wartete.

»Das hast du toll gemacht, Virginia«, lobte er, während er sie über die Beifahrertür hob und sanft absetzte.

»Wenn du ein Mann wärest – ich würde dich heiraten!« strahlte Monique.

»Das waren zwei Lektionen«, sagte Nick. »Den unerschütterlichen Willen zu haben, andere zu heilen, und Vertrauen ... die Stärke, die eigene Angst zu überwinden.«

»*Keine Angst* sollte Virginias Zweitname sein«, sagte Latisha begeistert.

Virginia wußte gar nicht, wie ihr geschah. Der Trubel um ihre Person machte sie nur verlegen, und sie wäre am liebsten irgendwo unauffällig verschwunden. Aber vorher gab es da noch etwas, was sie unbedingt klären mußte. »Kann ich jetzt ein Elf sein?« fragte sie vorsichtig.

»Noch nicht ganz«, antwortete Nick, und seine Stimme klang nun plötzlich wieder gepreßt wie immer, wenn er sich unter Druck gesetzt fühlt. »Morgen früh, wenn du aufwachst, solltest du dich auf die letzte der sieben Prüfungen vorbereiten.«

»Aber ich will nicht schlafen gehen«, protestierte Virginia, obwohl ihr vor Müdigkeit fast die Augen zufielen. »Wenn ich aufwache, werde ich denken, daß alles nur ein Traum war!«

»Dem läßt sich abhelfen«, sagte Carla, die gleich Kobo neben dem Chevy stehengeblieben war, während die Katzenfrauen bereits auf den Rücksitz gesprungen waren. Mit einer feierlichen Bewegung drückte Carla Virginia eine ihrer weißen Federn in die Hand. »Das wird dir ein Andenken sein, damit du nie daran zweifelst, daß Wirklichkeit ist, was Wirklichkeit war.«

Virginia betrachtete die Feder einen Moment schweigend und nickte dann Carla dankbar zu. Dann steckte sie die Feder sehr sorgfältig in die Brusttasche ihrer Bluse und lächelte leicht. Aber in das Lächeln mischte sich der Ansatz eines Gähnens, und sie hielt sich schnell die Hand vor den Mund.

»Wirst du mir bei der letzten Prüfung helfen, Nick?« fragte sie schläfrig.

»Ich werde dir beistehen, doch helfen kann ich dir nicht«, sagte Nick bedauernd.

»Und was ist mit Kobo, Carla und Blitzen?« hakte Virginia nach.

Nick schüttelte den Kopf. »Leider ... sie können dir auch nicht helfen. Dies wird dein härtester Test werden, Virginia. Und du mußt ihn ganz allein bestehen. Vergiß dabei nie, auf dein Herz zu hören.«

Virginia vernahm seine Worte nur noch undeutlich, wie durch einen dichten Nebel. Sie rutschte im Sitz ein Stück tiefer, und dann fielen ihr endgültig die Augen zu.

Irgend etwas kitzelte Virginia an der Nase, und sie wischte sich mit der Hand übers Gesicht. Mühsam zwang sie die Augen auf, blinzelte und versuchte in dem hellen, blendenden Licht zu erkennen, was sie da gekitzelt hatte. War es wieder einer dieser üblichen Scherze von Stan?

Sie schlug die Bettdecke ein Stück zurück, und dabei flatterte etwas hoch; eine kleine, weiße Feder, die zur Zimmerdecke emporschwebte und dann langsam wieder hinabsank. »Es war also doch kein Traum«, murmelte sie. »Mama!«

Sie schwang die Beine übers Bett und blieb einen Moment lang wie benommen sitzen. Farbige Sterne schienen vor ihren Augen zu tanzen, und das Zimmer verschwamm hinter einem bunten Wirbel. Sie schüttelte den Kopf, um die Benommenheit abzuschütteln, aber das machte es nur noch schlimmer. Zu dem dumpfen Druck auf ihren Augen gesellte sich jetzt auch noch Übelkeit.

»Mama«, murmelte sie wieder, aber diesmal klang es kläglich. Sie ließ sich wieder aufs Bett zurücksinken und atmete ein paarmal fast krampfhaft durch. Die Erinnerung an die Wölfe, die sich zusammengerottet hatten, um über sie herzufallen, überfiel sie mit schmerzhafter Deutlichkeit. Aber da war auch die Erinnerung an Alcott, an seine jungen, freundlichen Augen voller Trauer, die durch das Wunder seiner Heilung zum Schluß vor Freude gestrahlt hatten.

Das alles war wohl etwas viel für sie gewesen. Sie wußte nicht, wie lange sie geschlafen hatte, ja, sie wußte nicht einmal, wie sie ins Bett gekommen war. Sie erinnerte sich nur noch daran, in den Chevy gestiegen zu sein und ein paar Worte mit Nick gewechselt zu haben. Und jetzt lag sie hier vollständig angezogen im Bett, erschöpft und so ausgebrannt, als hätte sie gerade beim Schulsportfest einen Hürdenlauf absolviert. Aber dabei konnte sie es doch nicht einfach belassen! Sie mußte ihrer Mutter berichten, was geschehen war!

Sie schwang erneut die Beine über die Bettkante, aber diesmal etwas vorsichtiger und erhob sich dann langsam. Zumindest drehte sich das Zimmer nicht um sie, und die Farbschleier waren auch verschwunden. Trotzdem fühlte sie sich nach wie vor benommen, und ihr Kopf schien ein fester Metallreif zusammenzupressen.

Als sie das Zimmer ihrer Mutter erreichte, brauchte sie die Tür gar nicht zu öffnen. Sie schlüpfte durch den bereits offenen Türspalt hinein und blieb überrascht stehen. Ihre Mutter stand mit dem Rücken zu ihr am Fenster, schweigend und offensichtlich so in Gedanken vertieft, daß sie Virginia gar nicht bemerkt hatte.

»Mom, du wirst es mir nicht glauben ...«, platzte Virginia heraus. Als sich Gillian zu ihr herumdrehte, mit rotgeweinten Augen und unterdrücktem Seufzer, machte sie noch einen Schritt vorwärts, blieb dann mitten im Schritt stehen und runzelte die Stirn. »Was ist passiert, Mom?«

Gillian versuchte zu lächeln, aber Virginia kannte ihre Mutter viel zu gut, um drauf hereinzufallen. »Ach, Kind«, seufzte Gillian, war mit zwei schnellen Schritten bei ihrer Tochter und nahm sie in den Arm. »Deine Mutter ist heute nur ein bißchen mies drauf.«

»Warum?« fragte Virginia.

Gillian ließ Virginia los und trat einen Schritt zurück. »Ich liebe dich und Stan mehr als alles andere«, sagte sie tonlos. Sie biß sich auf die Lippen und sah Virginia einen Moment geradewegs in die Augen, doch dann drehte sie sich wieder zum Fenster um, als könne sie ihren Anblick nicht ertragen. »Ich habe immer mein Bestes getan, um euch alles zu geben«, fuhr sie leise fort. »Und ich dachte, hierherzukommen würde ... eine Chance sein, die Dinge zum Besseren zu wenden ... und euch eine ganz andere Ausbildung zu ermöglichen. Ich wäre dazu nicht in der Lage. Doch jetzt glaube ich, daß es ein Fehler gewesen ist.«

Virginia konnte sie kaum verstehen, so leise sprach ihre Mutter. Es mußte ihr miserabel gehen. So hatte sie sie bis jetzt erst zwei-, dreimal in ihrem Leben erlebt. »Mom, wenn wir nicht hierhergekommen wären, hätte ich Nick niemals kennengelernt!« sagte sie in dem verzweifelten Versuch, ihre Mutter auf andere Gedanken zu bringen. »Er und seine Katzenfreunde haben mich gestern nacht zum Nordpol gebracht!«

»O Virginia, du bist solch eine Träumerin«, sagte Gillian, und es war so viel Resignation in ihrer Stimme, daß Virginia ganz elend zumute wurde.

»Es war kein Traum«, protestierte sie. »Schau

her.« Sie zog die Feder hervor, als sei sie ein unerschütterlicher Beweis für ihre Worte. »Carla, der Pinguin, hat sie mir gegeben.«

Gillian hatte sich wieder zu ihr umgedreht und sah sie nur traurig an. »Süßes, ich glaube eher, diese Feder stammt aus deinem Kopfkissen.«

In diesem Moment schwang die Tür weit auf, und Stan schlurfte herein, verschlafen und mit kleinen Augen, in denen dennoch bereits Heimtücke glitzerte. »Was läßt unser Nesthäkchen denn heute morgen ab?« fragte er gehässig. Offenbar hatte er die letzten Worte seiner Mutter mitbekommen.

Virginia drehte sich wütend zu ihm um. »Ich sage dir, ich werde bald ein Elf sein!« sagte sie trotzig.

Stan gab ein abfälliges Geräusch von sich. »Das bist du doch schon, Zwerg«, sagte er von oben herab. »Ein schmächtiger kleiner Wicht, der den ganzen Tag vor sich hinträumt.«

»Stan ...«, unterbrach ihn Gillian müde.

»Stan, Stan, Stan!« sagte Stan wütend. »Du solltest dich besser um diesen *Elf* kümmern, der vorgibt, meine Schwester zu sein. Mach ihr bitte klar, wie in Wahrheit der Hase läuft.«

Gillian sah ihn einen Augenblick verzweifelt an. »Und was soll das ändern?« fragte sie resigniert.

»Es wird überhaupt nichts ändern!« rief Virginia wütend. »Weil nämlich jedes Wort, was ich sage, wahr ist!«

Gillian schüttelte langsam den Kopf. »Virginia, ich hatte viele Träume«, begann sie, und es war ihr anzusehen, wie mühsam sie nach Worten rang. »Aber Träume sind *nicht* die Wirklichkeit. Sie können wunderschön sein ... doch sie sind nicht real.

Und wir leben in der Realität.« Sie zuckte mit den Achseln. »Leider werden nur die wenigsten Träume irgendwann wahr, und selbst wenn sie es werden, sind die Folgen meist ganz anders, als man sich das vorstellt.«

»Aber Mom«, protestierte Virginia in dem verzweifelten Versuch, ihre Mutter doch noch zu überzeugen. »Ich kann beweisen, daß es kein Traum war!«

Sie sah sich suchend um, entdeckte das Telefon auf Gillians Nachttisch und war mit ein paar Schritten bei ihm. Mit zitternden Fingern nahm sie den Hörer ab und wählte eine Nummer. Es tat weh, daß ihre Mutter ihr nicht glauben wollte, es war, als würde sie ein Messer in ihren Bauch stoßen und es dann umdrehen. Aber sie hatte immerhin die Chance, sie noch zu überzeugen, und diese Chance würde sie nutzen.

»Ich hoffe, sie ruft ihren Psychiater an«, maulte Stan. »Das ist ja wohl alles nicht mehr auszuhalten.«

»Rico!« rief Virginia in das Telefon und drückte gleichzeitig die Taste für die Mithöreinrichtung. »Bist du fertig mit deinem Brief an Du-weißt-schon-Wen?«

»Du meinst Santa Claus?« war Ricos überraschte Stimme aus dem Lautsprecher zu hören.

»Du hast es gesagt!« rief Virginia aufgeregt und drehte sich zu ihrer Mutter um. »Siehst du, Mom, Rico hat Santa Claus gesagt, nicht Canta Slaus … denn letzte Nacht hat unsere Magie seine Legasthenie vertrieben!«

»Soll ich den Krankenwagen rufen, oder tust du's selbst?« fragte Stan seine Mutter.

Gillian rang sich ein verkrampftes Lächeln ab,

während Virginia sich mit einem ›Bis später‹ von Rico verabschiedete und den Hörer wieder auf die Gabel warf. »Ich bin froh, daß du doch am Nordpol warst«, sagte Gillian tonlos. »Aber erzähl das bloß nicht Onkel Mallory, in Ordnung?«

»Du glaubst mir nicht!« stellte Virginia enttäuscht fest.

»Ich glaube, daß wir uns heute alle zusammenreißen sollten«, antwortete Gillian ausweichend. »Macht euch jetzt fertig, damit wir Heiligabend gebührend feiern können.«

Virginia fühlte sich wie vor den Kopf geschlagen. Da hatte sie das größte Wunder erlebt, das sich nur vorstellen ließ, und ihre Mutter machte sich nicht einmal die Mühe, ihr *wirklich* zuzuhören. Sie hielt alles für ein Hirngespinst, für die Ausgeburt ihrer Fantasie und machte gar nicht den Versuch, nachzuforschen, was nun wirklich an der Sache war. Hätte ihre Mutter ihr gesagt, daß sie sie nicht mehr lieb hatte, sie hätte sie nicht mehr verletzen können.

17

Die künstliche Weihnachts-Fröhlichkeit, das aufgesetzte Spektakel mit seiner provozierenden Gewalttätigkeit des Spielzeughimmels hatte Nick nun wieder eingeholt. Er trug die ekelhafte Monster-Killer-Verkleidung, die ihm selbst bei beiläufigen Bewegungen etwas Kriegerisches verlieh. Selbst die Nähe der Katzenfrauen, die sich nun wieder nur wenige Meter von ihm entfernt an einer Verkaufsecke für militärisches Spielzeug aufgebaut hatten, konnte ihn jetzt nicht beruhigen. Er konnte selber nicht mehr begreifen, wie er sich dazu hatte hergeben können, die Produktion dieses fürchterlichen Spielzeugs maßgeblich zu unterstützen und sogar Merlin und die Elfen dazu zu drängen, immer mehr von diesem aggressiv aufgemotzten Kunststoffabfall herzustellen.

Es war nur eine gerechte Strafe, daß er jetzt selber als Monster-Killer im Spielzeughimmel stand, inmitten der Hektik, die jetzt, nur wenige Stunden vor Heiligabend, ihren Höhepunkt erreichte. Die Kunden eilten mit hektischen Blicken und sturen Gesichtsausdrücken durch die Gänge, und nichts gemahnte an eine geruhsame Weihnachtsstimmung und die ursprüngliche Intention des Heiligen Festes. Es war alles zu einem großen Jahrmarkt der Eitelkeiten und der kostspieligen Geschenke verkommen; und das, was einst Besinnlichkeit bedeutet hatte, konnten die wenigsten heute überhaupt noch verstehen. Wahrscheinlich wußten sie nicht einmal mehr genau, was das Wort Besinnlichkeit bedeutete.

Ein vielleicht dreizehnjähriger Junge zog seinen Vater aufgeregt an den Katzenfrauen vorbei in seine Richtung. »Guck mal, Dad!« rief er aufgeregt und deutete auf Nick. »Da steht der Monster-Killer, von dem ich dir erzählt habe!«

»So, so«, sagte der Vater, ein Mann mit Nickelbrille und Pfeife, der sich inmitten des Weihnachtstrubels offensichtlich alles andere als wohl fühlte. Er nahm einen Zug aus seiner Pfeife und ließ sie dann wieder sinken. »Und Sie sollen so etwas ganz Besonderes sein?« fragte er Nick. »Das Spielzeug des Jahres oder so etwas ähnliches?«

»Irgend so ein Schwachsinn, ja«, antwortete Nick resigniert. »Aber nur, weil ich im Fernsehen war, bedeutet das noch lange nicht, daß ich gut bin. Sie tricksen euch doch sowieso nur aus.« Er deutete auf die Laserwaffe. »Das ist nur billiger Trödel. Kauft statt dessen lieber einen Baukasten.«

Der Vater nickte nachdenklich. »Vielleicht haben Sie da nicht ganz Unrecht«, meinte er. »Danke!«

Als er sich umdrehte und seinen protestierenden Sohn davonführte, entdeckte Nick in der Menschenmenge Gillian und Virginia, die sich so schnell wie möglich zu ihm durchkämpften. Beide sahen alles andere als zufrieden aus. Virginia wirkte blaß und übernächtigt, was angesichts der Ereignisse der letzten Nacht ja auch nicht verwunderlich war. Gillian sah nicht viel besser aus. Die Sorgen der letzten Zeit lasteten sichtbar auf ihr, und die unangenehme Situation, in die sie sich mit dem Einzug bei Mallory selber hineinmanövriert hatte, hatte sicherlich das übrige dazu beigetragen, um sie nicht zur Ruhe kommen zu lassen.

»Nick!« rief Virginia statt einer Begrüßung, kaum daß sie in Hörweite war. Sie war so aufgeregt, daß sie noch nicht einmal Tess, Monique und Latisha bemerkt hatte, die nur wenige Meter entfernt standen und jedes Wort aufmerksam verfolgten. »Erzähl meiner Mom, was gestern nacht passiert ist!«

»Hallo, Virginia«, sagte Nick freundlich, wobei der Helm der Monster-Killer-Ausrüstung seiner Stimme eine unangenehm rauhe Komponente verlieh. »Freut mich, dich zu sehen. Und wie geht es Ihnen, Gillian?«

Gillian nickte knapp. »Danke der Nachfrage«, sagte sie in einem fast unfreundlich zu nennenden Tonfall. »Virginia mußte mich unbedingt hierhin schleppen, wegen ...«

»Wegen Alcott, Nick«, strahlte Virginia. »Meine Mutter hat ja keine Ahnung! Sie glaubt, daß ich mir alles ausgedacht habe.«

»Alcott?« fragte Nick. »Wer ist das denn? Und was ist mit ihm?«

Virginia runzelte die Stirn. »Du weißt doch ...«, begann sie im beschwörenden Tonfall. »Als wir in deinem Auto davongeflogen sind und geholfen haben, den Wolfsjungen zu heilen ...«

»Das hast du getan?« fragte Nick freundlich und wechselte einen verschwörerischen Blick mit Latisha, die wie die anderen Katzenfrauen gespannt das Gespräch verfolgte, ohne von der aufgeregten Virginia überhaupt bemerkt zu werden. »Das klingt schön und fantastisch.«

Gillian warf einen schmerzlichen Blick auf ihre Tochter, öffnete den Mund, als wolle sie etwas sagen, schloß ihn dann aber wieder. Statt dessen legte sie die Hand auf den Kopf ihrer Tochter, um sie zu streicheln, aber Virginia schob sie mit einer entschiedenen Bewegung zur Seite.

»Komm ... erzähl es ihr, Nick«, verlangte Virginia, und in ihren Augen schimmerten jetzt Tränen.

Nick schwieg einen Moment, und wie er so dastand, in der scheinbar schweren Rüstung des Monster-Killers, die in Wirklichkeit aber aus leichtem, billigem Kunststoff bestand, und mit einer Waffe in der Hand, die zwar kein Laser, aber dennoch eine echte Bedrohung war, zumindest schlimm genug, um Hunde und kleine Kinder damit ärgern zu können – da kam er Virginia unendlich fremd vor. Gestern noch war ihr dieser Mann so vertraut gewesen wie vielleicht vor langer Zeit nur ihr eigener Vater, aber jetzt war der Zauber gebrochen.

»Welchen Unterschied würde es machen, wenn ich etwas erzählen würde?« fragte Nick schließlich, und es kam Virginia vor, als ob in seinen Worten trotz aller Entschiedenheit auch Trauer mitschwang. »Wenn du daran glaubst, daß es geschehen ist, kann nichts schiefgehen.«

Virginia fühlte sich wie vor den Kopf geschlagen. Daß Stan sie ärgerte und bei jeder erdenklichen Gelegenheit versuchte, sie als kleinen, dummen Tollpatsch dastehen zu lassen, das erwartete sie bereits. Daß ihre Mutter ihren Geschichten keine große Beachtung schenkte, daß mußte sie immer wieder aufs neue schmerzlich erfahren. Aber daß sich nun auch Nick von ihr abwandte, das war zu viel.

»Aber Nick«, sagte sie hilflos, »ich brauche deine Hilfe. Sie glauben, ich hätte es nur geträumt.«

»Du mußt dich nicht darum sorgen, was andere Leute denken, Virginia«, sagte Nick rasch. »Du mußt nur du selbst sein.«

»Nick, bitte«, flehte sie im letzten Versuch, doch noch das Ruder herumzureißen. »Erklär ihr, daß ich die Wahrheit sage!«

Nick wandte den Blick von Virginia ab. In der Reflexion des Helms konnte sie nicht mehr sein Gesicht erkennen, aber sie begriff, daß er es nicht fertig brachte, sie weiter anzuschauen. Das tat weh. Es schmerzte so unendlich, daß alles, was gestern an Wunderschönem passiert war, bedeutungslos wurde. Nick machte alles kaputt. Warum hatte sie sich auf das Abenteuer eingelassen? Nur weil Nick sie überzeugt hatte, sie mit seiner Großherzigkeit mitgerissen hatte. War das alles nur Lüge gewesen? Hatte er ihr nur etwas vorgespielt?

Sie schluchzte laut auf, drehte sich abrupt um und quetschte sich durch die Menschenmenge. In wenigen Sekunden war sie verschwunden, und alles, was zurückblieb, waren zwei, drei Tränen auf dem Boden, über den Dutzende von Leuten trampelten, ohne zu bemerken, daß sich ein todunglückliches Mädchen an ihnen vorbeigedrückt hatte.

Nick starrte ihr wortlos nach, an den Katzenfrauen vorbei, die genauso betroffen wirkten wie er selbst. Der Kloß in seinem Hals wollte nicht weichen, und auch, nachdem er zwei-, dreimal geschluckt hatte, war er noch nicht in der Lage, ein Wort herauszubringen. Es kam ihm vor, als habe er Virginia schändlich verraten, und das, obwohl er nur getan hatte, was zu tun war. Aber tat er wirklich das richtige? Oder beging er gerade in diesem Moment nicht genauso einen Fehler wie damals, als er sich auf die Produktion der Monster-Killer eingelassen hatte?

»Ich glaube, in ihren Augen sind Sie ein zweiter Santa«, sagte Gillian unvermittelt.

Das war sicherlich richtig, und normalerweise wäre es Nick wichtig gewesen, daß man ihn nicht für eine Kopie, sondern für das Original hielt. Aber im Augenblick war es ihm herzlich egal. »Ich wette, ich bin gerade einige Klassen tiefer gesunken«, sagte er wahrheitsgemäß.

»Also ... danke, daß Sie sie nicht als Lügnerin hingestellt haben«, sagte Gillian. »Sie hat eine blühende Fantasie.«

Nick wußte nicht, was er daraufhin sagen sollte. War nicht jedes weitere Wort eine Lüge, log er aber auch nicht schon dadurch, daß er schwieg? »Das wäre schon ein Ding, wenn es ehrlich passiert wäre, was?« sagte er deshalb schließlich mit schwacher Stimme.

Wenn Gillian gemerkt hätte, wie elend ihm bei diesen Worten zumute war, dann wäre sie nicht dazu gekommen, weiter darüber nachzudenken. Denn es drängelte sich jemand zielstrebig in ihre Richtung durch die Menge; es war die hartnäckige Fernsehjournalistin, dicht gefolgt von ihrem Kameramann. Das Fernsehteam verlor keine Zeit. Während die Reporterin Gillian auf die Seite tippte, hatte der Kameramann schon seine – neue – Videokamera hochgerissen und den Auslöser betätigt.

Gillian fuhr herum und blickte überrascht in die Kamera. »Was, was ...«, stammelte sie.

»Entschuldigen Sie, Miß«, sagte die Reporterin im professionellen Tonfall. »Sie sind mit Randall Mallory verwandt?« Der Kameramann schwenkte seine Kamera an den scheinbar unbeteiligten Katzenfrauen vorbei auf die Reporterin, und sie fuhr mit Blick in die Kamera fort: »Was halten Sie von dem Gerücht, daß er irgendwo in den Vereinigten Staaten eine illegale Spielwarenfabrik unterhält?«

Gillian schüttelte überrascht den Kopf. »Weshalb sollte er so etwas tun?« fragte sie.

»Um die Lieferkosten zu sparen, die entstehen, wenn er Waren aus Übersee kommen läßt«, antwortete die Reporterin. »Es wird gemunkelt, daß er illegal eingeschleuste Kinder unter sklavereiähnlichen Bedingungen ...«

»Ähm, hier stecken Sie also!« unterbrach sie eine befehlsgewohnte Stimme. Es war Mallory, der mit Fred, seinem muskelbepackten Fahrer, durch die Menge geschossen kam, als sei es nur lästiges Unterholz, daß man bedenkenlos beiseite wischen konnte. »Sind Sie jetzt schon so unverfroren, ihre Lügen mitten am Heiligabend in meinem eigenen Geschäft zu verbreiten.«

»Mister Mallory scheint über ein ausgesprochen effizientes Überwachungssystem zu verfügen«, sagte die Reporterin in die Kamera. »Seine Familie wird konsequent abgeschirmt. Fragen wir ihn also selbst, was er von den Vorwürfen hält, innerhalb der Vereinigten Staaten eine illegale Spielwarenfabrik zu betreiben.«

Mallory war jetzt heran, und in seinem Gesicht mischte sich Wut mit einer Spur überheblicher Schadenfreude. »Vollkommener Blödsinn«, sagte er in die Kamera. »Der Spielzeughimmel engagiert sich sogar ganz im Gegenteil in Projekten für notleidende Kinder. Wir führen Spielzeugsammlungen durch, unterstützen förderungswürdige Vereine mit Geld. Mehr habe ich dazu nicht zu sagen.«

»Diese Aktivitäten ...«, begann die Reporterin hartnäckig.

»Mehr habe ich dazu nicht zu sagen«, beschied sie Mallory in schroffem Ton, während er den Boden mit seinem Stock in regelmäßigem Rhythmus bearbeitete. »Sie halten sich ohne Drehgenehmigung auf meinem Grund und Boden auf. Wenn Sie einen Drehtermin haben wollen, dann vereinbaren Sie einen mit meiner Pressestelle und jetzt guten Tag.«

»Aber ...«, setzte die Reporterin noch einmal an.

»Fred, geleite die Herrschaften bitte an die frische Luft«, sagte Mallory in aufgesetzt gelangweiltem Tonfall.

»Wollen Sie sonst wieder unsere Kamera zerstören?« fragte die Reporterin.

Mallory drehte sich zu ihr um und sah sie einen Moment schweigend an. »Ganz, wie Sie wünschen, meine Liebe. Provozieren Sie mich und die vielen friedlichen Weihnachtskäufer ruhig weiter. Gestatten Sie dann aber, daß ich die Polizei hole.«

Als die Katzenfrauen bemerkten, daß sich die Situation immer mehr zuspitzte, holten sie aus den Regalen ein paar Brustschilde aus Kunststoff hervor und legten sie an. Ihren Mienen war deutlich anzusehen, wie sehr sie offene Auseinandersetzungen haßten. Am liebsten wären sie wohl weggelaufen, aber allein schon ihre Neugier verhinderte, daß sie sich auf und davon machten. Statt dessen setzen sie noch ein paar Helme aus grauem Kunststoff mit bunten Federn auf, die ihrem Aussehen etwas Verwegenes gaben.

»Sie sind nicht befugt, diesen Bereich zu betreten«, sagte Mallory, als die Reporterin immer noch keine Anstalten machte zu gehen. »Sie haben die Wahl: Entweder lasse ich Sie vom Werkschutz rausbegleiten, oder ich hole die Polizei!«

»Komm, Jean, das hat doch keinen Sinn«, sagte der Kameramann und ließ die Kamera sinken. »Wir kommen auch so zu unserer Story.«

»Okay, okay«, sagte die Reporterin. »Wir gehen, Mister Mallory, aber seien Sie versichert: Wir werden uns wiedersehen!«

Mallory grinste schmierig und gab Fred einen Wink. Der Muskelmann ging einen Schritt auf den Kameramann zu. »Nicht so hastig, Freund«, sagte dieser. Er packte seine Kamera unter den Arm und ging in den Gang hinaus, dicht gefolgt von der Reporterin.

»Da gehen sie dahin wie geprügelte Hunde«, sagte Mallory anzüglich. »Sie sollten nur aufpassen, daß sie nicht eines Tages der Hundefänger erwischt.«

Als er sich selber umdrehte, fiel sein Blick auf die Katzenfrauen, die in ihren Rüstungen auf eine ganz eigene Art kriegerisch wirkten, obwohl sie doch nur Schutzkleidung angelegt hatten. Mallory pfiff anerkennend durch die Zähne. »Kampfkatzen? Kampfkatzen ... Kampfkatzen! Nicht übel.« Er nickte Nick zu. »Gute Arbeit, Nick, nur bewaffnen müssen Sie sie noch. Wenn doch bloß meine Nichte solche Einfälle hätte. Kommen Sie doch heute Abend zum Weihnachtsessen. Es wird ihre letzte Chance, etwas Sinnvolles aus Virginia zu machen.«

»Wovon redest du?« fragte Gillian entsetzt.

»Darüber diskutieren wir später, Liebes«, beschied sie Mallory knapp und war mit wenigen Schritten in der Menschenmenge verschwunden.

»Sie haben ja nette Verwandte«, stellte Nick fest, sobald er außer Hörweite war.

»Leider haben Sie da recht«, gab Gillian zu. »Wenn ich nur wüßte, was ich tun soll! Ich brauche diesen Job, und er nutzt diese Situation aus, um meine Familie zu zerstören.«

»Das werde ich nicht zulassen«, sagte Nick rasch.

Gillian lächelte schwach. »Nichts für ungut, aber was könnten Sie schon tun?« fragte sie.

»Ein wenig Magie arbeiten lassen«, antwortete Nick nachdenklich.

18

Virginia saß mit rotgeweinten Augen vor dem Schreibtisch ihres Onkels, einen Stapel Papiere vor sich und neben sich ein paar zerbrochene Bleistifte. In der Hand hielt sie einen noch intakten Bleistift, mit dem sie sich gerade an der Zeichnung des Chevys versucht hatte. Aber es wollte ihr einfach nicht gelingen, den Zauber der Situation einzufangen. Sie hatte nichts weiter getan, als das Papier sinnlos vollzukritzeln, und nichts, weder der magische Wall noch die Kristallkugel und schon gar nicht der fliegende Chevy kamen der Wahrheit auch nur im entferntesten nahe.

Stan hatte sich gerade erhoben, den Bildschirm des Computers, vor dem er die ganze Zeit gesessen hatte, ausgeschaltet, und war unbemerkt von Virginia hinter sie getreten. »Die sind gar nicht mal so übel, wie ich angenommen hatte«, meinte er versöhnlich. »Vielleicht würden sie coole Spielsachen abgeben. Aber Kugeln schweben nicht in der Luft herum, Virginia ...«

»Was kümmert dich das?« fragte Virginia aufgebracht. »Du haßt mich doch sowieso. Und ich hasse dich auch!«

Stan zuckte zusammen. Eine solche schroffe Entgegnung hatte er von seiner Schwester nicht erwartet, und was ihn am meisten schockierte, war die ehrliche Empörung in Virginias Stimme, die nah daran war, in offenem Haß umzuschlagen. Damit hatte er offensichtlich nicht gerechnet.

»Ich will dich nicht zum Bruder haben!« fuhr sie

im gleichen Ton fort, und als die Tür aufschwang und Mallory in den Raum trat, schien das ihre Wut nur noch anzustacheln. »Und dich will ich nicht zum Onkel haben!« schrie sie ihn an, kaum daß er einen Schritt ins Büro gemacht hatte. Sie klaubte die Zeichnungen mit ein paar hastigen Bewegungen zusammen, riß sie an sich und sprang hoch. Mit ein paar Schritten war sie an Mallory und seinem Fahrer vorbei aus dem Büro gestürmt.

Die Wut ließ sie kaum die Menschenmenge in den Gängen der Verkaufshalle wahrnehmen, durch die sie sich drängte, getrieben nur von dem Wunsch, nun auch Nick ins Gesicht zu schleudern, was sie von ihm hielt. Als sie ihn erreicht hatte, warf sie ihm mit einer wütenden Bewegung die Papiere vor die Füße.

»Du bist nicht mein Freund!« schrie sie aufgebracht, während ihr gleichzeitig Tränen über die Wangen liefen. »Ich möchte dich nie wiedersehen!«

Dann hatte sie sich auch schon wieder umgedreht und war in der Menschenmenge verschwunden. Nick starrte ihr sprachlos nach, getroffen von ihrem Gefühlsausbruch, aber auch mit Verständnis für ihre Situation, für die seelische Notlage, in der sie sich befand. Er wäre ihr gerne hinterhergelaufen, aber das hätte alles nur noch schlimmer gemacht. Wenn ein Mensch so voller Wut war wie jetzt Virginia, dann konnte man sowieso nicht ruhig mit ihm sprechen.

Die Katzenfrauen hatten den Ausbruch ebenfalls mit Besorgnis beobachtet und gesellten sich nun zu Nick. »Es dunkelt stets vor der Finsternis«, sagte Tess geheimnisvoll. »Wir wissen noch nicht, ob es wirklich Virginia ist, die unser Weihnachtsfest retten kann und so die Kinder glücklich macht.«

»Wenn nicht sie, dann keine mehr«, warf Monique ein. »Schließlich ist es im wahrsten Sinne des Wortes schon fünf vor zwölf.«

»An Aufgabe sieben haben sich schon viele die Zähne ausgebissen«, meinte Latisha. »Ich hoffe nicht, daß Virginia zu ihnen gehört.«

Tess warf einen Blick auf ihre Uhr und holte dann die Kristallkugel hervor, die zeigte, wie Virginia durch die Gänge der Halle eilte, Kauflustige anrempelte und ohne ein Wort der Entschuldigung weitereilte. »Es sieht nicht gut aus«, sagte sie zu Nick.

»Es ist jetzt drei Uhr«, bestätigte sie Monique. Ihre Stimme klang nervös. »Wir haben nur noch fünf Stunden Zeit.«

»Ich setze alles auf Virginia«, entgegnete Nick mit einer Zuversicht, die er so nicht empfand.

»Das Vertrauen zu bewahren«, sagte Latisha, »das ist Regel Nummer sechs. Schön, Nick, daß du dich wenigstens daran erinnerst. Hoffentlich nutzt es auch was.«

Nick verzichtete auf eine Antwort und starrte statt dessen wie die Katzenfrauen voller Besorgnis in die Kristallkugel, die Virginias Flucht aus dem Spielzeugland zeigte. Virginia rannte auf den Ausgang zu und stürmte hinaus, prallte gegen eine dicke Frau, machte unfreiwillig eine halbe Drehung und fiel dem dicken Weihnachtsmann in die Arme, der vor dem Kaufhaus stand, um Bonbons zu verteilen und gute Stimmung zu machen.

»Huch«, machte der Dicke. Es war Nicks alter Bekannter von der Vorstellung bei Mrs. Jenkins. »Was ist denn in dich gefahren, kleines Fräulein?«

»Überhaupt nichts!« schrie Virginia. »Lassen Sie mich sofort los, Sie dicker Tolpatsch!«

»Hoppla, du bist ja ganz schön geladen«, stellte der falsche Weihnachtsmann säuerlich fest. »Nimm wenigstens einen Bonbon, dann sieht die Welt gleich besser aus.«

»Schieb dir deinen Bonbon irgendwohin, Fettsack!« schrie Virginia, machte sich mit einer wütenden Handbewegung los und eilte davon.

»Huch!« machte Tess. »Was ist denn in Virginia gefahren? Ich wußte gar nicht, daß sie solche Ausdrücke kennt!«

»Bei *dem* Bruder ist das ja wohl kaum ein Wunder, oder?« nahm Monique sie in Schutz. »Außerdem wird den Kleinen doch im Fernsehen von morgens bis abends vorgemacht, wie man sich gegenseitig am wirkungsvollsten beschimpfen kann.«

»He, paßt auf!« rief Latisha. »Dieser Riesentolpatsch von Bodyguard schnappt sich Virginia!«

Tatsächlich war gerade Fred aufgetaucht, der hünenhafte Fahrer Mallorys. Ohne zu zögern packte er Virginia am Kragen und zog sie mühelos mit einer Hand an sich ran. Die Katzenfrauen verfolgten atemlos den dreisten Überfall des Muskelpaketes, mußten tatenlos mit zusehen, wie er Virginia an sich drückte wie einen hilflosen Säugling und sie mit sich schleppte, als sei sie sein Eigentum.

»Wir müssen Virginia sofort helfen«, sagte Tess entschieden.

»Das dürfen wir nicht«, meinte Monique besorgt. »Es geht um die siebte Prüfung. Niemand von uns darf eingreifen.«

»Aber wir können doch nicht einfach zulassen,

daß dieses Monster Virginia entführt«, empörte sich Tess.

»Das *müssen* wir sogar«, mischte sich Latisha ein. In ihrer Stimme schwang Besorgnis mit, aber auch die Entschlossenheit, jetzt nichts durch eine Unbedachtsamkeit kaputtzumachen. »Wir dürfen nur beobachten, aber nicht eingreifen …«

Die Szene in der Kristallkugel ließ sie abrupt schweigen. Allen Protestrufen Virginias zum Trotz schleppte Fred sie mit weit ausholenden Schritten in Richtung Parkplatz. Dabei verlor er kein einziges Wort. Virginia versuchte, um sich zu schlagen, aber Fred hielt mühelos ihre Arme zusammen. Was immer er mit ihr vorhatte: Niemand würde ihn davon abbringen!

»Das ist … das ist …«, stammelte Tess.

»Ja, Tess, das ist fürchterlich«, führte Latisha ihren Gedanken zu Ende. »Aber glaube mir: Wenn wir jetzt eingreifen, machen wir alles kaputt. Es wäre letztlich auch Virginias Schaden.«

Den wenigen Kauflustigen, denen überhaupt auffiel, daß da ein kleines Mädchen gegen seinen Widerstand mitgeschleppt wurde, wandten sich nach einem besorgten Blick auf Fred schnell wieder ab. Keiner von ihnen wagte ihn zu fragen, ob denn da auch alles mit rechten Dingen zuging – angesichts der finsteren Miene Freds und seiner Muskelpakete eine nur allzu verständliche Entscheidung.

»Was hat er vor?« fragte Monique besorgt.

Die Frage erübrigte sich. Fred erreichte Mallorys Wagen, riß die hintere Tür auf und warf Virginia mit einer schwungvollen Bewegung geradezu in den Fond der schwarzen Limousine.

19

Wieder ging ein Tag zu Ende; die Sonne schickte ihre letzten Strahlen zur Erde und läutete einen friedlichen Abend am Meer ein. Die Atmosphäre war so angenehm spätsommerlich, daß es kaum vorstellbar war, wie nah Weihnachten war. Wenn es dann noch ein Weihnachten im klassischen Sinne geben sollte und nicht nur ein leere Hülse ohne denjenigen, ohne den ein richtiges Weihnachten kaum vorstellbar war: den Weihnachtsmann.

Aber diese Gedanken lagen Stan fern. Während er neben Mallory stand und zusah, wie sein Onkel sein ›ganz spezielles Jagdgewehr‹, wie er es nannte, aus der Schutzhülle hervorholte, empfand er eine merkwürdige Mischung aus Angespanntheit und Vorfreude. Alle Gedanken an Weihnachten, an Geschenke und ein paar schulfreie Tage waren wie weggeblasen. Er dachte nur noch an die Jagd gefährlicher Raubtiere, ans Aufstöbern, das Schießen und Töten, an Blut und den Kadaver eines getroffenen Fisches. Es waren weit weniger angenehme Gedanken als er es sich vorgestellt hatte, und er war sich plötzlich durchaus nicht mehr sicher, ob die Jagd ein so angenehmer Zeitvertreib war.

»Ned hat alles für unsere Haifischjagd morgen vorbereitet, Stan«, sagte Mallory.

Stan nickte. Die Zeremonie das Tötens hatte begonnen, und vielleicht war es das beste, es so schnell wie möglich hinter sich zu bringen. »Laß uns schon früh aufbrechen, Onkel Mallory«, meinte er deshalb. »Der frühe Vogel fängt den Wurm.«

Mallory nickte anerkennend. »Junger Mann, dein Benehmen wird dich in dieser Welt noch weit bringen«, sagte er, während er dem halbautomatischen Gewehr das Magazin entnahm und es prüfend ins Licht hielt. »Allerdings ist die richtige Einstellung nur eine Kehrseite der Medaille. Die andere ist das Erlernen der grundlegenden Techniken.« Er schob das Magazin wieder ins Gewehr und drückte Stan die Waffe in die Hand. »Wie zum Beispiel mit dieser Waffe hier. Es ist ein genial konstruiertes Gerät, das es ermöglicht, ohne jede Anstrengung wen immer oder was immer man will zu *töten*. Aber dazu bedarf es eines grundlegenden Verständnisses der Schießtechnik und jeder Menge Übung.«

Das kalte Metall der Waffe in seiner Hand hatte etwas Beunruhigendes: Kalter Stahl, der dazu gedacht war, anderes Leben wirklich und wahrhaftig auszulöschen, das war etwas ganz anderes als ein Spielzeuggewehr. Stan war sicher, daß sein Onkel die Wahrheit sprach, aber er wußte nicht, ob er selber wirklich darauf erpicht war, mit einem solchen Gewehr überhaupt etwas zu töten. »Vielleicht sollte ich dir morgen einfach nur mal zuschauen«, sagte er zweifelnd.

»Na, so schwer ist es nun auch wieder nicht.« Mallory lachte auf seine unangenehme Art. »Du wirst schon noch zu deinem Schuß kommen.« Doch er nahm wenigstens Stan das Gewehr wieder aus der Hand und ließ es in die stabile Kunststoffhülle zurückgleiten. »Ich habe deine weitere Zukunft schon fest geplant«, fuhr er fort. »Nächstes Jahr besuchst du die Militärschule in der

Schweiz, du machst dein B. A. auf Yale, dein M. B. A. auf Harvard und dann steigst du bei mir als Vizedirektor ein, von wo aus ich dich persönlich an die Spitze der Spielzeughimmel-Kette befördern werde.«

Stan runzelte die Stirn. Obwohl ihn im Augenblick nichts brennender interessierte als die Frage, wie man möglichst schnell die Erfolgsleiter hochklettern konnte, ging ihm das doch alles etwas sehr schnell. Onkel Mallory schien ihn als sein persönliches Eigentum zu betrachten. Er hatte es schon nicht leiden können, wenn seine Mutter über seinen Kopf eine Entscheidung für ihn hatte treffen wollen, aber das, was Onkel Mallory jetzt vorhatte, ging nun doch ein bißchen zu weit.

»Hey«, sagte er unsicher. »So weit habe ich noch gar nicht gedacht.«

»Keine Sorge, Sohn, das Denken werde ich für dich übernehmen«, sagte Mallory leutselig. »Aber jetzt laß uns zurückgehen. Heiligabend wartet auf uns, und was könnte schöner sein, als das Weihnachtsfest im Kreise seiner lieben Familie zu verleben!«

Er lachte hämisch und verstaute das Gewehr wieder in der schweren, abschließbaren Kiste, aus der er es herausgeholt hatte. Er machte sich nicht einmal die Mühe, die Kiste wieder abzuschließen, sondern war mit ein paar Schritten an der Reling und sprang auf die nachfedernde Holzbrücke. Ohne Stan eines weiteres Blickes zu würdigen, ging er mit schnellen Schritten auf das Haus zu. Es blieb Stan nichts anderes übrig als ihm zu folgen.

Im Haus waren die Vorbereitungen für den Weihnachtsabend im vollen Gange. Mrs. Beth hatte bereits das Essen aufgetragen, den obligatorischen Truthahn mit den ebenso obligatorischen Beilagen, aber auch Spinatwachteln und Muschelragout und andere Absonderlichkeiten, wie sie unter Feinschmeckern heiß begehrt waren, aber Kindern selten zusagten. Mallory schien das nicht zu kümmern. Er warf einen gelangweilten Blick über den großen, sorgfältig gedeckten Tisch und lächelte leicht, als er Virginia entdeckte, die blaß und bleich neben der großen, rotbraunen Standuhr aus poliertem Mahagoni stand, die ihn fünfzehntausend Dollar gekostet hatte, soviel wie ein ordentlich ausgestatteter Mittelklassewagen. Virginia schien sich noch nicht recht eingelebt zu haben, und der etwas schroffe *Heimtransport* durch Fred schien ein übriges dazu beigetragen zu haben, sie einzuschüchtern.

Die Uhr läutete zur halben Stunde; der kleine Zeiger stand jetzt exakt zwischen sieben und acht, wie sich das für eine so wertvolle und reich verzierte Standuhr gehörte. Zeit, das Abendessen einzuleiten, dem Mallory eine ganz besondere Wendung zu geben beabsichtigte. »Ich bitte alle Anwesenden jetzt zu Tisch«, sagte er erstaunlich fröhlich. Aber angesichts des sorgfältig vorbereiteten Winkelzugs war seine gute Laune kein Wunder; den Grund dafür würde seine liebe Familie noch früh genug erfahren.

Vor den Tellern aus einer längst vergangenen Epoche, hergestellt in der staatlichen Manufaktur Meißen im achtzehnten Jahrhundert, standen altmodische silberne Tischschilder, auf die Mrs. Beth in sauberer Handschrift die Namen der Anwesenden notiert hatte. Stan lief aufgeregt hin und her, bis er sein Schild schließlich entdeckte, dann zog er den schweren Eichenstuhl zurück, der einst wie auch die anderen Stühle für ein kleines Barockschloß in Mittelfranken im Herzen Deutschlands hergestellt worden war, und ließ sich drauffallen. Nick und Gillian hatten ebenfalls schnell die mit ihren Namen beschrifteten Tischschilder entdeckt und setzten sich auf die ihnen zugewiesenen Plätze: Gegenüber an dem großen Tisch rahmten sie Mallory ein, der wie selbstverständlich an der Stirnseite des Tisches Platz genommen hatte, ganz Herrscher über sein kleines Imperium. Stan saß neben seiner Mutter, und Virginia sollte neben Nick sitzen.

»Auch du, kleines Burgfräulein, solltest jetzt Platz nehmen«, sagte Mallory. »Oder hast du plötzlich etwas gegen das Weihnachtsfest?«

»Natürlich nicht«, antwortete Virginia leise. »Aber … aber …«

»Bitte, setz dich jetzt«, sagte Gillian. Ihre Stimme duldete keinen Widerspruch, und so kam Virginia der Aufforderung widerstrebend nach. Am liebsten wäre sie wieder ausgerissen, so wie gestern abend. Aber wozu? Nick, der Verräter, saß jetzt mit am Tisch, und wenn sie es recht bedachte, hätten wohl selbst Rico und Jenny heute am Heiligen Abend keine Zeit für sie. Sie würde nirgends willkommen sein, und dann konnte sie auch gleich hier bleiben. Daß sie sich allerdings ausgerechnet neben Nick setzen mußte, das war wirklich der Gipfel!

»Etwas Weihnachtsmusik wäre schön«, meinte Gillian in dem Versuch, die steife Atmosphäre etwas aufzulockern.

»Unsinn«, beschied sie Mallory barsch. »Diese Art von zuckersüßer Sentimentalität ist etwas für graue Mäuse …«, er drehte sich zu Stan um, »und nicht für die Anführer, nicht für Leute, die es in dieser Welt zu etwas bringen wollen.«

Stan lächelte krampfhaft, aber es gelang ihm nicht, dem Blick seines Onkels standzuhalten. Er sah verlegen zu Boden und bemerkte so nicht, daß der ihm gegenübersitzende Nick sich plötzlich mit einer unnatürlichen Handbewegung an den Kopf faßte, in Richtung Fenster eine Grimasse schnitt und dann schnell den Kopf schüttelte. Und das hatte seinen guten Grund: Vor lauter Neugier getrieben hatten sich die Katzenfrauen unter dem Fenster versammelt und spähten nun zwischen dem Vorhang so unverschämt hervor, daß Nick Angst hatte, auch die anderen würden auf sie aufmerksam werden.

»Sind Sie in Ordnung?« fragte Gillian, der im Gegensatz zu ihrem Sohn Nicks eigentümliche Grimasse nicht entgangen war.

»Oh, ähm ...«, machte Nick verlegen, »ich versuche nur, einen Krampf wegzubekommen ... zu viel Streß, glaube ich.«

»Das bringt Weihnachten so mit sich«, sagte Mallory barsch. »Das ganze Theater um die Ferien macht einen schnell fertig. Es ist die schlimmste Zeitverschwendung.«

Nick sah ihn irritiert an. »Sie halten es für Zeitverschwendung, wenn die Kinder Wunschlisten an Santa schreiben?«

»Allerdings«, meinte Mallory. »Purer Schwachsinn.« Er wandte sich Virginia zu und lächelte schmutzig. »Erzähl mir von deinen Wünschen, Virginia.«

Virginia erwiderte trotzig seinen Blick. »Eine weiße Weihnacht für uns alle«, sagte sie schließlich mit fester Stimme.

Mallory lachte auf seine harte, grausame Art. »Hier?!« rief er immer noch lachend. »Ist dir eigentlich aufgefallen, wo wir sind? Nein, meine junge Dame, wenn Santa dir diesen Wunsch erfüllt, fresse ich meine Stiefel.«

»Es ist nichts falsch daran, Santa einen Wunschzettel zu schreiben«, sagte Gillian in dem schwachen Versuch, ihrer Tochter beizustehen. Schließlich wußte sie, wie wichtig Virginia das Weihnachtsfest, Santa und ihr Wunschzettel war.

»Wünsche an Santa gehen nicht in Erfüllung!« rief Mallory, und es klang so erfreut, als hätte er eben die Nachricht vom Untergang seines schlimmsten Konkurrenten vernommen. »Und ich werde Menschen, die sich mit solcherlei Schwachsinn abgeben, auch nicht in meinem Haus tolerieren. Ein solches Verhalten zu unterstützen ist unverantwortlich.«

Er nestelte an seinem Jackett herum, griff in die Innentasche und holte ein zusammengefaltetes Dokument hervor. Mit einer schwungvollen Bewegung knallte er es vor sich auf den Tisch und faltete es umständlich auseinander. »Ich halte es für meine Pflicht, euch über dieses Papier zu informieren«, sagte er in triumphierendem Tonfall. Er sah sich beifallheischend um, als habe er soeben eine freudige Überraschung präsentiert. »Um Punkt acht Uhr – von jetzt an gesehen in dreißig Minuten – bekomme ich das offizielle Sorgerecht für Stan und Virginia, und deine Rolle, Gillian, als Mutter ist damit ausgespielt.«

»Nein!« schrie Gillian. »Das kannst du doch nicht machen!«

»Und ob ich kann«, sagte Mallory kühl.

»Mom, was heißt, deine Rolle ist ausgespielt?« fragte Stan verstört.

»Natürlich behältst du deine Position in meiner

Firma«, teilte Mallory Gillian in würdevollem Tonfall mit, als habe sie gerade den Haupttreffer im Lotto gelandet, und er sei der Überbringer der glücklichen Nachricht. »Und ich werde dich obendrein befördern!«

»Nein, das wirst du nicht!« schrie Gillian. In ihrer Stimme schwang das ganze Entsetzen über das soeben Gehörte mit. »Denn ich kündige!« Sie sprang auf und war mit ein paar Schritten an der Trophäen-Wand. Ehe sie jemand aufhalten konnte, riß sie den ausgestopften Pinguin von der Wand und warf ihn mit einer schwungvollen Bewegung vor Mallory auf den Tisch. Er knallte mit solcher Wucht auf die Tischplatte, daß er ein paar Meter weiterschlitterte und auf den Boden rutschte. »Mit deinen Kreaturen kannst du machen, was du willst. Nicht mit uns!«

Ihr Gesicht war rot vor Zorn, und auf ihrer Stirn traten einzelne Adern hervor. »Behalt deinen Job!« schrie sie außer sich. »Ich werde mir jetzt die Kinder nehmen, und dann verlassen wir dieses Haus auf Nimmerwiedersehen!«

Mallory betrachtete sie ungerührt. Sein Gesicht wirkte wie eingefroren, aber in seinen Mundwinkeln steckte ein gemeines Lächeln, und seine Augen funkelten triumphierend. »Das werdet ihr nicht tun«, sagte er kühl. »Denn da gibt es noch eine Kleinigkeit, die du wissen solltest, meine Liebe.« Er klopfte ungeduldig mit seinem Stock auf den Tisch. »Sergeant Klaus!« rief er.

Gillian starrte ihn verblüfft an. Sie schielte mittlerweile so stark, daß man ihrer Blickrichtung kaum noch folgen konnte. »Wer, zum Teufel, ist Sergeant Klaus?« fragte sie.

Die Antwort ergab sich von alleine, als die Tür

aufgerissen wurde und ein kräftiger Mann in Militäruniform den Raum betrat. Er hatte ein zusammengekniffenes Gesicht mit energischen Zügen, ein finsterer Mann von vielleicht fünfundzwanzig Jahren, ein Lakai ihres Onkels, der wie ein Automat seinen Befehlen gehorchen würde.

»Um acht Uhr wird der Sergeant Virginia zu ihrem Flug zum Viper Institut am Flughafen geleiten«, fuhr Mallory ungerührt fort. »Dann hat es ein Ende mit diesen lächerlichen Wunschlisten. Ich verspreche dir, meine Liebe, daß Virginia bis zum nächsten Weihnachten den Wahrheiten des Lebens ins Auge schauen können wird, ohne sich in kitschige Weihnachtsfantasien flüchten zu müssen.«

»Das wird sie sicherlich nicht«, sagte Gillian mit zitternder Stimme. Sie trat zu ihrer Tochter, die wie erstarrt am Tisch saß, und legte ihr die Hand auf die Schulter. »Weil wir jetzt nämlich alle gehen werden.«

»Ich weiß nicht, Mom«, sagte Virginia mit leiser Stimme. »Vielleicht sollte *ich* lieber gehen. Ich bin doch nur ein dummer Träumer. Vielleicht wird das Internat mir wirklich helfen.«

Einen Herzschlag lang herrschte Totenstille in dem Raum, dann schluchzte Gillian laut auf. Sie beugte sich zu ihrer Tochter herunter und drückte sie fest.

»Welch herzzerreißendes Bild«, sagte Mallory spöttisch. »Doch, wie mir scheint, ist deine Tochter klüger als du.«

»Das ist nicht wahr, und so etwas solltest du nicht sagen«, sagte Gillian zu Virginia, ohne auf Mallorys Worte einzugehen. »Dein Onkel Mallory hat weder ein Herz noch eine Seele. Du darfst auf die Worte eines solchen Mannes nicht hören.«

»Lies die Vormundschaftspapiere, Gillian, dann weißt du Bescheid«, sagte Mallory kühl. »Die wichtigsten Richter dieses Staates sind meine Freunde ... Du brauchst dir also keine Hoffnung zu machen, juristisch gegen mich angehen zu können!«

»Es gibt immer eine Hoffnung«, mischte sich Nick ein.

Virginia schüttelte sich unwillig und schob die Arme ihrer Mutter zurück. »Laß nur, Mom«, sagte sie und sah dann in Mallorys Richtung. »Kann ich noch einige Sachen packen, bevor wir gehen?«

Mallory nickte. »Sergeant Klaus, begleiten sie die junge Dame auf ihr Zimmer.«

»Denk dran, Virginia«, sagte Nick, »hör auf dein ...«

»Halt du dich da lieber raus«, unterbrach ihn Virginia mißmutig. Die Enttäuschung in ihrer Stimme war unüberhörbar. Sie glaubte Nick offenbar kein Wort mehr, und die Situation mußte aus ihrer Sicht so verfahren aussehen, daß sie keine andere Wahl mehr sah, als Mallorys Vorschlag zu folgen.

Als sie sich erhob war Sergeant Klaus mit einem Schritt bei ihr und packte sie mit festem, aber keineswegs aggressivem Griff am Arm. Virginia leistete keinen Widerstand. Wie ein Lamm, das sich willenlos zur Schlachtbank führen läßt, ließ sie sich von Klaus aus dem Zimmer geleiten.

»Du bist vielleicht imstande, mir ihre Körper zu nehmen, doch ihre Herzen wirst du nie bekommen«, sagte Gillian mit einem Trotz in der Stimme, wie er eher für Kinder als für Erwachsene typisch war. Sie drehte sich auf den Absatz um und rannte aus dem Raum.

»Ich würde deine Tochter in Ruhe lassen«, rief

ihr Mallory nach. »Der Sergeant könnte es dir übelnehmen.«

Stan warf seine Serviette auf seinen Teller. »Ein weiteres Weihnachtsfest ruiniert«, schimpfte er. Er schob seinen Stuhl zurück und stand auf; mit den typisch ungelenken Bewegungen eines Jungen, der sich einer unüberschaubaren Situation gegenübersieht und nun nicht weiß, was genau er tun soll. Er warf einen fast flehenden Blick auf Mallory, straffte sich dann und verließ mit unsicheren Schritten ebenfalls das Zimmer. Daß auch Nick aufsprang und Gillian folgte, registrierte Mallory lediglich mit einem geringschätzigen Hochziehen der Augenbrauen.

Nick eilte Gillian hinterher, an Stan vorbei die Treppe hinauf, die zu den Kinderzimmern führte. Oben holte er sie schließlich ein. Gillian hatte sich am Treppenabsatz gegen die Wand gelehnt, geschüttelt von einem Weinkrampf, der um so verzweifelter wirkte, weil sie offenbar mit aller Kraft versuchte, ihn zu unterdrücken. Ihr Sohn quetschte sich an ihr und Nick vorbei und verschwand in seinem Zimmer.

Als Gillian Nick bemerkte, wischte sie sich mit einem Taschentuch über die Augen und sah ihn verstört an. »Was wollen Sie von mir?« fragte sie so gefaßt wie möglich. »Können Sie mich nicht einfach in Ruhe lassen?«

»Gillian«, begann Nick unbeholfen. »Ich muß mit Ihnen sprechen. Ich bin nicht der, für den ich mich ausgebe.«

»Du bist ein verdeckter Ermittler, nicht wahr?« platzte Gillian heraus. »Schnüffelst für meinen Onkel, verdienst dir ein paar dreckige Dollar daran, daß du uns alle verkaufst.«

»Nicht so laut«, sagte Nick beruhigend und sah sich nervös nach allen Seiten um. »Ja, verdeckt bin ich irgendwie schon. Man könnte sagen, ich wurde von ganz oben geschickt.«

Gillian runzelte die Stirn. »Was soll das denn heißen?« fragte sie. »Heißt das, du bist von einer Bundesbehörde, oder was? Hat mein Onkel Dreck am Stecken? Und vor allem: Kannst du mir helfen, daß ich meine Kinder nicht verliere?«

»Ja, wenn ich es verhindern kann«, sagte Nick nervös. »Aber für den Moment müssen wir uns auf Virginia konzentrieren.«

20

Es war eine fast unwirkliche Stimmung. Virginia hatte eine große Reisetasche aufs Bett gestellt und schmiß jetzt ein paar Kleidungsstücke hinein, ohne großen Sinn für Ordnung und ohne sich darauf konzentrieren zu können, was sie eigentlich mitnehmen wollte oder was sie dringend brauchen würde. Es war eh alles aus. Ihre Mutter hatte sich an Onkel Mallory verkauft, für irgendeinen blöden Job, und offensichtlich war ihr ganz egal, was aus ihrer Tochter wurde. Ihr Wutanfall war nicht mehr als eine Reaktion ihres schlechten Gewissens. Und was Nick anging und den ganzen Hokuspokus am Nordpol: Davon hatte sie nun endgültig die Nase voll. Sie war kuriert von dem ganzen blöden Weihnachtsmanngetratsche und nicht mehr willens, sich auf Nicks Lügengeschichten einzulassen.

Daß jetzt dieser blöde Klaus auf dem Rattansessel in der Ecke saß und in einem Comic-Heft schmökerte, war nicht mehr als eine logische Strafe für das, was sie sich selber eingebrockt hatte. Vielleicht hätte sie sich schon ein bißchen früher mit den Realitäten des Lebens auseinandersetzen müssen. Mit so grundlegenden Dingen wie beispielsweise der fehlenden Gerechtigkeit in dieser Welt. Wie konnte es sonst sein, daß ein so ekelhafter Typ wie ihr Onkel Mallory im Geld schwamm, während viele hart arbeitende Menschen sich kaum eine vernünftige Wohnung leisten konnten?

Virginia legte ihre Unterwäsche aufs Bett und

zog die Schubladen auf, in der sie ihre Erinnerungsstücke verstaut hatte. Neben ihrem altem Jo-Jo und einen Stapel mit Postkarten lag die weiße Feder, die ihr Carla gegeben hatte. Daran wollte sie nun wirklich nicht erinnert werden. »Nur ein weiterer dummer Traum«, murmelte sie mürrisch. Sergeant Klaus war so in das Comic-Heft vertieft, daß er nicht einmal aufsah.

Aber irgend etwas schien seltsam zu sein mit der Feder. Sie begann zu flirren wie ein Maisfeld in der sengenden Hitze eines heißen Sommertages, und dann bewegte sie sich tatsächlich leicht, wie hochgehoben von einem sanften Windstoß. Virginia kniff die Augen zusammen und schüttelte langsam den Kopf. Es konnte nur eine optische Täuschung sein; keinesfalls konnte sich die Feder von selbst bewegen. Und doch tat sie es. Ganz langsam und mit einer fast bedächtig zu nennenden Bewegung schwebte sie aus der Schublade empor. Virginia spürte, wie ihr ein kalter Schauder über den Rücken rann, wie die Ahnung von etwas Mysteriösem, einem Wunder, an das sie im Grunde ihres Herzens nach wie vor glaubte.

Sie hatte Scheu, den Zauber zu zerbrechen, und doch streckte sie langsam die Hand aus, um die Feder anzufassen und sich davon zu überzeugen, daß sie wirklich existierte. Die Feder schien ihre Absicht zu erahnen. Im gleichen Rhythmus von Virginias Bewegungen wich sie zurück, tänzelte dann schließlich empor und entwich ihrer zugreifenden Hand in Richtung Fenster. Noch immer bemerkte der Sergeant nichts von dem merkwürdigen Schauspiel; er schien sich mit seinem Comic-Heft in einer anderen Welt zu befinden und vollauf damit zufrieden zu sein, daß Virginia bislang keine Anstalten gemacht hatte, das Zimmer zu verlassen.

Virginia machte eine raschere Bewegung mit der Hand, aber es half nichts; wieder wich die Feder aus und diesmal hielt sie genau auf das Fenster zu. Virginia eilte ihr hinterher, von der plötzlichen Angst gepackt, die Feder könne von ihrem eigenen Schwung getragen aus dem Fenster fliegen und auf Nimmerwiedersehen davonsegeln. Doch die Feder machte einen eleganten Schwung, schien zurückfliegen zu wollen und kam dann unvermittelt inmitten des Fensters zur Ruhe. Virginia hatte sie mittlerweile erreicht und streckte den Arm aus, um die Feder zu ergreifen.

Doch sie führte die Bewegung nicht zu Ende. Der Grund war der Anblick, der sich ihr aus dem Fenster heraus bot. Aus ihrem Fenster heraus sah man auf den Hof, der sich in dem Garten zwischen dem großen Lager und kleineren Nebengebäuden ergab. Dort stand ein Pick-up, ein offener Lieferwagen mit laufendem Motor, der von zwei Männern hastig beladen wurde. Der Lieferwagen wirkte merkwürdig klein gegen die großen Lastwagen, die ansonsten zwischen dem Lager und der Außenwelt hin- und herpendelten.

Virginia verharrte einen Moment, vergaß beinahe die Feder und beobachtete die Männer, die offensichtlich so schnell arbeiteten, wie sie nur konnten. Sie fragte sich, was wohl in den Kisten war, die sie auf dem Pick-up verstauten. In diesem Moment beobachtete sie, wie sich eine kleine Seitentür öffnete und ein kleiner Junge ins Freie trat. Der Junge, der offensichtlich mexikanischer Abstammung war, sah sich verstohlen um, und seine ganze Körperhaltung drückte Anspannung und

Furcht aus. Vielleicht war er ein Dieb, der sich zu Weihnachten direkt an der Quelle hatte Spielzeug *ausborgen* wollen, oder vielleicht gehörte er auch zu einer dieser Diebesbanden, die Minderjährige vorschickten, weil sie, sollten sie ertappt werden, nicht ins Gefängnis gesteckt werden konnten.

Virginia hatte die Feder jetzt vollkommen vergessen. Sie war sich sogar nicht einmal mehr bewußt, daß Sergeant Klaus hinter ihr in einem Sessel saß und las. Angespannt verfolgte sie, wie der Junge mit vorsichtigen Bewegungen an der Lagerhalle entlangging und sich dabei nach allen Seiten sichernd umsah. Wenn er seinen Weg weiter verfolgte, mußte er den beiden Männern an dem Lieferwagen direkt in die Arme laufen. Doch das konnte er nicht wissen. Selbst wenn sie ihn hätte warnen wollen, hätte sie es nicht gekonnt, denn ein Warnruf hätte sowohl Sergeant Klaus alarmiert als auch die Männer am Pick-up – und damit wäre der Junge erst recht verraten worden.

Eigentlich sieht er gar nicht aus wie ein Dieb, dachte Virginia. Dazu war er zu ärmlich gekleidet und auch zu unsicher; sie stellte sich Diebe jedenfalls ganz anders vor, selbstbewußt bis zur Unverschämtheit, entweder auffällig gekleidet oder in schwarzer Montur, so, wie man es im Fernsehen sah, wenn eine Diebesbande in ein streng gesichertes Gebäude eindrang. Außerdem schien der Junge gar nichts bei sich zu haben; es war keine Spur von Diebesgut an ihm zu entdecken. Und wenn man es recht bedachte, war es viel einfacher, in einem Kaufhaus ein Spielzeug zu klauen als hier, auf dem streng bewachten Gelände von Mallorys Lager.

Sie war mit ihren Überlegungen noch zu keinem Schluß gekommen, als sich die Seitentür nicht nur nochmals öffnete, sondern geradezu explosionsartig aufgesprengt wurde, und Ned ins Freie stürzte. Der unsympathische Mann entdeckte den Jungen sofort.

»Bleib stehen, du Ratte«, schrie er.

Der Junge zuckte zusammen, warf einen gehetzten Blick zurück und stürmte dann mit grotesk anmutenden Sprüngen davon. Ned folgte ihm, und jetzt waren Virginias Sympathien eindeutig auf seiten des Jungen. Aber das half ihm nicht. Als er die Ecke erreichte, hinter dem der Pick-up stand, blieb er abrupt stehen. Die beiden Männer sahen auf, murmelten etwas und stellten dann ihre Kisten dort ab, wo sie gerade standen. Sie sahen nicht aus, als ob sie willens wären, den Jungen vorbeizulassen.

Und dann war auch Ned schon gefährlich nahe heran. Der Junge warf einen gehetzten Blick zurück und rannte los. Die Männer grinsten breit und bauten sich zwischen ihm und der Hauswand auf. Trotzdem versuchte der Junge, an ihnen vorbeizukommen. Er rannte im Zickzackkurs auf sie zu, obwohl er wissen mußte, daß er kaum eine Chance hatte, an den Männern vorbeizukommen, geschweige denn davon, daß sie ihn auch dann noch mit Leichtigkeit würden wieder einholen können.

Als Ned um die Ecke schoß, erfaßte er die Situation sofort. »Laßt die Ratte nicht durch«, schrie er so laut, daß ihn selbst Virginia weit entfernt an ihrem Fenster deutlich verstehen konnte. Sie hätte gerne eingegriffen, sich um die Rettung des Jungen gekümmert, dessen Verzweiflung sie bis hier oben zu spüren glaubte. Aber dazu bestand keine

Möglichkeit. Der Sergeant hinter ihr würde sie daran hindern, das Zimmer zu verlassen, und selbst wenn es ihr gelänge, an ihm vorbei die Treppe hinabzustürzen und rechtzeitig auf den Hof zu gelangen: Was hätte sie schon gegen Ned und die beiden Männer ausrichten können?

Der verzweifelte Versuch des Jungen, an den beiden Männern vorbei in die Freiheit zu gelangen, schien wider Erwarten sogar zu gelingen. Er rannte auf den einen zu, schlug dann im letzten Moment einen Haken und sprang an ihm vorbei auf den Pick-up zu. Der Mann wirbelte herum und setzte ihm nach, aber da war der Junge auch schon am Pick-up vorbei und hetzte auf das Nebengebäude zu. Ein, zwei Sekunden war er noch in Virginias Blickfeld, dann verschwand er hinter einer Hauswand.

Ned und die beiden Männer waren jetzt auf gleicher Höhe kurz vor der Wand, und dann waren auch sie verschwunden. Virginia starrte noch einen Herzschlag lang auf den nun menschenleeren Hof, dann zuckte sie mit den Achseln und drehte sich zum Sergeant um. Der Mann schien ein wahrer Comic-Narr zu sein. Er war so in das Heftchen vertieft, daß er nichts außerhalb seiner Fantasiewelt wahrzunehmen schien. Aber Virginia war sich sicher, daß er sofort hellwach sein würde, wenn sie versuchte, an ihm vorbei zur Tür zu gelangen.

Ein Geräusch von draußen lenkte ihre Aufmerksamkeit wieder auf den Hof. Nur mit Mühe unterdrückte sie einen Aufschrei. Ned war wieder aufgetaucht, und mit ihm die beiden Männer, die den Pick-up beladen hatten. Aber sie waren nicht alleine. Ned hatte sich etwas über die Schulter geworfen, das Virginia auf den ersten Blick für einen Sack gehalten hatte. Doch dann erkannte sie ihren Irrtum: Es war der Mexikanerjunge, und an seinen schlaffen Zügen erkannte sie, daß er wohl ohnmächtig sein mußte. Zumindest hoffte sie, daß er *nur* ohnmächtig war.

Die Männer gingen mit raschen Schritten auf die Tür zu, durch die der Junge aus dem Lager geflohen war, und verschwanden im Inneren des großen Gebäudes. Virginia blieb wie erstarrt stehen, unfähig zu begreifen, was da geschehen war. Das sah ganz und gar nicht so aus, als ob sie den Jungen nur eingefangen hatten, um ihn der Polizei zu übergeben. Sie fühlte sich eher an den brutalen Überfall Freds erinnert, der sie im Auftrag ihres Onkels vor dem Spielzeughimmel abgefangen und ohne ein weiteres Wort zum Wagen geschleppt hatte, um sie zurück zu Mallory zu bringen.

Dann wurde sie durch etwas ganz anderes abgelenkt: Es war ihr, als ob sie in ihrem Inneren die Stimme Nicks hörte, der leise, aber eindringlich auf sie einflüsterte. *Hör auf dein Herz, Virginia,* glaubte sie zu hören. Sie dachte keinen Augenblick darüber nach, ob sie sich das nur eingebildet hatte, und auch ihre Wut auf Nick spielte nun keine Rolle mehr. Alles, was sie wollte, war diesem armen Jungen helfen, mit dem Ned weiß Gott was vorhatte. Sie mußte herausbekommen, was hier eigentlich gespielt wurde und wohin man den Jungen geschleppt hatte, und dann konnte sie Hilfe holen.

In die Feder war mittlerweile wieder Bewegung gekommen; sie schwebte aus dem Fenster heraus und glitt langsam nach unten, drehte sich ein paarmal im Kreis, als wolle sie Virginia auffordern, ihr zu folgen. Und genau das hatte sie auch vor. Sie warf einen Blick auf Klaus, der noch immer in dem Comic schmökerte. Wenn er zwischendurch den Kopf gehoben hatte, um sich zu überzeugen, daß sie nichts Unrechtes tat, dann hatte er zumindest keine Einwände dagegen, daß Virginia am Fenster stand. Wahrscheinlich glaubte er, sie wolle von ihrer vertrauten Umgebung Abschied nehmen. Daß sie das Zimmer erst seit wenigen Tagen bewohnte, konnte er kaum wissen.

Virginia zögerte. Der Wunsch, dem Jungen zu folgen, wurde übermächtig, aber sie sah keine Chance, an Sergeant Klaus vorbeizukommen. Die einzige Chance bestand darin, der Feder zu folgen: Sie mußte aus dem Fenster klettern und einen Weg nach unten finden, bevor Klaus begriff, was sie vorhatte. Ihr Blick fiel auf das Abflußrohr der Regenrinne, das metallisch glänzend und äußerst stabil wirkend an ihrem Fenster vorbei in die Tiefe führte. Wenn sie ein bißchen Glück hatte, konnte sie auf diesem Weg das Zimmer verlassen, bevor Klaus darauf aufmerksam wurde, daß sie ausbüxen wollte.

Ein Kribbeln im Magen erinnerte sie daran, daß sie nicht ganz schwindelfrei war. Aber um sich lange mit Bedenken aufzuhalten, dazu war jetzt wirklich keine Zeit. Entweder entschied sie sich gleich für den gefährlichen Abstieg und verschwendete keine Gedanken mehr daran, ob es überhaupt sinnvoll war, sich auf ein solches Abenteuer einzulassen, oder sie ließ es bleiben.

Die Feder gab den Ausschlag. Sie kam wieder ein Stück nach oben geschwebt, machte eine elegante Kurve und glitt dann nahe der Regenrinne wieder nach unten. Virginia zögerte nicht mehr länger. Mit einer entschlossenen Bewegung setzte sie sich auf die Fensterbank, ließ die Beine über den Abgrund baumeln und suchte mit der rechten Hand Halt an der Regenrinne. Dann drehte sie sich vorsichtig um und griff auch mit der linken Hand zu, tastend und vorsichtig. Doch bevor sie sich überzeugt hatte, daß das die beste Position zum Abstieg war, rutschte sie von der Fensterbank weg, glitt endgültig aus und klammerte sich verzweifelt an das kalte Metall der Regenrinne. Ein harter Ruck ging durch ihre Hände und einen schrecklichen Moment lang hing sie über dem Abgrund, ohne zu wissen, was sie tun sollte.

Dann fanden ihre Füße Halt an einer Halterung. Mit aller Gewalt klammerte sie sich an das Rohr. Sie konnte sich nicht richtig halten und glitt runter, viel zu schnell, und ihre Hände schubberten unangenehm hart über das glatte Metall, ohne den Kontakt jedoch ganz zu verlieren. Es war ein Höllenritt in die Tiefe, und gerade, als sie glaubte, die Schmerzen in ihren Händen nicht mehr aushalten zu können, stießen ihre Füße auf festen Widerstand: Sie war am Boden angekommen.

Aufatmend blieb sie stehen und atmete ein paarmal keuchend ein und aus. Ihre Hände schmerzten, aber immerhin hatte sie sie sich nicht so weit aufgerissen, daß sie bluteten. Es waren nur Hautabschürfungen, die in ein paar Tagen schon vergessen sein würden. Doch die Schmerzen in ihren Händen waren nichts gegen das unglaubliche Gefühl der Befreiung, nachdem es ihr gelungen war, ihrem Gefängnis zu entkommen. Besonders stolz war sie darauf, daß sie es geschafft hatte, einen überraschten Laut zu vermeiden, als sie den

Halt verloren hatte, und die in ihr aufbegehrenden Schmerzensschreie zu unterdrücken, als sie an dem Abflußrohr der Regenrinne in die Tiefe herabrutschte.

Und doch mußte sie sich jetzt beeilen. Der dikke Sergeant konnte jeden Moment sein Comic-Heft sinken lassen, und spätestens dann würde er merken, daß sie geflohen war. Sie warf einen raschen Blick über den Hof. Es war hier niemand zu sehen, aber das konnte sich schnell ändern. Ohne weiter zu zögern nahm sie die Feder auf, die jetzt neben ihr auf dem Boden gelegen hatte, und steckte sie in den Gürtel ihrer Jeans. Dann lief sie mit schnellen Schritten auf die Tür der Lagerhalle zu, in der Ned mit dem Jungen verschwunden war. Ihre Schritte hallten unangenehm laut in ihren Ohren wider, und sie fürchtete jeden Moment, daß der Sergeant hinter ihr her brüllte, voller Wut, weil sie ihn auf so einfache Art und Weise ausgetrickst hatte.

Aber sie erreichte die Tür unbehelligt und riß mit einer raschen Bewegung an der Klinke. Die Tür reagierte nur schwerfällig, und einen Moment fürchtete sie schon, daß sie abgeschlossen sei, aber dann glitt sie doch widerstrebend auf. Dahinter lag nicht, wie sie vermutet hatte, eine offene Lagerhalle, sondern ein dunkler Gang, der nach vielleicht zehn Metern an einer weiteren Tür endete. Als die Außentür wieder zuglitt, wurde es beängstigend dunkel. Ihre immer noch schmerzende Hand tastete nach einem Lichtschalter und drückte ihn. Erst als das Licht unangenehm blendend aufleuchtete, kam ihr der Gedanke, daß sie sich damit hätte verraten können. Aber jetzt war es sowieso zu spät für solche Überlegungen, und so nutzte sie das Licht, um zur anderen Tür zu eilen und auch sie aufzuziehen.

Dahinter tat sich tatsächlich die Lagerhalle auf. Sie war noch größer, als Virginia vermutet hatte. Endlose Gänge zogen sich durch das gigantische Gebäude, und im schwachen Licht der diffusen Deckenbeleuchtung erkannte sie bis an die Decke reichende Paletten mit Monster-Killer-Boxen. Sie fühlte sich unangenehm an den Nordpol erinnert, an den Bereich unter der Kuppel, in dem sich ebenfalls Paletten mit Monster-Killer-Boxen gestapelt hatten. Sie hatte keine Ahnung von den Details, aber offensichtlich war Nick doch nichts weiter als ein Angestellter ihres Onkels, und der Bereich am Nordpol gehörte mit zu Onkel Mallorys Spielzeugimperium. War die ganze Geschichte mit den Wölfen nichts weiter als ein Ablenkungsmanöver ihres Onkels? Aber wie konnte das sein? Sie hatte mit den Tieren gesprochen, sie hatte Liebe, Leid und Ablehnung gespürt. Das war kein billiges Schmierentheater gewesen, sondern etwas, das sehr, sehr nahe an ein Wunder grenzte. War Onkel Mallorys Macht wirklich so groß, daß er auch über die Tiere gebot und Wunder tun konnte?

Die Fragen schwirrten in ihrem Kopf und verursachten nichts weiter als ein leichtes Schwindelgefühl; sie kam noch nicht einmal auf die entfernteste Spur der Wahrheit, daß spürte sie ganz genau. Aber deswegen war sie ja auch nicht hierhergekommen. Sie wollte dem Mexikanerjungen helfen und dafür sorgen, daß ihm Ned nichts antun konnte. Doch dafür mußte sie ihn erst finden. Und das war angesichts der riesigen Halle nicht ganz einfach, geschweige denn, daß sie nicht einmal sicher wußte, ob der Junge sich überhaupt noch im Lager befand.

Zögernd und mit einem fast ehrfürchtigen Staunen ging sie weiter. So ähnlich wie sie jetzt mußten sich die Forscher gefühlt haben, die als erste eine Pyramide betreten hatten. Die Größe des Gebäudes, die düstere und dennoch faszinierende Atmosphäre und die Nähe des Todes, hier personifiziert durch die vielen tausend Monster-Killer, das alles verdichtete sich zu dem Gefühl, etwas Gewaltigem gegenüberzustehen. Onkel Mallory war ganz offensichtlich ein Mann, der nur in großen Dimensionen dachte. Aber daß ausgerechnet solch ein Mann mit dem Verkauf von Spielzeug zu einem der reichsten Männer im Lande geworden war, gefiel ihr ganz und gar nicht.

Irgendwo, ein paar Gänge weiter, glaubte sie plötzlich eine hellere Lichtquelle zu entdecken, einen Ort, der die Düsterkeit des Ortes zumindest stellenweise aufbrach. Vielleicht war dort Ned und verhörte den Mexikanerjungen; Virginia konnte sich lebhaft vorstellen, wie er ihn mit Fragen bombardierte. Wenn der Junge wirklich ohne Erlaubnis hier eingedrungen war, dann wollte er vielleicht wissen, ob er Komplizen hatte und wo sie auf ihn warteten …

Sie beschleunigte unwillkürlich ihren Schritt. Und dann hörte sie etwas, das wie ein rhythmisches Hämmern klang, und dann ein Schrillen, das von einer Maschine stammen konnte oder auch von einem Menschen in Not. Virginia spürte, wie ihr eine Gänsehaut den Rücken herunterrann. Sie wurde sich bewußt, wie einsam und alleine sie hier war. Was sollte sie schon tun, wenn Ned plötzlich hinter einem Palettenstapel auftauchte?

Vielleicht war es doch keine so gute Idee gewesen, hier alleine in diese unheimliche Halle einzudringen.

Sie ging trotz ihres warnenden Gefühls weiter, bemühte sich aber krampfhaft, kein verdächtiges Geräusch zu machen. Dabei wäre es eigentlich egal gewesen. Denn je näher sie der Lichtquelle kam, um so lauter wurde es. Es war ein ganzer Wust an Geräuschen, von metallisch klingenden Lauten, aber auch von menschlichen Stimmen, die gedämpft, aber auch merkwürdig hell klangen. In diesem Lärm hätte sie wohl kaum jemand gehört, selbst wenn sie laut trällernd den Gang entlanggegangen wäre.

Das Gefühl drohender Gefahr nahm dennoch mit jedem Schritt zu. Etwas in ihr war sich sicher, daß sie geradewegs in eine Falle lief. Vielleicht hatte der dicke Sergeant ihr Verschwinden sofort entdeckt und stillen Alarm geschlagen, und Onkel Mallorys Schlägertruppe war ausgeschwärmt, um sie zu suchen und zurückzubringen, um sie dann hinter Schloß und Riegel zu stecken. Ihrem Onkel war alles zuzutrauen, das bewies das brutale Vorgehen Freds, als er sie gewaltsam zum Auto geschleppt hatte, aber auch dieser ganze unverständliche juristische Krempel, mit dessen Hilfe er sie und Stan ihrer Mutter wegnehmen wollte.

Kurz vor der Stelle, aus der der helle Lichtschein auf den Gang hinausstrahlte, verlangsamte sie dann doch ihren Schritt. Ihr Atem ging stoßweise und hektisch, und ihr Herz schien ihr bis zum Hals zu klopfen. Es war eine ganz andere Art von Angst als die, die sie gestern beim Anblick der Wölfe ergriffen hatte. Was ihr jetzt schmerzhaft bewußt wurde, war das Fehlen jeglicher Magie.

Das hier war ein nüchterner Ort mit ganz irdischen Gefahren, und hier würde es keinen Wolf geben, der sich mit ihr darüber stritt, ob sie nun sein Abendessen sei oder nicht. Hier würde ihr höchstens Ned heimtückisch von hinten einen mit Eisen gefüllten Gummiknüppel über den Kopf ziehen und sie mit sich in einen geheimen Keller schleifen, um sie dort bei lebendigem Leib zu verscharren.

Es half alles nichts. Sie konnte jetzt schlecht aufgeben. Selbst wenn sie dem Schicksal des Mexikanerjungen nicht mehr nachspüren wollte, hätte sie nicht gewußt, wohin sie sich hätte wenden können, um in Sicherheit zu sein. Ganz abgesehen davon, daß sie unbedingt herausbekommen mußte, ob sie dem Jungen vielleicht nicht doch irgendwie helfen konnte.

Sie schlich im Schatten der Paletten vorsichtig weiter, aber darauf bedacht, ihre gesamte Umgebung im Auge zu halten und sich auch durch Blikke nach hinten zu überzeugen, daß ihr niemand heimlich folgte. Obwohl sie nichts Verdächtiges entdeckte, hatte sie das Gefühl, als würden tausend Augen jede ihrer Bewegungen mißtrauisch verfolgen, nur darauf bedacht, den richtigen Zeitpunkt zum Zuschlagen abzupassen.

Dann hatte sie das Ende der Paletten erreicht, die sie vor dem hellen Licht schützten. Langsam und ganz vorsichtig schob sie den Kopf vor …

… und erstarrte mitten in der Bewegung. Das Bild, das sich ihr bot, war so unglaublich, daß sie zuerst gar nicht begreifen konnte, was sie dort sah. An lang gestreckten Werkbänken und Fließbändern standen Dutzende von Kindern in abgerissener Kleidung und bearbeiteten mit teilnahmslosen

Blicken Kunststoffteile, die sie bei näherem Hinsehen als Teile der Monster-Killer-Ausrüstung erkannte. Ihre Gesichter waren teilnahmslos, und die wenigen Brocken, die sie miteinander wechselten, schienen sich ausschließlich auf ihre Arbeit zu beziehen. Das schlimmste aber waren die Fußketten, mit denen sie an ihren Maschinen festgekettet waren.

»Oh, verdammt«, flüsterte Virginia. Sie hatte jetzt keine Angst mehr, entdeckt zu werden, so schockierte sie der Anblick dieser armen Kinder, die hier unter schlimmsten Bedingungen zur Arbeit gezwungen waren. Und dann begriff sie: Der Mexikanerjunge, den sie draußen gesehen hatte, hatte nicht versucht, in die Halle einzubrechen, er hatte vielmehr versucht zu fliehen!

Mehrere Sekunden, die ihr wie eine halbe Ewigkeit vorkamen, konnte sie den Blick nicht von den armen Kreaturen wenden, die ihr Onkel so brutal ausbeutete. Die dunkle Haut der Kinder ließ vermuten, daß es illegale Einwanderer waren, die statt ins gelobte Land auf direktestem Weg in der Hölle sklavenähnlicher Zwangsarbeit gelandet waren. Ihre Kleidung war nicht nur alt und abgetragen, sondern wies auch zahlreiche Risse und andere Mängel auf. Aus ihren Gesichtern mußte schon vor langer Zeit alle Freude entwichen sein, sie wirkten mutlos und erschöpft, dreckig und schlecht ernährt. Onkel Mallory schien noch nicht einmal den Anstand zu besitzen, seine jugendlichen Zwangsarbeiter ordentlich zu verpflegen – angesichts des Überflusses, der sich heute abend auf seinem Tisch gehäuft hatte, eine unglaubliche Grausamkeit.

Virginia hatte genug gesehen. Vorsichtig zog sie

den Kopf zurück. Jetzt ging es nicht mehr nur darum, einem Jungen zu helfen, sondern all diesen Kindern, die hier gefangengehalten wurden, damit ihr Onkel noch reicher wurde. Sie mußte schnellstens raus hier und Hilfe holen, am besten gleich die Polizei, die mit ihrem Onkel kurzen Prozeß machen würde. Wenn sie die Kinder hier entdeckte, würden ihm auch seine *Richterfreunde* nicht mehr helfen können.

Sie drehte sich um und erstarrte mitten in der Bewegung. Ihr schlimmster Alptraum war wahr geworden: Hinter ihr stand Ned! Der Mann mit dem rollenden Auge lächelte hämisch. »Na, wohin des Wegs, kleines Fräulein?« fragte er.

»Ich … ich«, stammelte Virginia. Sie war starr vor Entsetzen, und selbst wenn sie beabsichtigt hätte zu fliehen, wäre sie dazu gar nicht in der Lage gewesen, so sehr steckte ihr der Schreck in den Gliedern.

»Du hast wohl nicht erwartet, mich hier zu sehen, was?« fragte Ned. »Es ist doch merkwürdig, an welchen Orten wir uns immer wieder treffen.«

»Charley. Ich meine, mein Hund …«

»Ach, ist er wieder davongelaufen?« Das Grinsen auf Neds häßlichem Gesicht verbreitete sich. »Wie kommt es nur, daß ich dir nicht glaube?«

In Virginia überschlugen sich die Gedanken. Wenn sie Ned glaubhaft versichern konnte, daß sie nur auf der Suche nach ihrem Hund in die Tiefen der Lagerhalle vorgedrungen war, dann würde er sie vielleicht gehen lassen. »Charley ist so frech …«

»So frech wie du? Nein.« Ned schüttelte den Kopf. »Du kannst dir deine Ausreden sparen. Ich glaube dir sowieso kein Wort.«

Virginia warf einen gehetzten Blick nach hinten. Wenn sie mit einem Satz lossprang, um die Paletten herum …

Sie kam nicht einmal dazu, den Gedanken zu Ende zu denken. Ned hatte offensichtlich erraten, was in ihr vorging, und war mit einem Satz bei ihr. Seine kräftigen Arme umfaßten sie, und dann warf er sie wie einen Sack über die Schulter. »Du wolltest doch nicht etwa ausreißen?« fragte er hämisch. »Dem guten alten Onkel Ned entkommt doch sowieso niemand.«

Virginia zappelte und versuchte um sich zu schlagen, aber Ned schien überhaupt keine Mühe zu haben, sie mit einer Hand festzuhalten. Mit der anderen Hand holte er ein Handy aus einer Hosentasche hervor und drückte eine Kurzwahlnummer. Als sich sein Gesprächspartner meldete, sagte er ins Telefon: »Mister Mallory, wir haben ein Problem.«

21

Das schnurlose Telefon in Gillians Hand zitterte leicht. »Es ist mir egal, ob es Heiligabend ist, ich möchte eine einstweilige Verfügung bei diesem Gericht durchsetzen!« sagte sie in ungewohnt bestimmtem Tonfall. Sie hatte sich erhoben und ging nun aufgeregt zwischen den Katzenfrauen und Nick hin und her, während sie der Antwort ihres Gesprächspartners lauschte. »Aber …«, fuhr sie fort, schüttelte dann den Kopf und hielt das Handy vor sich, als sähe sie es zum erstenmal.

»Aufgelegt«, sagte sie fassungslos zu Nick. »Der Typ hat einfach mitten im Gespräch aufgelegt. Sagte, jetzt könne er sowieso nichts machen. Ich solle mich nach den Feiertagen wieder melden!«

Nick nickte geistesabwesend. »Gebt mir die Kristallkugel«, sagte er ungeduldig zu den Katzenfrauen, die er Gillian als seine Mitarbeiterinnen beim Geheimdienst vorgestellt hatte. Gillian hatte auf Nachfragen verzichtet, zu sehr war sie damit beschäftigt, doch noch eine Möglichkeit zu finden, wie sie ihrem Onkel das Sorgerecht wieder entreißen oder zumindest solange aussetzen konnte, bis sie vor Gericht gegen ihn klagen konnte. Sie akzeptierte die Anwesenheit der Katzenfrauen und Nicks in ihrem Zimmer und schien sogar ganz froh zu sein, in diesen schweren Stunden nicht ganz allein zu sein.

»Mann, wir haben kaum noch Zeit, nur noch

zwanzig Minuten, bis alles über die Bühne sein muß«, sagte Tess.

Nick seufzte. »Erzähl mir besser etwas, was ich noch nicht weiß«, meinte er. »Es ist sowieso schrecklich genug, wenn man sich auf Messers Schneide bewegt und nicht weiß, ob man überhaupt eine Chance hat, es zu schaffen.« Währenddessen starrte er in die Kristallkugel, die Tess nun endlich vor ihm auf den Tisch gelegt hatte.

»Was ist das?!?« fragte Gillian mißtrauisch.

»Äääähm …«, machte Nick. »Das ist ein digitales Überwachungssystem. Das haben alle Agenten.«

Gillian trat neugierig näher und starrte gleich ihm in die Kugel. Das Bild wirkte zuerst vollkommen verschwommen, doch dann erkannte Gillian ihre Tochter. Sie stieß einen spitzen Schrei aus, als sie erkannte, was sie da sah. In der Kristallkugel war Virginia zu erkennen, die wie ein nasser Sack über Nebs Schulter hing, während der unsympathische Mann in ein Handy sprach.

»Das ist Virginia!« schrie Gillian. »Sie ist in ernsthaften Schwierigkeiten.«

Nick nickte. »Wir müssen ihr schnellstens helfen«, keuchte er. »Ich glaube, ich weiß, wo sie ist. Und wie man auf schnellstem Weg zu ihr kommt.«

Ohne zu zögern steckte er die Kristallkugel ein und rannte zur Tür. Die anderen folgten ihm. Sie hetzten die Treppe hinab. »Hier entlang», rief Nick. »Zum Nebeneingang. So kommen wir auf direktem Weg zum Lager.«

Mallory wirbelte seinen Stock, als er auf Virginia und Ned zuging. Sein Gesichtsausdruck wirkte starr und konzentriert, aber durchaus nicht unzufrieden. Vor allem schien es ihm zu gefallen, daß Ned ihr nicht die geringste Chance zur Flucht gelassen hatte. Virginias Hände waren vorn zusammengebunden als sei sie eine gefährliche Verbrecherin, die man bis zum Eintreffen der Polizei festhalten mußte. Aber es war nicht das Gefängnis, daß Virginia drohte, es würde etwas Schlimmeres sein. Vielleicht hatte ihr Onkel vor, sie jetzt ebenfalls zur Arbeit in seiner geheimen Spielzeugfabrik zu zwingen.

»Du bist hinter mein kleines Geheimnis gekommen, Virginia«, sagte er hämisch. »Wie unvorsichtig. Wenn das rauskäme, würde es mich nicht nur ruinieren. Es könnte sogar sein, daß ich ins Gefängnis wandern müßte.« Er schwieg nachdenklich. »Damit kommt das Internat für dich wohl kaum noch in Frage.«

»Was ... was meinst du damit?« fragte Virginia ängstlich.

»Nun, ich meine damit, daß es jetzt an der Zeit ist, dir eine ganz andere Sichtweise der Realität zu verschaffen«, sagte Mallory, und diesmal schwang in seiner Stimme sogar Bedauern mit. »Eigentlich schade. Ich hatte ganz andere Dinge mit dir vor.«

Er gab Ned einen Wink. »Kümmere dich um die Mexikaner«, ordnete er barsch an. »Um dieses kleine Gör werde ich mich selber kümmern.«

Ned nickte und verschwand ohne Zögern in Richtung der geheimen Produktionsstätte, in der Kinder unter unmöglichen Bedingungen Spielzeug herstellen mußten, damit andere damit grausame Kriegsspiele spielen konnten.

»Wohin bringst du mich?« fragte Virginia ängstlich.

»Haifische fangen«, antwortete Mallory hämisch.

»Ich will nicht jagen!« protestierte Virginia. Ihr

Onkel konnte doch nicht im Ernst erwarten, daß er sie zur Jagd zwingen konnte!

»Du wirst auch nicht auf traditionelle Art jagen«, erklärte Mallory grinsend und holte ein Taschentuch aus seiner Hosentasche hervor. »Sondern direkt vom Wasser aus.«

»Aber ich kann doch gar nicht schwimmen!«

»Das kann ich auch nicht«, meinte Mallory. »Aber deine Aufgabe ist es auch nicht, zu schwimmen. Du dienst nur ... als Haifisch-Köder.«

Bevor Virginia auf diese grausige Eröffnung antworten konnte, preßte ihr Mallory das Taschentuch in den Mund. »Der Worte sind nun genug gewechselt«, sagte er und stieß sie unsanft in Richtung des Ganges vorwärts. »Jetzt will ich Taten sehen.«

Er legte ein hohes Tempo vor und stieß Virginia immer wieder in den Rücken, um sie anzutreiben. Dabei hielt er auf einen Seitenausgang zu, und als sie ihn erreichten, wurde Virginia dumpf bewußt, daß es der Ausgang zum Privathafen ihres Onkels sein mußte. Doch diese Erkenntnis drang kaum bis in ihr Bewußtsein vor. Über ihr Denken hatte sich eine Woge von Angst und Entsetzen gelegt und hielt sie in unvorstellbarer Panik gefangen. Solche direkte Todesangst wie jetzt hatte sie noch nicht einmal angesichts des Wolfrudels empfunden. Vielleicht lag es daran, daß die Wölfe trotz allem zu weitaus mehr Mitgefühl in der Lage waren als dieser grausame Mann, der sich ihr Onkel nannte.

Als Mallory sie ins Freie stieß, nahm sie ihre Umgebung nur wie durch einen Schleier war. Sie konnte sich nicht vorstellen, daß Onkel Mallory wirklich vorhatte, sie den Haifischen vorzuwerfen. Sie hatte doch nichts Böses getan! Aber es gelang ihr nicht, diesen oder einen anderen Gedanken weiterzuverfolgen, zu sehr war ihr Gefühl in Aufruhr, zu sehr hielt sie die Todesangst in den Klauen.

Mallory drängte Virginia zu seiner Yacht, über den Laufsteg hinauf aufs Deck, und sie torkelte stolpernd gegen die Reling des luxuriösen Boots. Stan saß auf dem Deck, und er riß jetzt überrascht den Kopf nach oben, und sein verwirrter Blick traf einen Herzschlag lang den Virginias, dann trat ihr Onkel dazwischen.

»Was machst du denn hier, Stan?« fragte Mallory in drohendem Tonfall.

»Ich möchte nicht in der Schweiz zur Schule gehen«, sagte Stan, während er gleichzeitig die Stirn runzelte, unfähig zu begreifen, warum Mallory Virginia gefesselt aufs Boot gebracht hatte. »Ich will zusammenbleiben mit meiner Mom und meiner ...«, er stockte und warf einen Blick an Mallory vorbei, ohne Virginia aber direkt sehen zu können, »... meiner Schwester. Was geht hier vor?«

Mallory schubste Virginia die wenigen, schmalen Stufen in die Kabine hinab, war dann mit ein paar Schritten an Bug- und Heckleinen und machte das Boot mit zielstrebigen, raschen Bewegungen los. »Wir brechen noch heute abend auf zu unserer Expedition«, sagte Mallory und warf die letzte Leine an Land. »Um den frühen Wurm zu fangen.« Er lachte hämisch und sprang zum Steuerrad hinunter. Bevor Stan reagieren konnte, trieb das Boot ab, und Mallory startete den Motor.

22

Nick und die Katzenfrauen rannten so schnell auf die Lagerhalle zu, daß Gillian alle Mühe hatte, ihnen zu folgen. Und das trotz ihrer Angst um ihre Tochter, die ihre Schritte im wahrsten Sinne des Wortes beflügelte. Nick stieß eine Seitentür auf und rannte in die nur schwach erleuchtete Lagerhalle, die mit ihren gigantischen Palettenstapeln wie der Frachtraum eines riesigen Schiffs wirkte, das in der Finsternis des Schiffsbauchs verbotene Waren von einem Kontinent zum anderen transportierte.

»Wohin müssen wir jetzt?« fragte Latisha, die sich an den Kopf der Gruppe gesetzt hatte.

»Da runter!« rief Nick nach links deutend, und etwas leiser fügte er hinzu: »Glaube ich zumindest.«

Die Katzenfrauen verzichteten auf eine Nachfrage. Wie auf ein geheimes Kommando hin spurteten sie so hastig in die angegebene Richtung davon, daß selbst Nick Schwierigkeiten hatte, ihnen zu folgen. Ganz zu schweigen von Gillian, die keuchend hinter ihnen herhechelte, getrieben nur von dem Wunsch, ihre Tochter aus den Händen ihres dämonischen Onkels zu befreien.

Latisha, die die Spitze übernommen hatte, blieb plötzlich abrupt stehen. »Da vorn ist etwas«, sagte sie leise.

Nick hatte sie mit wenigen Schritten eingeholt und blieb nun ebenfalls stehen. Zuerst hörte er nichts, doch dann vernahm auch er Geräusche, wie sie eher in eine Fabrik paßten als in eine Lagerhalle. Irgendeine Maschine lief surrend, nach den Geräuschen zu schließen wurde gehämmert und gebohrt, und ein tiefes Brummen erinnerte Nick unangenehm an die Motoren der Fließbänder seiner eigenen Fabrik am Nordpol.

»Was ist?« fragte Monique.

»Keine Ahnung«, meinte Nick. »Aber das werden wir gleich feststellen.«

Mittlerweile war auch die atmenlose Gillian herangerauscht. »Warum bleibt ihr stehen?« fragte sie keuchend.

»Weil Latisha mit ihren Katzenohren etwas gehört hat, was vielleicht einen genaueren Blick lohnen würde«, sagte Nick grimmig. »Ich vermute, daß Virginia dort irgendwo steckt.«

Sie gingen weiter, aber langsam diesmal, und als die Geräusche lauter wurden, schlug Latisha vor, daß sie erst einmal alleine nachschauen ging, um festzustellen, was da genau vor ihnen war.

»Kommt gar nicht in Frage«, sagte Gillian scharf. »Wenn Virginia dort steckt, komme ich mit.«

»Na gut.« Latisha zuckte mit den Achseln. »Also gehen wir.«

Mit ein paar Schritten waren sie hinter einem Palettenstapel verschwunden. Nick und die beiden übrigen Katzenfrauen blieben alleine zurück und tauschten einen besorgten Blick. Nick gefiel die Situation ganz und gar nicht. Abgesehen davon, daß die Frist nun bald endgültig abgelaufen war und Weihnachten in der altbekannten Form verloren war, wenn er sich nicht sputete, machte er sich ernsthafte Sorgen um Virginia. Was, wenn sie sie nun nicht mehr fanden? Wenn ihr dieser widerliche Mallory auch nur ein Haar gekrümmt hatte, würde er vergessen, daß ein Weihnachtsmann von Grund auf zu keiner Gewalt fähig war.

Gerade als Nick vorschlagen wollte, den beiden Frauen zu folgen, kamen sie mit raschen Schritten zurück. Sie wirkten beide erschüttert. »Das müßt ihr euch auch ansehen«, sagte Latisha bedrückt.

»Habt ihr Virginia entdeckt?« fragte Nick besorgt.

»Das nicht«, antwortete Gillian. »Aber andere Kinder.« Sie biß sich auf die Lippen. »Hoffentlich ist Virginia nichts passiert«, fuhr sie leise fort. »Ich mache mir solche Sorgen.«

Nick und die Katzenfrauen waren schon an ihr vorbei. Als Nick um die Ecke bog und die Quelle der Arbeitsgeräusche entdeckte, überlief ihn ein kaltes Frösteln. Vor ihm war tatsächlich eine Produktionsanlage aufgebaut, mit Fließbändern und Werkzeugmaschinen und allem, was dazu gehörte. Doch statt Arbeitern waren hier ärmlich aussehende Kinder beschäftigt, die mit stumpfen Blikken Monster-Killer produzierten und nicht einmal aufsahen, als die gemischte Gruppe auf sie zuging. Es dauerte eine Weile, bis Nick tatsächlich begriff, was er da vor sich hatte.

»Das ist eine Spielwarenfabrik … die Kinder als Zwangsarbeiter einsetzt«, stammelte er schließlich. Dann entdeckte er die stählernen Fesseln, mit denen die Kinder an ihre Maschinen gekettet waren. Es war so unglaublich, daß er ein paar Sekunden lang kein Wort herausbrachte.

Gillian war mittlerweile ein paar Schritte weitergegangen, und jetzt wandten sich ihr die ersten Gesichter zu. In ihren Augen zeichnete sich eine stumme Frage ab, aber keines der Kinder wagte es, sie anzusprechen.

»Kinder«, sagte Gillian, und ihre Stimme klang rauh und gebrochen. »Hört auf zu arbeiten. Es ist vorbei. Wir werden euch helfen.«

Noch immer blickten sie die Kinder stumm an, mit ausdruckslosen Gesichtern, auf denen sich weder ein Lächeln noch eine andere Regung abzeichnete. Sie sahen so trostlos aus, daß es Nick fast das Herz brach. Um Kinder in diesem Alter so weit zu bringen, daß sie den Glauben an alles Gute verloren und nicht einmal mehr auf ein freundliches Wort reagieren konnten, gehörte ein unglaubliches Maß an Brutalität. Wahrscheinlich hatte Mallory Methoden der Gehirnwäsche angewandt, um sich diese kleinen Wesen gefügig zu machen.

Die meisten Kinder arbeiteten weiter, so, als sei es der zentrale Inhalt ihres Lebens und es ihnen unmöglich, gegen die Anordnungen ihrer Peiniger aufzubegehren. Aber wahrscheinlich war auch genau das die Wahrheit.

»Habt ihr ein kleines Mädchen gesehen?« fragte Gillian in ängstlichem Tonfall die zwei, drei Kinder, die sie jetzt direkt ansahen. »Acht Jahre alt und mit Zöpfen?«

Zuerst sah es so aus, als ob die Kinder ihr nicht antworten würden, doch dann lächelte ein Junge zaghaft und schüttelte den Kopf. Die anderen wandten sich dagegen wieder ab und widmeten sich ihrer Arbeit.

»Kommt schon, Kinder, hört auf zu arbeiten!« sagte Nick, und als sich niemand rührte und selbst der Junge, der Gillian kurz angelächelt hatte, den Blick zu Boden senkte, wiederholte er den Satz noch einmal in spanisch. Aber wieder erfolgte keine Reaktion. »Kommt, Kinder, laßt die Arbeit liegen!« versuchte er es nochmals, aber es war sinnlos.

»Warum tut Onkel Mallory das?« fragte Gillian fassungslos.

Nick zuckte mit den Achseln. »Vielleicht ist er da irgendwie reingeschlittert, hat sich nicht gegen den Sog des Bösen wehren können«, sagte er. Der Schock über die Situation, die sie vorgefunden hatten, war ihm deutlich anzumerken. »Er muß den Überblick darüber verloren haben, was im Leben wirklich wichtig ist.« Und eigentlich ist mir genau das gleiche auch schon passiert, dachte er. Er hatte die Elfen zwar nicht an die Maschinen gekettet, aber er hatte sie zu immer mehr Arbeit gepreßt, bis sie am Rande ihrer Kraft waren. Mallory war da allerdings einen entscheidenden Schritt zu weit gegangen, einen Schritt, der ihn vom normalen menschlichen Verständnis ausschloß und nur noch Abscheu und Verachtung auslösen konnte.

»Wir müssen uns erst um Virginia kümmern«, murmelte Gillian. »Dann holen wir die Polizei und ...«

Sie kam nicht mehr dazu, den Satz zu beenden. Hinter einer matt glänzenden Maschine tauchte Ned auf, mit einer Axt in der Hand und einem verzerrten Gesichtsausdruck wie ein psychopathischer Mörder, der Amok laufend jeden umzubringen versucht, der sich ihm in den Weg stellt. Ned stieß einen hohen, schrillen Kampflaut aus und stürzte sich auf Nick. Einen Herzschlag lang starrte ihn Nick entgeistert an, unfähig zu einer Bewegung. Mallorys Mann fürs Grobe war viel zu schnell heran, hob die Axt zum vernichtenden Schlag; Mordlust funkelte in seinen Augen, und die Axt in seiner Hand ließ keinen Zweifel daran, daß er ihn mit einem einzigen Schlag töten wollte.

Dann schrie Gillian auf, und dieser Schrei riß

Nick aus seiner Erstarrung. Es ging nicht nur um ihn; wenn Ned ihn umbrachte, würde er sich sofort auf Gillian und die Katzenfrauen stürzen. In dem Moment, als die Axt mit einem wuchtigen Schlag auf ihn niedersauste, steppte er mit einer schnellen Bewegung zur Seite. Die Axt zischte haarscharf an ihm vorbei und grub sich in eine Palette Monster-Killer. Der billige Kunststoff war der rohen Gewalt nicht gewachsen; die Axt fraß sich tief in die Monster-Killer hinein und kam erst nach einem knappen Meter zum Stillstand. Ned war von dem Schwung mitgerissen worden, ließ die Axt aber nicht los. In gekrümmter Haltung hing er vor der Palette und zerrte verzweifelt am Schaft der Axt.

»Rennt schnell weg und holt Hilfe!« rief Nick Gillian und den Katzenfrauen zu. »Ich werde ihn aufhalten!«

Er drehte sich wieder zu Ned um; keine Sekunde zu früh, denn der gewalttätige Mann hatte mittlerweile seine Axt befreien können und stürzte nun erneut auf Nick zu. Diesmal war Nick jedoch darauf vorbereitet. Er sah die Axt ankommen und stellte sich vor, daß sie langsam und gemächlich auf ihn zuschweben würde. Und tatsächlich: Es gelang! Es war, als würde sich die Axt durch dichten Sirup bewegen, schleichend und doch mit unendlicher Gewalt auf ihn zukommen. Er griff nach oben, bekam den Schaft der Axt zu fassen und riß ihn nach links. Alles geschah blitzschnell und kam Nick dennoch fast gemächlich vor. Sein Angreifer wurde durch den Schwung der Axt mit in die Richtung gezerrt, die Nick vorgegeben hatte. Mit stolpernden Bewegungen jagte er an Nick vorbei und stürzte schließlich zu Boden.

Aber er war hart im Nehmen. Mit einem wütenden Knurren kam er wieder auf die Beine, bereit, erneut anzugreifen. Nick ließ ihn für ein paar Sekunden aus den Augen. Er hatte Wichtigeres zu tun, als sich mit diesem Schlägertyp herumzuschlagen. Er griff in seine Hosentasche und zerrte hastig seinen Schlüsselbund hervor. Als sich Ned erneut mit der Axt auf ihn stürzte, sprang er mit einem Satz zur Seite. Doch diesmal hatte er zu lange gewartet: Die Axt schrammte an seiner Wange vorbei und riß sie ein Stück auf! Ein stechender Schmerz fuhr durch Nicks Gesichtshälfte. Zwei Zentimeter weiter, und er wäre tot gewesen!

Doch Ned taumelte wieder an ihm vorbei ins Leere und gab damit Nick genug Zeit, um seinen Plan in die Tat umzusetzen. »Hier», rief er dem Jungen zu, der Gillian zugelächelt hatte. »Fang!« Er warf ihm den Schlüsselbund zu, aber er hatte zu knapp gezielt; der Schlüsselbund fiel klappernd auf den Boden, vielleicht zwei Meter von dem Jungen entfernt.

Dann war Ned wieder heran. Seine Augen hatten sich vor blinder Wut verdunkelt, und sein Mund war zu einem festen Strich zusammengepreßt. Nick bereitete sich wieder darauf vor, rechtzeitig einem Axthieb auszuweichen, doch Ned hatte seine Taktik diesmal geändert. Wie ein Footballspieler stürmte er auf ihn zu, den Kopf leicht gesenkt und die Schulter vorgestreckt. Kurz vor Nick ließ er die Axt fallen und stieß sich mit einer kraftvollen Bewegung ab und schoß auf Nick zu. Der Überraschungsangriff gelang: Nick war zu überrascht, um noch rechtzeitig ausweichen zu können. Er wurde von Ned buchstäblich von den Füßen gerissen und schlug schwer auf dem harten

Steinboden auf. Die Luft entwich schlagartig seinen Lungen, und ein stechender Schmerz fuhr durch seinen Rücken. Ihm wurde schwarz vor Augen, und in ihm war das ganze Entsetzen eines Mannes, der im Begriff war, einen Kampf auf Leben und Tod zu verlieren.

Ned war hart auf ihm gelandet, doch statt Nick jetzt mit ein paar schnellen Faustschlägen endgültig in die Bewußtlosigkeit zu schicken, rutschte er zurück und hangelte nach seiner Axt. Es schien eine fixe Idee von ihm zu sein, Nick mit der Axt erledigen zu wollen – aber auch eine besonders ekelhafte. Die Todesangst gab Nick neue Kräfte. Er rollte zur Seite und zog sich an der Maschine hoch, an die der Junge gekettet war, dem er den Schlüsselbund zugeworfen hatte: Mit Schlüsseln, die natürlich nicht zu seinen stählernen Fesseln paßten, genausowenig wie der Stift, den Virginia Rico überreicht hatte, ein Zauberstift gewesen war. Nur der wahre Glaube an ein Wunder konnte vollbringen, daß sich der Junge mit einem dieser Schlüssel befreien konnte.

Er kam nicht mehr dazu, diesen Gedankengang weiter zu verfolgen. Ned war schon wieder heran. Er ließ seine Axt einen lang gezogenen Halbkreis beschreiben, der dort enden mußte, wo Nicks Kopf gerade war. Mit einem verzweifelten Satz sprang Nick zur Seite. Aber er konnte nicht mehr verhindern, daß ihn die Axt traf!

Ein paar der Kinder, die jetzt mit weit aufgerissenen Augen den Kampf verfolgten, stießen einen erschrockenen Schrei aus. Gillian und die Katzenfrauen waren dagegen bereits Nicks Rat gefolgt; sie waren sofort losgelaufen, um Hilfe zu rufen und Virginia zu suchen, die ja noch irgendwo hier stecken mußte. Die Katzenfrauen hatten sich dabei schwergetan, Nick alleine seinem Schicksal zu überlassen, aber andererseits waren sie sich sicher, daß er mit Ned schon fertig werden würde. Doch jetzt sah es beinahe so aus, als ob sie sich getäuscht hätten.

Die Axt fuhr durch Nicks Haare, schürfte Kopfhaut ab und schlug dann mit einem singenden Geräusch hinter ihm auf der Maschine auf. Der harte Aufprall ließ die Axt zurückspringen. Mit dem stumpfen Ende erwischte sie Nick noch einmal, schlug gegen seinen Hinterkopf und ließ ihn benommen nach vorne taumeln. Dabei stieß er mit dem rechten Fuß zufällig gegen seinen am Boden liegenden Schlüsselbund, der ein Stück weiter rutschte, an den Kindern vorbei unter den Palettenstapel, in den sich Neds Axt gegraben hatte.

Nick wurde einen Moment schwarz vor Augen, aber er wußte, daß er sich jetzt keine Schwäche leisten durfte. Ned war dicht hinter ihm, und er würde nicht zögern, sein grausliches Werk zu vollenden und Nick endgültig niederzustrecken. Er warf einen Blick hinter sich; Ned war schon wieder bedrohlich nahe, und an der Axt, die er über seinem Kopf schwang, klebte bereits Nicks Blut. Es wurde Zeit, dem unappetitlichen Spektakel ein Ende zu bereiten.

Nick konzentrierte sich wieder auf die Axt. Seine Gedanken verschmolzen ganz mit dem unschuldigen Holz, das in die Axtschneide getrieben war. Als Ned die Axt zum endgültigen, alles zerschmetternden Schlag ausholte, schnellte Nicks Hand wie von selbst vor und zog die Axt mit einem Ruck nach vorne. Gleichzeitig stieß er den rechten Fuß nach vorne, direkt in Neds Laufrichtung hinein. Der schwere Mann geriet ins Taumeln, stolperte über Nicks Fuß und schlug der Länge nach hin.

Die Axt segelte im weiten Bogen davon, und Ned rutschte mit dem Kopf gegen die Paletten. Mit einem unangenehmen Geräusch prallte er gegen das billige Palettenholz. Nick zögerte keinen Augenblick. Er kniete neben Ned nieder und fingerte unter den Paletten herum, bis er seinen Schlüsselbund gefunden hatte. Dann zog er ihn hervor und eilte zu dem Jungen, dem er ihn schon einmal zugeworfen hatte.

»Hier«, sagte er voller Hoffnung, daß sein Plan aufgehen würde. »Schließ dein Schloß auf und befreie auch die anderen Kinder. Und dann macht, daß ihr hier wegkommt.«

Ein Geräusch hinter ihm ließ in wieder herumfahren. Ned war zu sich gekommen und hatte sich taumelnd erhoben. Mit unsicheren Schritten ging er zu seiner Axt und nahm sie wieder in die Hand. »Jetzt mach' ich Hackfleisch aus dir!« zischte er. Sein rechtes Auge rollte wild in der Gegend herum, aber das andere visierte Nick mit unangenehmer Klarheit.

»Ich würde das nicht tun«, sagte Nick ruhig. »Das Spiel ist aus. Gleich wird es hier von Polizei nur so wimmeln.«

»Nicht, wenn ich es verhindern kann«, knurrte Ned und näherte sich ihm mit wiegenden Schritten. »Erst mach' ich dich fertig, und dann schnapp' ich mir Gillian und die anderen.« Er lachte hämisch. »Wenn sie versucht haben, vom Haustelefon aus die Polizei anzurufen, dürften sie sowieso ihr blaues Wunder erleben. Die Notrufnummer ist direkt auf Mallorys Wachdienst geschaltet. Sie werden Besuch von ganz anderer Seite erhalten, als sie gedacht haben.«

»Ich verstehe«, sagte Nick kühl, während er zufrieden beobachtete, wie der Junge zuerst sich und dann die anderen Kinder befreite. Das Wunder hatte sich also wiederholt, nur daß diesmal niemand von seiner Schreibschwäche geheilt worden war, sondern daß der Glaube, der Berge versetzen kann, Schlösser geöffnet hatte! »Rennt schnell weg, Kinder«, rief Nick den Kindern auf spanisch zu. »Und seht zu, daß ihr die Polizei verständigen könnt!«

Ned holte erneut aus. Doch diesmal war es, als wäre Nick mit dem Schaft der Axt regelrecht verwachsen. Er spürte die Absicht Neds durch das Holz so deutlich, als würde er selbst den Schlag führen. Fast gemächlich wich er dem Angriff aus und ließ Ned an sich vorbeistolpern.

»Das fühlt sich so toll an!« rief er begeistert. »Wie konnte ich das nur vergessen ... genau das bedeutet es, Santa zu sein!«

Ned griff wieder und wieder an, aber Nick hatte nun keine Mühe mehr, der Axt fast spielerisch auszuweichen. Doch dabei landete Ned durchaus Treffer auf Treffer: Mal war es eine Palette mit Monster-Killern, die unangenehme Bekanntschaft mit der Axt machte, mal eine Maschine, von der er Teile regelrecht abspaltete. Ned schrie wie ein angestochener Stier auf, und seine Bewegungen wurden immer unkontrollierter. Während er Nick durch die Fabrik trieb, verzerrte sich sein Gesicht immer mehr vor Wut, und sein Atem ging keuchend und stoßweise.

Als er wieder eine Monster-Killer-Box zerschmetterte, konnte sich Nick ein Grinsen nicht verkneifen. »Gute Arbeit«, strahlte er. »Ich weiß Ihre Hilfe wirklich zu schätzen.«

»Ich stampfe dich in den Boden!« brüllte Ned außer sich und setzte zu einem neuen Schlag an. Aber auch diesmal gelang es Nick mühelos, ihm auszuweichen. Dabei machte er eine komplizierte Handbewegung: Ned schrie auf und irgend etwas passierte mit seinem Gesicht. Runzeln überzogen sein Gesicht, und Haare schossen aus den Wangen hervor. Doch damit war die Veränderung noch nicht abgeschlossen. Sein Oberkörper schien zusammenzufallen, und sein Hemd schlotterte an seinem Körper; auch seine Hände bedeckte plötzlich ein zarter Flaum, der sich schnell verdichtete. Dann sackte er förmlich in sich zusammen, schrumpfte zusammen, bis er die Größe eines vielleicht fünfjährigen Kindes erreicht hatte. Die Axt fiel ihm aus der immer noch zum nächsten Angriff erhobenen Hand. Im gleichen Moment war die Veränderung abgeschlossen …

Vor Nick stand ein Schimpanse in der Kleidung Neds! Das eine Auge des Schimpansen rollte wild hin und her, während das andere Nick fassungslos anstarrte.

»Na, sieh mal einer an«, staunte Nick. »Ich bin wieder da und besser in Form als je zuvor.«

23

Mallory stand am Steuer, in Gedanken versunken und ohne irgendeinen Versuch zu unternehmen, Stan die Situation zu erklären. Der Bootsmotor brummte ruhig und gleichmäßig; ein viel zu unauffälliges Geräusch angesichts des ungeheuerlichen Vorgangs an Bord. Es hätte ein ganz normaler Ausflug sein können, würde nicht Virginia gefesselt und geknebelt in der Kabine liegen und säße nicht Stan bleich und verkrampft auf dem Rücksitz, unfähig zu verstehen, was in seinen Onkel gefahren war.

»Onkel Mallory?« fragte er ängstlich. »Was hast du vor?«

»Du haßt deine Schwester, Stan, also solltest du diese Nichtschwimmerin als Haifisch-Köder nutzen«, sagte Mallory in einem Tonfall, als spräche er über das Wetter. »Es wird Zeit, sich ihrer zu entledigen.«

»Was … was …«, stammelte Stan.

»Was ich damit meine?« Mallory lachte humorlos auf. »Das wirst du noch früh genug erfahren.« Er warf einen mißtrauischen Blick auf Stan, als wolle er feststellen, wie sein Neffe die Situation aufnahm. Aber der Junge blieb einfach weiter ruhig sitzen, und nichts deutete darauf hin, was er dachte, sah man einmal davon ab, daß eine Ader unter seinem rechtem Auge zuckte.

Dabei war Stan alles andere als ruhig. Ganz im Gegenteil. Er versuchte nicht mehr, den Hintergrund der Situation zu verstehen, denn Onkel

Mallorys Verhalten ließ nur einen Schluß zu: Er wollte Virginia wirklich und wahrhaftig umbringen oder zumindest durch diese *Entführung* zu Tode erschrecken. Es kam im Prinzip auf das gleiche heraus. Er tat Virginia Gewalt an, und das auf so grausame Art und Weise, daß Stan keine andere Möglichkeit sah, als alles auf eine Karte zu setzen, um seiner Schwester zu helfen.

Die Streitigkeiten zwischen ihnen beiden spielten dabei keine Rolle mehr. Sicherlich ging ihm seine Schwester manchmal auf den Geist, aber dennoch hatte er sich auch immer als ihr Beschützer gefühlt, und er wäre nie und nimmer auf die Idee gekommen, sich ihrer zu *entledigen,* wie es Onkel Mallory nannte. Der alte Mann mußte komplett den Verstand verloren haben, wenn er glaubte, in Stan einen Komplizen für eine solch grausige Tat gefunden zu haben. Stan würde ihn dazu zwingen müssen, diese verrückte Entführung abzubrechen. Je früher, desto besser.

Und nachdem er alle Möglichkeiten durchgespielt hatte, kristallisierte sich eine einzige als erfolgversprechend heraus: das Gewehr. Onkel Mallory hatte versäumt, die Kiste abzuschließen, in die er vor ein paar Stunden das Gewehr gelegt hatte. Wenn es ihm gelang, die Waffe in die Hand zu bekommen, würde er Onkel Mallory dazu zwingen können, wieder zum Hafen zurückzufahren.

Stan hatte lange nachgedacht über die geeignetste Methode, um an das Gewehr zu kommen. Er konnte einfach aufspringen und zur nur wenige Meter entfernten Kiste stürmen, den Deckel aufreißen und das Gewehr herausreißen. Oder er konnte beiläufig aufstehen, demonstrativ gähnen, sich etwas die Füße vertreten und dann wie zufällig bei der Kiste ankommen. Ab diesem Moment wäre der Verlauf dann derselbe.

Die zweite Methode hatte den eindeutigen Vorteil, daß er schon bei der Kiste war, wenn Onkel Mallory auf seine Absicht aufmerksam wurde. Das brachte ihm den vielleicht entscheidenden Vorsprung einiger weniger Sekunden. Und genau aus diesem Grund entschied er sich für diesen Weg.

Er erhob sich langsam. Seine Beine kribbelten; ihm war gar nicht aufgefallen, daß er sie so verkrampft übereinandergeschlagen hatte, daß sie eingeschlafen waren. Aber das war jetzt egal. Er hatte genug Zeit, um wieder das Blut in Zirkulation zu bringen und seinen Kreislauf anzukurbeln; es sah nicht so aus, als ob sie ihr Ziel schon bald erreicht haben würden.

»He, wo willst du hin?« fragte Mallory mißtrauisch. Er fürchtete offensichtlich, daß Stan zu Virginia hinunter in die Kabine wollte, um sie zu befreien.

»Ich muß mir etwas die Beine vertreten«, sagte Stan ausweichend. »Sie sind mir eingeschlafen.«

Mallory runzelte die Stirn. Er schien zu spüren, daß Stan nicht die volle Wahrheit gesagt hatte. »Setz dich wieder hin«, sagte er schroff. »Mit deinem Herumgerenne machst du mich nur nervös.«

»Aber«, protestierte Stan.

»Nichts aber«, beschied ihm Mallory barsch. »Setz dich hin und halt den Mund. Wir sind sowieso gleich da.«

»Ich muß aber auch mal aufs Klo!« wagte Stan einen letzten Vorstoß.

»Das wirst du dir wohl noch einen Moment verkneifen können, oder?« fragte Mallory hämisch. »Also, jetzt tu endlich, was ich dir gesagt habe.«

Einen Moment lang zögerte Stan. Aus seiner stehenden Position heraus konnte er ein Stück nach unten sehen, in die Kabine hinein, in der Virginia gefesselt und geknebelt lag. Aber er konnte sie nicht entdecken. Hoffentlich ging es ihr einigermaßen gut. Seine Wut auf Onkel Mallory wurde immer größer.

Mallory mißverstand offensichtlich seinen Blick. »Nein, du wirst nicht zu deiner Schwester nach unten gehen«, sagte er im Befehlston. »Es sei denn, du möchtest auch gefesselt werden.«

Zum erstenmal begriff Stan, daß auch er in Gefahr war. Wenn sein Onkel wirklich vorhatte, Virginia hier auf offener See verschwinden zu lassen, dann würde er sich dabei keine Zeugen wünschen. Zumindest niemanden, der sich als unsicherer Kandidat entpuppen könnte. Während sich Stan wieder hinsetzte, wurde ihm das ganze Ausmaß des Vorfalls plötzlich klar. Das war kein Scherz, auch keiner von der ganz üblen Sorte; so, wie sich sein Onkel aufführte, meinte er es bitterernst.

Er massierte seine Beine und wartete darauf, daß das Kribbeln verschwand. »Ekelhaft, wenn die Beine einschlafen«, meinte er in einem Ton, der möglichst beiläufig klingen sollte. Aber er merkte selbst, daß der Satz nur kläglich klang.

Sein Onkel verzichtete auf eine Antwort, aber immerhin sah er jetzt wieder nach vorne. Er drehte das Steuerrad ein Stück nach Steuerbord, und das Boot neigte sich sanft. Das war die Gelegenheit, auf die Stan gewartet hatte. Er sprang mit einem verzweifelten Satz hoch, wirbelte herum und hetzte auf die Kiste zu. Mallory stieß hinter ihm einen Fluch aus und ließ das Steuer los; das Boot glich die vorhergehende Steuerbewegung mit einem kleinen Schwenk wieder aus.

Mit weit ausholenden Schritten hatte Stan die Kiste erreicht und nestelte aufgeregt an dem Verschluß. Er war stolz drauf, ein guter Sportler zu sein. Doch trotz seiner guten Kondition ging sein Atmen schon nach den wenigen Sekunden nur noch stoßweise, so, als hätte er gerade auf einem 5000-Meter-Lauf sein Bestes gegeben. Und das war auch kein Wunder. Denn die Angst mobilisierte seine letzten Kräfte und putschte ihn zur Höchstleistung auf, und das keinen Augenblick zu früh, denn schon jagte Mallory erstaunlich schnell heran.

Dann hatte Stan die Kiste geöffnet. Er riß die Schutzhülle mit dem Gewehr hervor und begriff gleichzeitig, daß er einen fürchterlichen Fehler gemacht hatte: Er hatte die Schutzhülle ganz vergessen. Bis er sie abgezogen hatte und das Gewehr auf seinen Onkel richten konnte, mußte der sich erstaunlich schnell bewegende Mann schon längst heran sein.

Dabei hatte er noch Glück im Unglück. Mallory hatte die Waffe nur in die Hülle geschoben, nicht aber den Reißverschluß zugezogen. Diese Schlamperei kam Stan jetzt zugute: Er riß die schwere Waffe schwungvoll hervor, sprang gleichzeitig zurück und schwenkte noch im Fallen die Gewehrmündung auf seinen Onkel. Mallory versuchte noch im letzten Moment, das Ruder herumzureißen; er stieß sich ab und sprang mit einem gewaltigen Satz auf Stan zu. Aber er kam zu kurz auf und krachte nur hart auf die Kiste. Einen Moment lang blieb er benommen liegen. Stan hoffte schon, er hätte das Bewußtsein verloren, aber dann rappelte sich der alte Mann erstaunlich schnell auf.

Stan sprang mit einem Satz auf die Füße, wobei er darauf achtete, daß die Gewehrmündung immer auf Mallory gerichtet war. »Hände hoch!« schrie er mit sich überschlagender Stimme. »Wenn du eine falsche Bewegung machst, schieße ich!«

Mallory drehte sich langsam zu ihm um. Aus einem Mundwinkel rann ein dünner Blutfaden. »Mach dich nicht lächerlich, Stan«, sagte er grob. »Leg das Gewehr weg, und dann laß uns vernünftig darüber sprechen.«

»Nichts da!« keuchte Stan. »Du wirst jetzt einfach zurückfahren und uns gehen lassen. Alles weitere interessiert mich nicht!«

»Es war doch alles nur ein kleiner Scherz«, meinte Mallory und grinste schmutzig. »Na ja, vielleicht bin ich etwas zu weit gegangen. Aber das Spiel ist jetzt aus. Du legst das Gewehr weg, und wir reden über alles.«

»Nein, das werde ich nicht tun«, sagte Stan bestimmt. »Ich lasse mich nicht wieder auf deine schmutzigen Spielchen ein.«

Auf Mallorys Gesicht erschien eine Zornesfalte. »Na gut«, zischte er. »Du hast es ja nicht anders gewollt. Du hättest bei mir eine große Zukunft gehabt, Stan, aber jetzt wirst du eben zusammen mit deiner störrischen Schwester zu Haifischfutter verarbeitet!«

Trotz der Waffe in seiner Hand fühlte sie Stan sehr unbehaglich. Hinter der Fassade des Biedermannes verbarg sich bei Onkel Mallory ein wahres Monster, schlimmer noch als die Haie, denen er sie zum Fraß vorwerfen wollte. »Ich warne dich«, sagte er so beherrscht wie möglich, ohne aber verhindern zu können, daß seine Stimme zitterte. »Wenn du nicht das tust, was ich sage, werde ich ohne zu zögern schießen.«

»Na, da bin ich aber gespannt, wie du das anstellen willst.« Das schmutzige Grinsen Mallorys hatte jetzt eine unangenehme Ähnlichkeit mit dem Jack Nicholsons in der Rolle des Jokers, des finsteren Gegenspielers in einem der Batmanfilme, den Stan besonders liebte. »Ich hatte leider noch keine Gelegenheit, dir den Umgang mit diesem Wunderwerk der Technik zu demonstrieren. Da wäre erst einmal das Entsichern. Weißt du, wie das geht?«

Automatisch schüttelte Stan den Kopf. Ihm wurde immer unbehaglicher zumute. Wenn Onkel Mallory recht hatte, dann hielt er zwar eine fürchterliche Waffe in der Hand, konnte sie aber gar nicht benutzen, weil er sie nicht entsichert hatte. Ohne Mallory aus den Augen zu lassen, tastete er deswegen am Schaft der Waffe nach einem Hebel oder einer ähnlichen Vorrichtung, mit dessen Hilfe er die Waffe schußbereit machen konnte.

»Und dann ist da die Sache mit der Schußposition«, fuhr Onkel Mallory lässig fort. »Du hast das Gewehr an die Hüfte gelehnt und zielst auf meinem Kopf. Hältst du das etwa für klug, Stan?« Er machte eine Kunstpause, als würde er allen Ernstes auf eine Antwort seines Neffen warten. »Tzz, tzz, tzz«, machte er schließlich und schüttelte den Kopf. »Weiß du, wenn du jetzt schießt, reißt dir der Rückstoß die Waffe nach oben. Vielleicht holst du damit eine Seemöwe vom Himmel. Mich kannst du jedenfalls so nicht treffen.«

»Eh ...«, machte Stan hilflos. Den Sicherungshebel hatte er noch immer nicht gefunden. Er wandte seinen Blick von seinem Onkel ab und wollte das Gewehr genauer untersuchen.

Aber er kam nicht dazu. Mallory schien nur darauf gewartet zu haben, steppte einen Schritt vor und schlug Stan mitten ins Gesicht. Der Junge taumelte einen Schritt zurück, fassungslos, daß er auf einen solch simplen Trick reingefallen war. Mallory ließ jetzt nicht mehr locker. Er packte das Gewehr am Lauf und zerrte mit aller Gewalt daran. Stan spürte, wie er den Halt zu verlieren begann, ließ die Waffe dann schließlich los und stieß mit rudernden Armen gegen die Reling. Einen schrecklichen Augenblick fürchtete er, er würde rückwärts über die Reling ins Wasser stürzen, doch dann fing er sich wieder.

Mühevoll stieß er sich nach vorne ab und blieb schwer keuchend stehen. Schwarze Ringe tanzten vor seinen Augen, und als er wieder klarer sehen konnte, erkannte er, daß sein Onkel den Spieß umgedreht hatte. Er stand mit der Waffe im Anschlag vor ihm und hatte wieder sein schmutziges Grinsen aufgesetzt.

»Hab' ich's mir doch gedacht«, sagte er zufrieden. »Ich war wieder so schlampig und habe das Gewehr gar nicht gesichert.« Er kicherte. »Du hättest jederzeit abdrücken können, Stan. Und das mit dem Rückschlag ist bei einer modernen Waffe auch nicht mehr so schlimm. Gut möglich, daß du mich getroffen hättest.«

»Waaas?« Stan schüttelte benommen den Kopf. Das, was er hinter Mallory sah, war einfach unglaublich!

»Du hast grob fahrlässig deinen Vorteil aufgegeben«, fuhr Mallory fort, der Stans Frage offensichtlich auf sich bezog. »Vielleicht doch ganz gut, daß du nicht in meine Firma eingetreten bist. Einen solch unkonzentrierten Mitarbeiter hätte ich gar nicht gebrauchen können.«

Stan verzichtete auf eine Anwort. Er war auch viel zu verwirrt dazu. Alles hätte er geglaubt, aber nicht, daß Virginia sich hätte aus ihren Fesseln selbst befreien können. Aber doch genau das mußte geschehen sein. Denn seine Schwester war bleich und mit wirren Haaren in der Kabinentür erschienen; sie sah einfach fürchterlich aus, mitgenommen nicht nur durch das, was man ihr angetan hatte, sondern auch durch die Szene, die sie jetzt direkt vor Augen hatte.

Stan hätte bei ihrem Anblick laut losheulen können. Was tat ihnen Mallory an? Was war in diesen reichen Mann gefahren, daß er Kinder so quälte? Aber für solcherart Überlegungen war jetzt keine Zeit. Im ersten Moment fürchtete er sogar, Virginia würde sich einfach mit einem Wutschrei auf Onkel Mallory stürzen, und wie ein Gedankenblitz erschien vor ihm die Vision, wie sich sein Onkel umdrehte, kurz anlegte und abdrückte, wie Virginia vom Aufprall der Kugel zurückgeschleudert wurde und tot die Treppe in die Kabine zurückfiel. Aber Virginia war zu schlau dazu. Sie blieb nur kurz stehen, und dann, mit langsamen und vorsichtigen Bewegungen, setzte sie sich in ihre Richtung in Bewegung.

»Und jetzt, mein lieber Stan, kommen wir zum Finale«, sagte Mallory zufrieden, der von Virginias Erscheinen nichts mitgekriegt hatte. »Wenn du jetzt bitte über Bord springen würdest … Du hattest ja eben schon einen guten Versuch dazu gestartet.«

»Ich mach' das nicht«, stammelte Stan. »Du wolltest doch in Ruhe mit mir reden …«

»Ja, genau. Und mehr habe ich nicht zu sagen als: spring.« Mallory richtete die Mündung des Gewehrs genau auf Stans Gesicht. »Oder soll ich dir vorher erst ein Loch durch den Kopf schießen?«

Stan kam nicht mehr zu einer Entgegnung. Fasziniert beobachtete er, wie sich Virginia weiter anschlich. Sie war genau im richtigen Moment aufgetaucht und doch: Was sollte ein achtjähriges Mädchen schon gegen einen bewaffneten erwachsenen Mann ausrichten?

»Du hättest es in meiner Firma weit bringen können«, sagte Mallory, der die Situation offensichtlich genoß. »Und so ganz werde ich wohl nie verstehen, warum Typen wie du vor lauter Familiensentimentalität alles aufs Spiel setzen, letztlich sogar ihr Leben.« Er schüttelte den Kopf. »Dabei habe ich keine Mühe gescheut, um sicherzustellen, daß ihr in meine Obhut kommt. Es hat mich eine ganz schöne Stange Geld gekostet, Gillian aus ihrer Agentur rauszudrängen und sie so an den finanziellen Ruin zu drängen, daß sie schließlich zu mir angekrochen kam.«

Stan glaubte seinen Ohren nicht zu trauen. Auch Virginia wirkte erschüttert und war mitten im Schritt stehengeblieben: Die ungeheuerlichen Worte ihres Onkels mußten sie genauso treffen wie Stan.

»Das warst alles du?« fragte Stan ungläubig. »Für unser ganzes Pech im letzten Jahr warst du verantwortlich?«

»Aber ja«, sagte Mallory verächtlich. »Aber es war eine saubere Fehlinvestition.« Virginia hatte sich wieder in Bewegung gesetzt und war jetzt direkt hinter ihm. »Also … leb wohl!«

Genau in dem Moment sprang ihn Virginia an. Sie hatte sich einfach mit aller Kraft abgestoßen und war auf seinen Rücken gesprungen; jetzt umklammerte sie seinen Hals, und wenn die Situation nicht so ernst gewesen wäre, hätte Stan sicherlich laut aufgelacht, so lächerlich sah es aus, wie das kleine Mädchen auf Onkel Mallorys Rücken hing und ihn zum Stolpern brachte.

Mallory ging leicht in die Knie und taumelte vollkommen überrascht vorwärts, ein, zwei Schritte nur. Aber das reichte. Stan streckte einfach sein Bein vor und Mallory stolperte darüber. Er stürzte schwer zu Boden, und das Gewehr entglitt seiner Hand und rutschte auf die Reling zu. Wenn sie mit Mallory fertig werden wollten, brauchten sie unbedingt die Waffe; dessen war sich Stan nur zu schmerzhaft bewußt. Er versuchte noch, das Gewehr zu fassen, aber da war es schon an ihm vorbei. Ängstlich verfolgte Stan, wie die Waffe weiter rutschte, gegen die untere Begrenzung stieß und sich zwischen Reling und der Bordwand verfing, in einem schmalen Schlitz, der dafür gedacht war, wie die Dachregenrinne eines Autos Wasser abzuleiten.

Stan schnellte nach vorne, um die Waffe an sich zu bringen. Doch da hatte Mallory Virginia bereits abgeschüttelt und war aufgesprungen. Sein Gesicht war haßverzerrt. Er kam mit weit ausgestreckten Schritten auf Stan zu und stürzte sich regelrecht auf die Waffe. Stan hechtete zur Seite und dann prallten sie beide aufeinander. Einen schrecklichen Moment schossen beide auf die Bordwand zu, dann prallte Stan gegen die Reling und Mallory, der über ihm war, versuchte sich krampfhaft an seinem T-Shirt festzuhalten. Doch der Stoff riß mit einem Ruck weg, und ohne irgendwo sonst Halt finden zu können, flog Mallory über die Seitenbegrenzung hinweg, hing einen Augenblick in der Luft und stürzte dann kopfüber in das tintenschwarze Wasser.

Stan rappelte sich mühsam hoch und schüttelte benommen den Kopf. Zuerst begriff er gar nicht, was geschehen war. Doch dann machten ihm die Schreie Mallorys bewußt, daß ihr Peiniger über Bord gestürzt war, geradewegs hinein in das Wasser, das er Stan und Virginia als nassen Tod zugedacht hatte.

»Virginia!« stammelte Stan. Seine Schwester hing benommen über der Kiste, in der das Gewehr verstaut gewesen war. Sie stützte sich auf beiden Händen ab und richtete sich mühsam auf. Ihr Gesicht spiegelte die ganze Qual wider, die sie seit ihrer Entführung empfunden haben mußte.

»Oh, Stan«, schluchzte sie.

Sie trat neben ihren Bruder, und beide starrten hinab in die Fluten, in der der schreiende Mallory wie ein kleines Kind im Wasser platschte. »Hilfe!« schrie er. »Ich kann nicht schwimmen!«

»Gut, ich hoffe, du ertrinkst!« rief Stan wütend.

Virginia hatte mittlerweile das Gewehr aufgenommen, und ohne zu zögern legte sie es jetzt an und zielte damit auf Mallory. Mallorys Kopf verschwand für einen Moment in dem tiefschwarzen Wasser, dann kam er nach Luft schnappend wieder hoch.

»Vielleicht sollten wir das nicht tun ...«, sagte Stan im ängstlichen Tonfall.

»Wir tun es«, beschied ihn Virginia knapp.

»Hilfe!« rief Mallory voller Panik, während er im Wasser wild um sich schlug.

Virginia zielte erneut ... doch dann geschah etwas, was eigentlich vollkommen unmöglich war! Zarte Schneeflocken fielen vom Himmel; zuerst waren es nur ein paar einzelne, und dann verdichteten sie sich zu einem leichten Schneetreiben. Stan und Virginia sahen überrascht hoch. In der Richtung, in der San Diego liegen mußte, waren dichte Wolken aufgezogen; Schneewolken, deren Ausläufer bis hierhin reichten.

»Mensch Virginia«, entfuhr es Stan überrascht. »Du hast nicht gesponnen, als du erzähltest, Freunde am Nordpol zu haben! Santa Claus hat dir tatsächlich Schnee geschickt!«

Virginia ließ das schwere Gewehr sinken, diese Waffe aus tödlichem Stahl, die als Symbol für all das stand, was Onkel Mallory wichtig war. Und es war ihr, als würde in diesem Moment eine sehr vertraute Stimme zu ihr sprechen. *»Hör auf dein Herz, Virginia«*, hörte sie Nick. *»Die siebte Prüfung ist die schwierigste Prüfung.«*

Virginia richtete die Waffe wieder auf Mallory, der hilflos ihm Wasser herumzappelte. Aber auf einmal wurde ihr klar: Wenn sie jetzt abdrückte, würde sie genauso werden wie ihr Onkel. Mit einem einzigen Schuß würde sie alles in sich zerstören, was ihr lieb und wichtig gewesen war, und Haß und Verbitterung würden in ihr Herz Einzug halten.

Sie konnte gar nicht, wenn sie sich treu bleiben wollte: Sie mußte Onkel Mallory helfen und ihn nicht etwa erschießen oder auch nur seinem Schicksal in diesem gefährlichen Gewässer überlassen! Ohne weiter zu zögern, drehte sie das Gewehr um, ging in die Hocke und hielt ihm den Gewehrkolben hin. »Halt dich daran fest!« schrie sie und drehte sich ansatzlos zu ihrem Bruder um: »Stan, hol eine Schwimmweste!«

Stan verstand sofort. Ohne ein weiteres Wort zu verlieren, rannte er zu der Kiste hinüber, in der das Gewehr gelegen hatte. Er hatte dort Schwimmwesten gesehen, und eine holte er jetzt rasch vor. Währenddessen war es Mallory gelungen, näher an das Boot heranzurudern und den Gewehrkolben zu packen. Virginia stemmte sich mit beiden Füßen in der Rinne unterhalb der Reling ab, und trotzdem ging es fast über ihre Kräfte, das Gewehr festzuhalten.

»Beeil dich, Stan«, rief sie.

Mallory zog sich mühsam ein Stück nach oben; sein Atmen ging schwer, und sein Gesicht war vor Anstrengung verzerrt. Wahrscheinlich hätte er ohne ihre Hilfe nicht mehr lange durchgehalten. Aber Virginia war nicht kräftig genug, um ihn alleine aus dem Wasser zu ziehen.

»Vergiß die Schwimmweste«, rief sie Stan zu. Ihre Arme waren hart und verkrampft, und sie spürte, daß sie nicht mehr lange durchhalten würde. »Wir ziehen ihn so nach oben.«

Stan ließ die Schwimmweste wieder fallen und jagte zu Virginia zurück. Keinen Augenblick zu früh, denn der Gewehrlauf begann ihr bereits Stück für Stück aus den Händen zu gleiten. Stan packte kräftig zu, und gemeinsam zogen sie das Gewehr mitsamt Mallory nach oben.

Als Onkel Mallory wieder festen Boden unter den Füßen hatte, fürchtete Stan schon, der Kampf würde von vorne beginnen. Aber dazu war Mallory nicht mehr in der Lage. Total erschöpft lag er am Boden, hustete hart und rang zwischendurch mühsam nach Luft. Sein Gesicht hatte eine ungesunde Farbe angenommen, und seine Hände zitterten, als hätte er eine übermenschliche Leistung vollbracht.

Virginia sprang auf und war mit ein paar Schritten an der Kabinentür, wo sie die Stricke hingeworfen hatte, mit der Onkel Mallory sie gefesselt hatte. »Wir fesseln ihn besser«, sagte sie zu Stan. »Bevor er wieder auf dumme Gedanken kommt.«

Stan nickte. »Ich habe von den Pfadfindern da ein paar interessante Knoten gelernt«, antwortete er. »Die kriegt er nicht so schnell auf.« Er machte sich sofort ans Werk. »Virginia ist kein Haifisch-Köder«, sagte er dabei mit fester Stimme, während er die Stricke strammzog. »Sie ist meine Schwester. Und ich liebe sie. Und sie ist ...«

»Sie ist einer von Santas Elfen!« fiel ihm Nick ins Wort.

Die Kinder sahen überrascht hoch. Über ihnen, inmitten des Schneetreibens, war etwas aufgetaucht, was dort überhaupt nicht hingehörte. Zuerst war es nur ein undeutlicher Schatten, der sich in der spärlichen Helligkeit einer Nacht über dem Meer abzeichnete, in der der Mond und die Sterne alle Mühe hatten, das Treiben der Schneeflocken zu durchdringen. Doch dann verdichtete sich der Schatten und offenbarte etwas, was es eigentlich gar nicht geben konnte: ein fliegender Wagen, ein alter Chevy in tadellosem Zustand, rosarot gestrichen und so selbstverständlich in der Luft, als hätte bei seiner Herstellung ein Helikopter Pate gestanden.

Der Chevy stand ein paar Sekunden still in der Luft, und dann senkte er sich auf das Boot hinab. Nick saß am Steuer und winkte übermütig; hinter ihm saßen die Katzenfrauen und stießen laute Begeisterungsrufe aus. Aber da war noch jemand neben Nick, und als Virginia genauer hinsah, erkannte sie Merlin, der wie selbstverständlich in dem Auto saß. Virginia hatte plötzlich einen Kloß im Hals. Es schien ihr unglaublich, daß der Chevy wieder aufgetaucht war, fliegend, so wie sie ihn in Erinnerung hatte und wie sie es doch fast selber nicht mehr hatte glauben können, nachdem Nick alles geleugnet hatte, was in der wundersamen letzten Nacht am Nordpol passiert war.

»Das gibt es doch gar nicht«, stammelt Stan neben ihr.

Sie griff Stans Hand und drückte sie fest; eine vertraute Geste, die dennoch seit ihrem Kleinkindalter vergessen war. »Doch, Stan«, sagte sie leise. »Das gibt es. Das ist das Wunder, das in mein Leben eingezogen ist. Santa Claus ist Wirklichkeit!«

»Aber … aber …«

»Psst«, machte Virginia. »Warten wir ab, was weiter geschieht. Jetzt wird jedenfalls alles gut.«

Der Chevy kam schließlich nur einen Meter über dem Boot zum Stillstand. Als sich Nicks und Virginias Blicke trafen, erkannte sie in seinen Augen ein fast übermenschliches Strahlen, wie sie es noch nie zuvor bei einem Menschen bemerkt hatte. Nick schien vor Glück fast zu zerplatzen, aber das war es nicht allein. Es lag so viel Kraft in seinem Blick, so viel Verständnis, wie sie nur jemand haben konnte, der über unendlich viel Liebe in seinem Herzen verfügt, der die Geschichten, Sorgen und Bedürfnisse der Menschen von Grund auf kennt und der in seinem Innersten gleichzeitig uralt und voller Weisheit und auf der anderen Seite verspielt und ewig jung ist.

»Gut gemacht, Virginia!« rief Nick, und in seiner Stimme spiegelte sich die gleiche fröhliche Kraft wie in seinen Augen. »Und jetzt kommt schnell ins Auto, damit eure Mutter euch wieder in die Arme schließen kann. Sie weiß noch nicht, daß alles gut ausgegangen ist!«

»Aber wie …«, begann Stan.

Doch im gleichen Augenblick fühlte er sich nach oben gezogen und schwebte hinauf in den Chevy. Die Katzenfrauen reichten ihm die Hände und zogen ihn lachend zu sich. Dann folgte Virginia; auch sie schwebte wie von selbst nach oben und wurde von den Katzenfrauen auf den Rücksitz gezogen. Es war fürchterlich eng dort, aber auch fürchterlich schön, so wie sie sich zusammenquetschten, mit einem Gefühl unendlicher Erlösung und der Gewißheit, nun im Schutz von jemandem zu sein, der nie zulassen würde, daß ihnen jetzt noch etwas passierte.

»Was ist mit Onkel Mallory?« fragte Virginia, nachdem sie sich einigermaßen bequem zwischen die Katzenfrauen gequetscht hatte.

»Den lassen wir hier«, antwortete Latisha leichthin. »Die Wasserpolizei wird ihn schon finden und in sicheren Gewahrsam nehmen.«

»Whow, Virginia, es gibt wirklich einen Weihnachtsmann …«, sagte Stan aufgeregt. »Und das ist Nick!«

Virginia überlief ein kalter Schauder. Da war sie seit ein paar Tagen immer wieder stundenlang mit Nick zusammengewesen und hatte das Offensichtliche gar nicht erkannt! »Danke für die weiße Weihnacht, Nick«, sagte sie leise. »Ich meine, Santa …«

»Gern geschehen, Elf Virginia«, sagte Nick. Er

zog etwas unter den Sitzen hervor, und Virginia erkannte die Elfenstiefel, die Merlin ihr schon einmal gezeigt hatte. Jetzt hüllte sie ein magischer, rotgelber Glanz ein, und sie sahen noch schöner aus, als sie sie in Erinnerung hatte. Die Stiefel segelten wie von Zauberhand langsam zu ihr nach hinten, und ehe es sich Virginia versah, schmiegten sie sich statt ihrer normalen Sportschuhe um ihre Füße.

»Whow!!!« machte Virginia. Jetzt war sie also wirklich und wahrhaftig ein Elf. Sie fühlte sich so glücklich und gelöst wie noch nie zuvor in ihrem Leben.

»Dies war die letzte Lektion«, erklärte Nick. »Jemanden ohne irgendwelche Voraussetzungen zu lieben, ohne Bedingungen – das ist das wichtigste. Du hast die Prüfung mit deinem Akt der Liebe bestanden, als du deinen Onkel vor dem sicheren Tod bewahrtest, selbst nach all dem, was er dir angetan hat.«

»Nicht schlecht, Nick«, meinte der neben ihm sitzende Merlin in entspanntem Tonfall. »Du hast es ganze sieben Sekunden vor dem endgültigen Ablauf der Frist geschafft. Doch jetzt müssen wir nach einem kleinen Zwischenstopp bei der Mutter der Kinder zum Nordpol zurück.«

»Aber ja», rief Nick begeistert aus. »Und dann werden wir als erstes die Produktion von Plastikspielzeug für alle Zeiten lahmlegen. Von nun an ist Weihnachten wieder da, um Kindern zu helfen – so wie früher.«

»Einverstanden!« rief Merlin. »Aber zuerst hast du noch eine andere Kleinigkeit zu erledigen, wenn ich mich nicht täusche, oder?«

»Aber ja!« sagte Nick abermals und drehte sich

um. »Und jetzt, Mädels, seid ihr dran«, strahlte er die Katzenfrauen an. »Steigt auf eure Skateboards und saust ab.«

»Aye, aye, Käpt'n«, sagten die Katzenfrauen wie aus einem Mund.

»Von mir aus könnt ihr ruhig hier bleiben«, sagte Virginia rasch. »So eng ist es nun auch wieder nicht.«

»Lieber nicht«, meinte Tess. »Es könnte sonst sein, daß wir ein wichtiges Ereignis verpassen.«

»Genau«, meinte Latisha, während sie ihr magisches Skateboard hervorzog. »So eine Kleinigkeit wie unsere Geburt, zum Beispiel.«

»Wenn nur nicht wieder irgend etwas schiefgeht!« sagte Monique und stieg mit dem Skateboard in der Hand auf den Kotflügel des Chevy. »Ich freue mich jedenfalls erst, wenn es vollbracht ist.«

Damit stieg sie aufs Skateboard und sauste ab. Die beiden anderen Katzenfrauen folgten ihr, und Stan und Virginia blieben alleine auf dem Rücksitz zurück und warfen sich einen fragenden Blick zu. »Was meinen sie mit Geburt?« fragte Stan.

Statt einer Antwort machte Nick eine komplizierte Handbewegung. Augenblicklich ging von ihm ein schriller Farbwirbel aus, begleitet von einem hellen Zischen wie das einer elektrischen Entladung. Der Wirbel sauste wie eine Windhose auf die Katzenfrauen zu und hüllte sie ein, nahm vollständig die Sicht auf sie und schien sie ein Stück mitzureißen. Aber es war nur der Wirbel selbst, der sich verzog, und als er verschwunden war, glaubten Virginia und Stan nicht ihren Augen zu trauen. Auf den Skateboards neben dem Wagen flogen nicht mehr Katzenfrauen, sondern wirkliche und wahrhaftige Frauen mit grellem Make-up und fröhlicher Kleidung!

»Er hat's getan!« schrie Tess aufgeregt und sauste mit ihrem Skateboard ein Stück näher an den Wagen heran.

»Seh' ich so gut aus, wie ich mich fühle?« rief ihr Monique zu.

»Mädels, macht Platz, denn ich werde Santa kräftig drücken!« sagte Latisha aufgeregt und sauste mit ihrem Skateboard auf den Chevy zu. Kurz vor der Fahrertür stoppte sie das Board mit einer waghalsigen Bewegung ab, beugte sich über die Tür und gab dem überraschten Nick einen dicken Schmatz auf die Wange.

»Schon gut, Mädels«, wehrte Nick ab, aber der Stolz in seiner Stimme war unüberhörbar. »Seht zu, daß ihr Land gewinnt. Wir sehen uns am Nordpol wieder!«

»Okay, Nick, alles klar«, rief Tess. »Aber von mir bekommst du auch noch eine Belohnung!«

»Und von mir auch!« rief Monique, und dann schossen die drei Frauen auf ihren magischen Skateboards lachend und mit übermütigen Bemerkungen davon. Schon nach wenigen Sekunden waren sie in dem nun immer dichter werdenden Schneetreiben verschwunden.

»Wahnsinn«, sagte Stan zu Virginia, und Bewunderung schwang in seiner Stimme mit. »Dein Santa Claus hat ja eine Menge drauf!«

Dann tauchte auch schon der Hafen vor ihnen im Schneetreiben auf. »Vorsicht, wir setzen zur Landung an«, sagte Nick. »Ich bitte, das Rauchen einzustellen und die Rückenlehnen nach oben zu klappen!«

Der Chevy sackte ein paar Meter durch, fing

sich dann wieder und steuerte in einer langgestreckten Kurve auf die Stelle zu, an der noch vor wenigen Stunden Mallory mit seiner Yacht abgelegt hatte. Auf dem Landungssteg stand eine einsame Gestalt und starrte mit offenem Mund zu ihnen empor. Es war Gillian. Nick hatte ihr gesagt, daß er wüßte, wo ihre Tochter war und daß sie hier auf ihn warten sollte, egal was geschah. Aber natürlich hatte sie ihn nicht im Chevy abfliegen sehen. Ein rosarot gestrichenes Oldtimerkabriolett, das durch den Schnee flog und nun im Hafen zur Landung ansetzte – das ging offensichtlich über ihr Vorstellungsvermögen.

Der Wagen setzte sanft auf und rollte langsam auf Gillian zu. Kurz vor ihr kam er zum Stillstand. Bevor er ganz stand, waren Stan und Virginia bereits aus dem Wagen gesprungen und liefen mit schnellen Schritten auf ihre Mutter zu. Virginia sprang ihr geradezu in die Arme; ihre dreiundzwanzig Kilogramm rissen Gillian fast von den Füßen. Trotzdem lachte sie glücklich, während ihr gleichzeitig die Tränen das Gesicht herunterrannen.

»Mom«, sagte Stan aufgeregt. »Nick ist Santa Claus.«

»Tatsächlich?« fragte Gillian zweifelnd und überrascht darüber, daß ausgerechnet ihr kritischer Sohn nun plötzlich an die Existenz des Weihnachtsmannes glaubte. Sie hatte gesehen, wie der Chevy landete, und sie sah Nick und Merlin fröhlich in diesem Auto sitzen – vielleicht war es ja wirklich wahr! Aber wie auch immer: Er hatte ihr die beiden schönsten Geschenke gebracht, die sie je erhalten hatte. Sie drückte ihre beiden Kinder fest an sich.

Eine Polizeisirene, die erschreckend nah klang, riß sie aus ihren Gedanken. »Gott sei Dank ist der Spuk jetzt vorbei«, sagte sie auf Stans fragenden Blick hin. »Die Polizei hat die Kinder befreit und alle Mitarbeiter Mallorys verhaftet.«

»Was ist denn passiert?« fragte Stan, der die Vorgänge in der Lagerhalle ja nicht mitbekommen hatte.

Gillian und Virginia berichteten ihm aufgeregt in wenigen Worten von den Ereignissen der letzten Stunden. Nick gesellte sich zu ihnen, lächelnd und so gelöst wie schon seit Ewigkeiten nicht mehr. Daß die Kinder nun alle befreit worden waren, war eine wirklich gute Nachricht. Denn schließlich war jedes Kind von ihnen genausoviel wert wie Stan oder Virginia.

»Kommen die Männer Mallorys in den Knast?« fragte Virginia.

»Auf jedem Fall kommen sie nicht in den Himmel«, antwortete Nick rasch. »Was mich übrigens daran erinnert, daß ich noch zur Arbeit muß.«

»Können wir helfen?« fragten Gillian, Virginia und Stan wie aus einem Mund.

»Unter diesen Umständen?« überlegte Nick. »Aber ja!«

23

Wieder waren sie ihm Chevy unterwegs, und diesmal teilten sich Gillian und die Kinder die Rückbank, während Nick und Merlin vorne saßen. Doch diesmal ging die Reise viel schneller vonstatten als beim erstenmal, als Virginia alleine von Nick mitgenommen worden war. Wie eine Rakete schoß der Chevy durch den Nachthimmel, und trotz der Kälte des Nordens, der sie sich mit riesiger Geschwindigkeit näherten, war es im Innern des Autos angenehm warm.

Es schien nur wenige Sekunden zu dauern, bis sie wieder zur Landung ansetzten. Der Wagen steuerte auf die Kuppel zu, die Santas Reich schützend überdeckte. Schon von weitem war ein fröhliches, aber zielgerichtetes Treiben zu erkennen. Die Elfen waren voller von innen kommender Begeisterung dabei, die letzten Weihnachtsvorbereitungen zu treffen. Überall herrschte ein unglaublicher Trubel, und doch wußte jeder einzelne offenbar sehr genau, was er zu tun hatte.

Der Chevy kam schließlich im Inneren der Kuppel zum Stillstand, und sie stiegen alle aus dem Auto. In der Luft lag der Geruch von frisch gebakkenen Weihnachtsplätzchen, und von irgendwoher erklang Weihnachtsmusik. Die aufwendig gestalteten und doch schlicht wirkenden Holzhäuser, die den Weg einsäumten, gaben der ganzen Atmosphäre zusätzlich etwas Feierliches und Friedliches. Nichts deutete auf die Hektik hin, die noch vor wenigen Tagen geherrscht hatte, auf die mechanischen Arbeitsgeräusche der Fabrik, die Abgaswolken und die ungesunde Hektik, die von allen Besitz ergriffen hatte. Erst jetzt begriff Nick vollends, welchen gefährlichen Weg der Zerstörung er vor vielen Jahren eingeschlagen hatte. Nur gut, daß es jetzt vorbei war.

Gillian und die Kinder sahen sich staunend um. »Wie schaffst du es, so viele Kinder in nur einer Nacht zu besuchen?« fragte Gillian.

Nick lachte. »Das haben sich schon viele gelehrte Männer und Frauen gefragt«, sagte er. »Dabei ist die Lösung ausgesprochen einfach. Es steckt nichts weiter dahinter als ein kleiner Trick, den man ›Zeitstopp‹ nennt.«

Drei Frauen in traditionellen Weihnachtskostümen kamen auf sie zugelaufen. Auf den ersten Blick hätte sie Nick beinahe nicht erkannt. Es waren Tess, Monique und Latisha! Sie sahen gleichzeitig vollkommen fremd und doch sehr vertraut aus; ihre Persönlichkeit hatte durch die Umwandlung keinen Schaden genommen, und Latisha, die immer die Beherzteste von allen gewesen war, sah auch als Frau am entschlossensten aus, während Tess eine freches Lächeln zur Schau trug und Monique etwas zerstreut und doch gleichzeitig übermütig wirkte.

»Jetzt aber los, Nick!« rief Tess. »Du hast schließlich heute noch die eine oder andere Kleinigkeit zu erledigen!«

Sie betätigte ihre magische Nadel, und sofort stand Nick in rotem Weihnachtsmannkostüm da, mit weißer Perücke und langem, wallendem Bart. Nur der fehlende Bauch wich von der landesüblichen Vorstellung des Weihnachtmannes ab. »Nanu«, wunderte sich Nick. »Wo ist denn das ganze Fett hin?«

»Manche Neuerung ist ja vielleicht gar nicht so schlecht«, sagte Latisha.

Merlin war inzwischen um die Ecke eines naturbelassenen Holzhauses verschwunden, aus dem sich eine ungiftige Rauchwolke kräuselte. Jetzt tauchte er wieder auf und winkte aufgeregt. »Nick ... hier rüber!«

Nick und die anderen eilten zu ihm. Als sie um die Ecke des Gebäudes kamen, blieben sie abrupt stehen. Vor ihnen stand eine gigantische Gruppe aus Tieren und Elfen, und inmitten von ihnen befand sich ein riesiger, wunderschöner Schlitten. Er war viel größer und prunkvoller als der vorherige Schlitten – vollgestopft mit Geschenken, überzogen mit Gold und im Licht funkelnd wie ein gigantischer Edelstein.

»Was ... ist das?« stammelte Nick fassungslos.

»Diesen Schlitten haben die Tiere und Elfen gebaut«, sagte Merlin stolz.

»Kobo, Carla und Rocco zusammen mit einem großen Team aus Polarbären, Pinguinen, Wölfen und Elfen.«

»Das ist großartig«, sagte Nick überwältigt.

»Schön, daß er dir gefällt, Nick«, antwortete Rocco. »Das Problem besteht nur darin, daß wir ihn so groß gebaut haben, daß die Rentiere ihn nicht mehr alleine ziehen können.«

»Sie brauchen nur ein wenig Hilfe«, wandte Virginia ein.

»Wir können doch helfen«, sagte Kobo und zwinkerte Virginia zu, als wären sie schon seit vielen Jahren vertraute Freunde. Und genauso empfand es auch Virginia.

»Du kannst auf uns zählen, Nick«, sagte Carla fröhlich in ihrem breitem Dialekt.

Alcott, der Wolfswelpe, entdeckte Virginia und stürzte sich begeistert auf sie. »Auf mich auch«, rief er, während er Virginias Beine umstrich. Gillian und Stan glaubten ihren Augen nicht zu trauen, als sie sahen, wie vertraut Virginia mit dem Wolfsjungen umging und ihm zur Begrüßung sogar hinter den Ohren kraulte!

»Dann nichts wie ab!« rief Nick begeistert.

Pinguine, Wölfe und Polarbären drängten vor, suchten ihren Platz im Geschirr des gigantischen Schlittens, und obwohl sie von so unterschiedlicher Gestalt waren und einige von ihnen noch gar keine Erfahrung im Umgang mit einem Schlittengeschirr hatten, fand jeder von ihnen erstaunlich schnell einen passenden Platz. Es schien so zu sein, als ob das Geschirr genau für alle beteiligten Tiere ausgelegt worden war, als hätten das seine Baumeister ganz genau geplant. Aber in Wirklichkeit war natürlich etwas Magie dabei mit im Spiel.

»Auf ins erste Rennen!« sagte Merlin.

Während Nick in seine schwarzen Stiefel schlüpfte, sah sich Gillian suchend um. »Wo ist die Frau vom Weihnachtsmann, Mrs. Claus?« fragte sie.

»Das ist nur ein weiteres Zuckerstückchen aus dem Mythos, den das Volk um den Weihnachtsmann herum gewoben hat«, antwortete Nick ernsthaft.

»Ich bin niemals so weit herumgekommen, daß ich eine Frau hätte finden können ...«

Dann machte Nick plötzlich einen Schritt vorwärts und küßte die überraschte Gillian herzhaft auf die Wange. Um sie herum ertönte Freudengeschrei und Jubel. »Aber ich habe da jemanden im Auge«, fuhr er fort.

Nick kletterte auf den Schlitten wie ein General, der zu seiner bislang wichtigsten Mission aufbricht … der Mission des Friedens und der Liebe. Er warf einen Blick auf Virginia, die glücklich mit Alcott kuschelte, und winkte ihr zu. Virginia winkte begeistert zurück.

»Auf, Kobo, auf, Carla, auf, Alcott … auf, Blitzen!!« rief Nick mit befehlsgewohnter, aber fröhlicher Stimme.

Augenblicklich ruckte der Schlitten, aber die Tiere waren noch etwas unkoordiniert. Es dauerte einen Moment, bis sie ihren Rhythmus gefunden hatten, dann schoß der Schlitten nach vorne. Virginia und die anderen Elfen rannten winkend und jubelnd neben dem Schlitten her, außer sich vor Freude, daß Weihnachten allen Widerständen zum Trotz auch dieses Jahr stattfand und nun alles ein so gutes Ende gefunden hatte.

Es war eine wahrhaft atemberaubende Szene, als das multikulturelle Schlittenteam losgaloppierte. Virginia blieb wie erstarrt stehen, die Hand noch auf Alcotts Hals, den sie gerade gekrault hatte. Der Anblick des Weihnachtsmannes, der mit seinem neuen, wunderschönen Schlitten losgaloppierte, nahm sie vollkommen gefangen. Nick hob die Hände … und ein goldener Lichtstrahl schoß aus ihnen hervor, auf Virginia zu und hüllte sie ein. Virginia füllte sich von dem Lichtstrahl ergriffen und ehe sie es sich versah, saß sie vorne neben Nick auf der Schlittenbank.

»Danke, Nick«, sagte sie feierlich, aber ohne Überraschung in der Stimme, als sei es die natürlichste Sache in der Welt, daß sie so ihren Weg auf den Schlitten des Weihnachtmannes gefunden hatte.

»*Ich* danke dir!« antwortete Nick fröhlich. »Wollen wir?«

Der Schlitten glitt aus der Kuppel und erhob sich elegant und geräuschlos in den Sternenhimmel.